TESSA HADLEY
ZWEI UND ZWEI

ROMAN

Aus dem Englischen von
Gertraude Krueger

K
A
M
P
A

Die englische Originalausgabe erschien 2019 unter dem Titel
Late in the Day im Verlag Jonathan Cape, London.

Für den Blick hinter die Verlagskulissen:
www.kampaverlag.ch/newsletter

KAMPA POCKET
DIE ERSTE KLIMANEUTRALE TASCHENBUCHREIHE
Gedruckt auf säurefreiem und chlorfrei gebleichtem Papier aus verantwortungsvollen Quellen, zertifiziert durch das Forest Stewardship Council. Der Umschlag enthält kein Plastik. Kampa Pockets werden klimaneutral gedruckt, kampaverlag.ch/nachhaltig informiert über das unterstützte CO_2-Kompensationsprojekt.

Veröffentlicht im Februar 2021 als Kampa Pocket

Covergestaltung: Lara Flues, Kampa Verlag
Covermotiv: Media UG / akg images
Satz: Tristan Walkhoefer, Leipzig
Gesetzt aus der Stempel Garamond LT / 210130
Druck und Bindung: GGP Media GmbH, Pößneck
Auch als E-Book erhältlich
ISBN 978 3 311 15017 6

www.kampaverlag.ch

Für Mum und Dad

I

Sie hörten Musik, als das Telefon klingelte. Es war ein Sommerabend, neun Uhr. Sie waren mit dem Essen fertig, und Christine lauschte konzentriert, mit untergeschlagenen Beinen in ihrem Sessel sitzend; sie kannte das Stück, wusste aber nicht, was es war. Alex hatte es ausgesucht, er hatte sie nicht einbezogen, und jetzt wollte sie aus Trotz nicht mehr nachfragen – er genoss es zu sehr, etwas zu wissen, was sie nicht wusste. Er lag auf dem Sofa im Erkerfenster, ein offenes Buch in der Hand, in dem er nicht las, sondern das er über der Brust ausgebreitet hielt; er betrachtete den Himmel draußen. Ihre Wohnung war im ersten Stock, und das Wohnzimmerfenster ging auf eine breite, mit Platanen bestandene Straße hinaus. Vom Park schwirrte ein Pulk Sittiche herüber, und nebenan ragte das rotbraune Dunkel der Blutbuche, das letzte Licht verschluckend, in den türkisfarbenen Himmel. Eine Amsel, die als Schattenbild mit offenem Schnabel auf einem Ast saß, sang offenbar, wurde aber von der Musik übertönt.

Es war das Festnetztelefon, das da läutete. Es riss Christine von der Musik fort; sie stand auf und schaute sich um, wo sie den Handapparat nach dem letzten Gebrauch abgelegt hatten – wahrscheinlich irgendwo hier, zwischen den Bücher- und Papierstapeln. Oder in der Küche beim Abwasch? Alex ignorierte das Läuten, ließ nur durch ein leicht gereiztes Verziehen des Gesichts erkennen, dass er es bemerkt hatte – dieses immer bewegten, ausdrucksvollen Gesichts, fremdartig, weil die Augen so dunkel waren, scharf umrissen, als wären sie gemalt. Dieser Effekt wurde immer auffälliger, je älter Alex wurde und je mehr der Glanz aus seinen Haaren schwand, die früher die Farbe von angelaufenem dunklem Gold gehabt hatten.

Wahrscheinlich war ihre Mutter am Telefon und nicht seine – oder vielleicht ihre Tochter Isobel, und mit der wollte Christine gern sprechen. Sie gab die Suche nach dem Handapparat auf, fischte gar nicht erst mit den nackten Füßen nach ihren Espadrilles und rannte, immer zwei Stufen auf einmal nehmend – das konnte sie noch –, die Treppe hoch, zum Nebenanschluss im Schlafzimmer unter dem Dach. Unten spielte die Musik ohne sie weiter, Schubert oder so, und als Christine sich auf den Bettrand fallen ließ und sich atemlos meldete, nahm sie das liebliche Perlen einer abfallenden Tonfolge wahr. Dieses Zimmer, das sie sich unter dem spitzwinkligen Dach eingerichtet hatten, bewahrte die ganze Hitze des Tages und war von Gerüchen erfüllt – Verkehrsabgase, Geißblatt von unten aus dem Garten, Teppichstaub, Bücher, ihr Parfüm und ihre Gesichtscreme, die leichte Körpermuffigkeit der Bettlaken. Die Drucke, Fotos und Zeichnungen an den Wänden – manche davon ihre eigenen Werke – lagen im Schatten, wie ausgelöscht, und nur ihre gerahmten Formen hoben sich von der weißen Farbe ab. Durch das offene Dachfenster konnte sie jetzt die Amsel hören.

Lieblich.

»Ja?«

Am anderen Ende der Leitung war ein Wirrwarr von Geräuschen, als käme der Anruf von einem öffentlichen Ort wie einem Bahnhof, wo man nur mühsam sprechen konnte. Jemand verlangte eindringlich nach ihr. »Kannst du mich hören?«

»Bist du das, Lydia?« Christine merkte, dass sie freundlich lächelte, entgegenkommend, obwohl sie niemand sehen konnte, mit zusammengedrückten Knien auf dem niedrigen Bett sitzend. Lydia hatte wohl getrunken, was durchaus schon vorgekommen war. Sie sprach schleppend, undeutlich, als wäre in ihrer Stimme etwas zu Bruch gegangen. »Was gibt's?«

»Ich bin im Krankenhaus«, schrie Lydia. »Es ist etwas passiert.«

»Was ist passiert?«

»Mit Zachary. Es hat ihn bei der Arbeit erwischt.«

Das Zimmer erbebte, und seine Stille richtete sich neu aus, ein paar Staubpartikel kamen von der Decke herabgetrudelt. Das hatte es noch nie gegeben, dass Zachary etwas zugestoßen war. Er stand wie ein Fels in der Brandung, er wurde nie krank. Nein, er stand nicht unbewegt wie ein Fels: Er war ein weit ausschreitender, fröhlicher Riese, berstend vor Energie. Christine sagte, sie werde sofort ein Taxi rufen, in spätestens einer halben Stunde sei sie bei Lydia. »Welches Krankenhaus? Auf welche Station soll ich kommen? Was ist mit ihm?«

»Es ist das Herz.«

»Ein Herzinfarkt?«

»Sie wissen es nicht genau«, sagte Lydia. »Aber sie glauben, es ist das Herz. Anscheinend war er eben noch in der Galerie im Büro, gesund und munter, und hat mit Jane

Ogden über die neue Ausstellung gesprochen, und auf einmal ist er umgekippt. Ist auf den Tisch aufgeschlagen, alles ist durcheinandergeflogen. Vielleicht ist er mit dem Kopf aufgeprallt, als er auf den Tisch aufgeschlagen ist.«

»Und was geschieht jetzt? Wird er operiert?«

»Warum hörst du nicht zu, Christine? Ich sage doch, er ist tot.«

Auf dem Weg zu Alex blieb Christine vor der offenen Tür zu ihrem Atelier stehen, wo sich ihre Arbeit in Umrissen abzeichnete, die im Dämmerlicht getreulich auf sie warteten: Tuscheflaschen, zerquetschte Farbtuben, der chinesische Porzellantopf mit ihren Pinseln und Stiften, die Pinnwand mit Ansichtskarten und aus Zeitschriften ausgerissenen Bildern, Federn, dreckige Lappen, ausgebleichte Plastikschnipsel. Cremefarbene Bögen von dickem Papier lagen auf dem Schreibtisch ausgebreitet und warteten darauf, dass sie ihre Spuren darauf hinterließ; grundierte Leinwände waren an den Wänden aufgereiht, halbfertige Arbeiten standen auf der Staffelei oder waren auf Stellwände gepinnt. Jeden Morgen ging sie zu diesem Schauplatz ihrer Mühen wie zu einem religiösen Fest, vollführte kleine Rituale, die sie keinem Menschen gegenüber je erwähnt hatte. Inzwischen war es ihr größter Wunsch, dort zu sein und zu arbeiten – an der Staffelei zu stehen oder Kopf und Schultern konzentriert über das Papier auf dem Tisch zu beugen, in ihre Nachbildung von Formen, ihre Erfindungen vertieft. Jetzt aber löste der Gedanke an diese Arbeit – den Fixpunkt, der ihren Kurs bestimmte – Übelkeit in ihr aus. Sie kam ihr verlogen vor, das klebrige Produkt ihrer eigenen Eitelkeit. Rasch schloss sie die Tür davor. Dann machte sie sie wieder auf – im Schloss steckte ein Schlüssel, den sie manchmal umdrehte, wenn sie nicht gestört werden wollte. Sie zog ihn heraus und schloss das Atelier von außen ab, steckte den Schlüssel in ihre Jeanstasche.

Im Wohnzimmer spielte immer noch die Musik.

»War das deine Mutter?«, fragte Alex.

Ihr Herz pochte mit dumpfen Schlägen in ihrer Brust, sie wusste nicht, ob sie sprechen konnte. Es war furchtbar, mit dieser Nachricht sein Glück zerstören zu müssen, während er auf dem Sofa lag, an Kissen gelehnt, unbesorgt – oder nicht besorgter als sonst – und sie über ihm stand. »Es war Lydia.«

»Was wollte sie denn?«

»Alex, ich muss dir etwas sagen. Zachary hatte einen Herzinfarkt. Zumindest klingt es, als wäre es ein Herzinfarkt gewesen.«

»Nein.«

»Er ist tot.«

Einen Moment lang setzte Alex sich seiner Frau in seinem nackten Entsetzen aus, scharf aus dem leuchtenden Rot der Kissen hervortretend. »O nein, du machst Witze. Nein.«

Gewöhnlich schien er vollkommen in sich zu ruhen und durch nichts zu erschüttern zu sein, mit seiner federnden geballten Energie und dem kampflustigen spitzen Kinn, der wohlgeformte Kopf immer wachsam und sinnlich wie ein Cäsarenhaupt.

»Sie hat vom Krankenhaus aus angerufen, vom University College Hospital. Ich fahre jetzt zu ihr. Ich habe ein Taxi gerufen.«

Sein Buch fiel zu Boden, und er erhob sich in dem dunkel werdenden Zimmer. »Das kann nicht wahr sein. Was ist passiert?«

»Er war eben noch an seinem Schreibtisch in der Galerie und hat mit Jane Ogden gesprochen, gesund und munter, und im nächsten Moment ist er umgekippt, vielleicht mit dem Kopf aufgeschlagen, alles ist durcheinandergeflogen. Hannah hat versucht, ihn zu reanimieren, die Sanitäter haben alles Mögliche versucht. Als sie im Krankenhaus ankamen, war er schon tot. Jane musste Lydia anrufen, sie war unterwegs, einkaufen.«

»Wann war das?«

Christine wusste es nicht genau, irgendwann am späten Nachmittag oder frühen Abend.

»Ich kann es einfach nicht glauben«, sagte Alex. »Nein, das ist nicht möglich. Ich habe ihn am Wochenende getroffen, und da ging es ihm prächtig.«

»Ich weiß. Es ist nicht möglich.«

Als Christine die Musik auf dem CD-Player abstellen wollte, bat er sie, noch zu warten, das Stück war fast zu Ende. »Lass es zu Ende gehen.«

Er legte ihr die Hände auf die Schultern, wollte sie zurückhalten, wollte ihr Trost spenden. Es war eine liebevolle Geste, doch konnte Christine das nicht an sich heranlassen. Sie standen einander gegenüber. Alex war untersetzt, mittelgroß – sie war vielleicht drei Zentimeter größer als er, selbst mit bloßen Füßen, nur würde er das nie glauben. Zuerst wand sie sich in seinem Griff. »Ich muss mich beeilen. Ich weiß nicht, ob sie dort im Krankenhaus allein ist.«

»Das Taxi ist noch nicht da, warte. Hör zu.«

Es schien ihr künstlich und gezwungen zu warten, bis die Musik vorbei war. Ihre Gedanken rasten, und sie konnte die Musik nicht hören, hasste dieses Angebot von Vielfalt und Schönheit. Dann gab sie sich allmählich, unter dem beständigen Gewicht seiner Hände, der Geige, dem Klavier und dem Cello hin, die sich eilig auf das Finale zubewegten. Ihr Spiel löste etwas, was sich in Christines Innerem verkrampft hatte. Sie merkte, dass sie die Arme vor der Brust verschränkt hatte, als wollte sie sich schützen oder fest verschließen; wenigstens hatten sie die Lampen im Zimmer nicht angeschaltet. Sie hielten sich in den Armen. Alex hatte Tränen im Gesicht, er weinte leicht. Er besaß ein Talent für Zeremonien, das sie nicht hatte, ihr waren solche Feierlichkeiten peinlich. Dieser Moment nun wirkte feierlich, und ihr Bewusstsein verstummte und hielt inne. Zum ersten Mal dachte sie direkt an Zachary, seine reale Gegebenheit. Aber das war nicht zu ertragen.

»Lass mich mitkommen ins Krankenhaus«, sagte Alex. »Ich fahre dich hin.«

Christine überlegte. »Nein, es ist besser, wenn ich allein gehe. Wenn wir erst einmal nur zu zweit sind. Ich bringe sie hierher. Du könntest das Bett für sie herrichten.«

Sie hatte sich vorgestellt, dass sie durch Krankenhausflure eilen und Lydia suchen müsse, die womöglich mit Zachs Leiche hinter geschlossenen Vorhängen saß oder in irgendein den Angehörigen jüngst Verstorbener vorbehaltenes Zimmer geführt worden war. Doch kaum war Christine durch die Glastüren des Haupteingangs getreten, stand Lydia von einem der blauen Plastikstühle vor dem Empfangstresen auf, wo sie zwischen anderen Wartenden gesessen hatte. Sie hatte auch jetzt die Ausstrahlung einer missgelaunten Königin, eine hochmütige und auffällige Erscheinung in einer himmelblauen Samtjacke mit künstlichem Leopardenfell am Kragen; als Christine auf sie zulief und sie in die Arme schloss, drehten sich die Leute um und starrten sie an. Mit ihrer üppigen Figur, den honigfarbenen Locken und der prallen, schmollenden Unterlippe wurde Lydia oft für irgendeine Berühmtheit gehalten. Sie widmete ihrem Make-up und ihrer Kleidung die gebührende Aufmerksamkeit, um diesen künstlerischen, theatralischen, sexy Look zu erzielen. Ihr blasser Teint schimmerte bläulich, wie Magermilch.

»Wo bleibst du denn? Ich warte schon eine Ewigkeit!«

»Nur eine halbe Stunde. Ich musste ein Taxi rufen.«

Christine merkte, dass sie sich vor dieser Begegnung gefürchtet hatte, weil sie dachte, der Schicksalsschlag von Zacharys Tod würde Lydia irgendwie noch dominanter machen. Jetzt schämte sie sich und empfand stechendes Mitleid, denn Lydia wirkte nur fehl am Platz und verloren. Als sie die Freundin in die Arme schloss, spürte sie, wie diese sich verkrampfte, als wäre sie verletzt; Lydias schwer beringte Hände waren kalt und starr. Von nun an würde es ihre Aufgabe sein, dachte Christine, sie zu umsorgen, sie nicht im Stich zu lassen. »Ich fasse es nicht, dass sie dich hier allein gelassen haben!«

»Ich wollte allein sein. Ich habe alle weggeschickt. Jane Ogden kann ich sowieso nicht ausstehen. Es war ihr anzusehen, dass sie es gar nicht erwarten konnte, die Geschichte überall herumzuerzählen, mit ihr im Mittelpunkt des Geschehens natürlich. Ich habe gesagt, ich wolle nur dich und Alex sehen. Wo ist Alex?«

»Er ist zu Hause und richtet ein Bett für dich her.«

Christine hatte im Taxi geweint; sie hatte sich fest vorgenommen, vor Lydia nicht zu weinen, damit es nicht aussah, als würde sie deren Leid, das natürlich vorrangig war, für sich vereinnahmen. Aber jetzt fing sie wieder an, wischte sich mit einem feuchten Papiertaschentuch aus ihrem Ärmel über das Gesicht, wohl wissend, wie hässlich und dumm sie vor all diesen fremden Leuten aussah – das Gesicht rot angelaufen, der Mund hilflos offen stehend und verzogen wie bei einem Baby. »Ich kann es nicht glauben. Es kann nicht wahr sein. Bist du dir sicher?«

»Natürlich ist es wahr. Die beschissensten Sachen sind immer wahr.«

»Lyd, wo ist Zachary? Hast du ihn gesehen? War er noch am Leben, als du angekommen bist?«

»Nein, und ich will ihn auch nicht sehen. Das ist ja nicht mehr Zachary, stimmt's? Wozu soll das dann gut sein?«

Sie sagte das ziemlich laut, und die Leute drehten sich nach ihr um. Christine beruhigte sie, sie müsse nichts tun, was sie nicht wolle. Sie wusste, dass Lydia sich vor Zacharys Leiche fürchtete, vor dem Gedanken daran zurückschreckte wie ein scheues Tier. Und es war wirklich eine schreckliche Vorstellung, dass er irgendwo allein in diesem gespenstischen, unpersönlichen Gebäude lag, das in der Nacht erleuchtet war wie ein Schiff auf dem Meer. Auch Christine fürchtete sich vor Zacharys Leiche. Beim Gedanken daran wurde ihr schlecht vor Grauen. Doch an Lydias Stelle hätte sie die Leiche wohl doch sehen, ihrer Angst eine Gestalt geben wollen. Zumindest hätte sie sich noch mehr davor gefürchtet, dass sie es hinterher bereuen würde, wenn sie es nicht getan hätte. Das war einer der Unterschiede zwischen ihnen: Lydia verhielt sich abergläubisch und ließ sich von ihren Instinkten leiten, während Christine versuchte, mit ihren Instinkten zu verhandeln.

»Lass uns hier rausgehen«, sagte Lydia.

»Musst du nicht noch irgendwelche Papiere unterschreiben?«

Sie habe bereits alles unterschrieben. Es sei eine Obduktion angeordnet worden, sagte sie.

»Und weiß Grace es schon? Wo ist sie?«

Der Gedanke an ihre Tochter versetzte Lydia in Panik. »Ich habe versucht, sie anzurufen, aber sie geht nicht ans Telefon. Sie ist wohl irgendwo in Glasgow unterwegs, wie das bei Studenten eben so ist. Natürlich wird sie mir die Schuld geben, du weißt ja, wie sie ihren Vater anbetet. Alles ist immer meine Schuld.«

Sie schaute Christine herausfordernd an, ob die ihre Selbstbezogenheit schockierend fand. Und Christine war wirklich schockiert: Sie war sich sicher, sie selbst hätte in so einem Fall zuerst an Isobel gedacht, hätte sie schützen wollen, hätte Isobels Verlust sogar schrecklicher gefunden als ihren eigenen. Doch zwischen Lydia und Grace hatte es in letzter Zeit Reibereien gegeben; und Lydia hatte sich schon immer halb im Scherz beklagt, sie fühle sich ausgeschlossen, weil ihr Mann und ihre Tochter so perfekt aufeinander eingespielt seien. Sie konnte sich und ihre Beziehungen nicht in einem einzigen Moment des Umbruchs neu erfinden.

»Ich dachte, vielleicht könntest du es ihr sagen«, meinte Lydia. »Du kannst so etwas besser.«

Christine wollte schon protestieren – *aber du bist doch ihre Mutter* –, ließ es dann aber bleiben. Wer weiß, wenn Alex etwas passiert wäre, hätte sie sich womöglich ebenso egoistisch verhalten – zum Beispiel Sandy gegenüber, Alex' Sohn aus erster Ehe, ihr eigener Stiefsohn, den zu lieben sie sich nach Kräften bemühte. Es ist alles noch im Fluss, ermahnte sie sich. In den nächsten Stunden werden sich unsere Wahrnehmungen immer wieder rasant verändern, während wir uns auf diese neue verstümmelte Lebensform einstellen. Dabei ist es unsere ständige Pflicht, auf die von diesem Schicksalsschlag Getroffenen, auf Lydia und Grace, achtzugeben und nichts zu sagen und zu tun, was sie verletzen könnte. Dann dachte sie, aber ich bin doch auch betroffen. Wir sind alle betroffen, Alex und Isobel und ich, selbst Sandy – und die Leute in der Galerie. Ohne Zachary ist unser aller Leben in Unordnung geraten. Gerade ihn durften wir auf keinen Fall verlieren.

Auf der Rückbank des Taxis sprachen die beiden Frauen kaum ein Wort. Der Fahrer sollte nicht erfahren, was geschehen war; die Nachricht konnte noch nicht in die Welt hinaus, sie war noch in ihrem Inneren eingeschlossen, hart wie Stein. Lydia griff im Dunkeln nach Christines Hand, presste sie an ihre Samtjacke, gegen ihren Bauch, krümmte sich darüber zusammen und drückte dabei Christines Finger gegen die metallene Schnalle ihres breiten Gürtels; Christine konnte die holzigen Noten des moschusartigen Parfüms riechen, das ihre Freundin immer trug. »Hast du Schmerzen?«, flüsterte sie. Lydia nickte, ohne Christines Hand loszulassen. Sie spürten vage die Sorge des Fahrers, der dachte, sie sei betrunken und müsse sich vielleicht übergeben.

Zu Hause waren die Fenster erleuchtet, und Alex schaute nach ihnen aus. Als sie die Treppe hinaufgingen, hielt er ihnen schon die Wohnungstür auf. Er breitete die Arme aus, und Lydia wankte hinein.

»Es kann nicht wahr sein, es kann nicht wahr sein«, rief er. Lange stand er so da und streichelte ihr Haar, ebenso selbstvergessen, wie er früher Isobels Haar gestreichelt hatte, als sie noch ein Kind war, und die andere Hand streckte er nach Christine aus. »Es ist aber wahr«, sagte Lydia schließlich lapidar und machte sich frei.

Dann suchte sie nach ihrem Lippenstift, betrachtete ihre Augen in dem Spiegel aus ihrer Handtasche. »Biete ich einen grotesken Anblick? Ich sehe zum Fürchten aus.« Sie schwenkte einen Zwanzigpfundschein. »Das brauche ich jetzt, Alex, mein Schatz. Hol mir eine Schachtel Bensons.«

Er protestierte. »Lydia, Zigaretten sind nicht das, was du jetzt brauchst. Du willst dich doch nicht wieder in diese Abhängigkeit begeben, nach so vielen Jahren.«

»Du weißt nicht, was ich brauche, du mit deiner puritanischen Moral. Egal, Jane Ogden hat mir ihre gegeben, fällt mir gerade ein. Sie sind irgendwo hier drin.«

»Wir brauchen einen Drink«, sagte Christine.

Sie schenkten sich Wodka aus einer Flasche im Kühlschrank ein; mit gebrochener Stimme brachte Alex einen Trinkspruch auf ihren lieben Freund aus. Innig geliebt, sagte er, dann konnte er nicht weiterreden.

»Sei still, Alex«, sagte Christine zittrig. »Du hörst dich an wie ein Schuldirektor.«

Er konnte sich nicht setzen, wollte sich nicht setzen, als wäre er so aufgebracht, dass er unbedingt stehen bleiben müsste. Lydia zündete sich mit bebenden Händen eine Zigarette an. Sie beschwerte sich, der Wodka schmecke wie Gift. Ob sie denn keinen Rotwein hätten? Alex holte eine Flasche Wein für sie und schenkte ihr eilfertig ein. Als sie noch einmal versuchen wollte, Grace anzurufen, und wünschte, Christine würde mit ihr sprechen, war er entsetzt. Er erklärte mit Bestimmtheit, sie könnten ihr den Tod ihres Vaters doch nicht einfach am Handy mitteilen.

Lydia fügte sich, düster. »Natürlich, du hast recht.«

Er werde nach Glasgow fahren, Grace ausfindig machen und es ihr selbst sagen. Schließlich sei er ihr Patenonkel. Ihr inoffizieller Patenonkel, es war nichts Kirchliches. Wenn er jetzt losführe, wäre er am frühen Morgen da. »Zach hat ihre Adresse bestimmt irgendwo aufgeschrieben«, sagte Lydia. »Wo, weiß ich nicht. So etwas weiß immer nur er.«

Alex rief Hannah an, die Geschäftsführerin der Galerie, die mit Zachary im Rettungswagen zum Krankenhaus gefahren war. Sie sagte, sie werde in der Galerie vorbeischauen, die Adresse müsse irgendwo in Zacharys Schreibtisch liegen oder auf seinem Telefon gespeichert sein, sie werde Alex in einer halben Stunde eine SMS schicken. Hannahs Stimme war vom Weinen belegt. Alex bat sie, sich mit allen in Verbindung zu setzen, die von der Sache wussten, damit sie es unter Verschluss hielten, bis er Grace gefunden und es ihr gesagt hatte. »Stell dir vor, sie würde das auf Facebook erfahren.«

»*Unter Verschluss halten*«, murmelte Christine. »Ich kann's nicht glauben, dass er das wirklich gesagt hat.«

Er schritt energisch zwischen den Lampen umher, während er das alles arrangierte; die Frauen, benommen und zusammengesunken, waren ihm im Grunde dankbar. Er war furchtlos und kompetent, er wusste, was zu tun war. Christine sollte am Morgen die Schule anrufen, an der er arbeitete, und sein Fortbleiben erklären. Bevor er aufbrach, küsste er beide Frauen, berührte ihre Gesichter auf seine vertrauliche Art mit den Fingerspitzen. Aber ihnen war auch klar, dass es ihn nach Bewegung verlangte, dass er den Gedanken nicht ertragen konnte, mit ihnen dort in der Wohnung zu sitzen, während sie über ihren Kummer nachsannen und ihn dabei weiter schürten.

Alex war tatsächlich einmal Schuldirektor gewesen, an einer örtlichen Grundschule, wo die Kinder 32 verschiedene Sprachen sprachen und zu 48 Prozent Anspruch auf ein kostenloses Schulessen hatten. Als er die Direktorenstelle bekam, schien dies das natürliche Ziel seiner Karriere als fortschrittlicher Lehrer zu sein, der die Kinder begeistern konnte und von ihnen angebetet wurde. Doch in Wirklichkeit war er auf dem Posten unglücklich gewesen, nach drei Jahren wieder zu seiner Arbeit als Lehrer einer Klasse von Neunjährigen zurückgekehrt und hatte es nie bereut. Unter seiner weltläufigen, einnehmenden Oberfläche war Alex gar kein Öffentlichkeitsmensch wie Zachary. Er war zu unduldsam, wenn er auf Widerstand stieß, und trieb seine Gegner damit in eine erbitterte Opposition. Im Grunde war er ein einsamer Denker, der an den meisten seiner Kollegen kein Interesse hatte. Selbstverständlich lief seine Vision für die Schule – der zufolge alle Kinder Denker und Künstler waren – der staatlichen Bildungspolitik zuwider. Sie widersprach der Art, wie die Welt eingerichtet war. Und im Gegensatz zu Zachary war Alex nicht überzeugt, dass Fortschritt möglich war oder dass man jede Institution dauerhaft zu einer Macht ausbauen konnte. Da war ein Widerspruch, dachte Christine, zwischen seiner leidenschaftlichen Skepsis und seinem Engagement für die Kindererziehung. Er glaubte nicht daran, dass irgendetwas besser werden konnte, und war oft der Verzweiflung nahe – und doch widmete er sich mit ganzer Kraft der Entwicklung und Förderung der kindlichen Phantasie, als hinge die Hoffnung davon ab. Manchmal, wenn sie sich über ihn ärgerte, dachte sie auch, er vergesse seine Schüler in dem Moment, in dem sie die Klasse verließen.

Wenn Lydia in Christines Wohnung war, nahm sie immer die gleiche Stellung ein, an einem Ende des Sofas, auf dem Alex vorhin sein Buch gelesen hatte. Im rosafarbenen Lampenschein lehnte sie sich so in die Kissen zurück, dass ihre sinnliche Schönheit zur Geltung kam. Zachary hatte gesagt, sie posiere wie eine Odaliske. Christine wollte sich dicht neben sie setzen, sie berühren, konnte es aber nicht: Irgendetwas hielt sie davon ab. Weil Lydia verzweifelt war, stellte sie eine übertriebene Ruhe zur Schau. »Wird das mein Ende sein?«, fragte sie, wobei sie sich eine neue Zigarette anzündete. »Hat Zachary mich definiert, bestimmt, wer ich bin?

Ich glaube das nicht. Aber vielleicht muss ich jetzt umdenken. Mir vorzustellen, was ich ohne ihn wäre – die Mühe habe ich mir nie gemacht. Ich habe nie etwas ohne ihn getan, seit Jahren nicht. Ich bin überhaupt nicht kompetent. Ich weiß nicht, wie man Steuern zahlt. Ich kann nicht Auto fahren.«

»Ach, Lyd, mach dir darüber jetzt keine Gedanken«, sagte Christine. »Natürlich bist du kompetent. Das ist nicht dein Ende.«

»Warum nicht jetzt? Wir sollten jetzt über alles reden. Ich glaube, dieser Moment kommt nicht wieder. Als Nächstes wird sich alles zu seiner endgültigen Form verhärten. Wir vergessen, wie Zachary wirklich war.«

»Das vergessen wir nicht.«

»Ich fange schon an ihn zu vergessen. Etwas anderes tritt an seine Stelle: die ganze Vorstellung von seinem Tod, die so unglaublich ist. Er war nicht der Typ zum Sterben. Der Tod verdrängt bereits die wahren Empfindungen davon, was er war. Ich versuche zum Beispiel, mich an ihn heute beim Frühstück zu erinnern. Was hat er gegessen?«

»Was hat er denn normalerweise gegessen?«

»Als ich nach unten kam, noch im Morgenrock, hatte er schon Bagels gekauft, an die hundert Dinge erledigt. Du weißt, dass er morgens wie energiegeladen aus dem Bett springt, es ist so anstrengend. Er wacht auf und singt. Wenn man nicht so gepolt ist, wenn man ein Nachtmensch ist, kann das zermürbend sein. Wir hatten frische Bagels zum Kaffee. Er hat seine dick mit dieser besonderen Butter aus der Bretagne bestrichen, die er immer kauft, die mit den Salzkristallen drin, dann noch hausgemachte Marmelade vom Bauernmarkt obendrauf, hat alles im Stehen gegessen, seinen Kaffee runtergestürzt, immer in Eile. Kein Wunder, dass er einen Herzanfall hatte. Ich habe ihn gewarnt, ich habe ihn ständig gewarnt.«

Ihre Blicke trafen sich, sie waren entsetzt über die verlorene Unschuld dieses Frühstücks, als sie daran dachten, dass er jetzt für immer ruhte.

»Chris, er war so stark. Wie konnte das passieren?«

»Ja, ich weiß – ich weiß, wie stark er war.«

Wie um das Endgültige von sich fernzuhalten, begannen sie Zacharys gesamte Schwächen aufzuzählen. »Er war nicht perfekt«, sagte Lydia. »Wir dürfen nicht vergessen, dass er einfach er selbst war und kein Traum.«

»Niemand ist perfekt.«

»Er war laut und er hat viel geredet, als wüsste er über alles Bescheid – dabei war das häufig nur Bluff. Er hat zu viel getrunken, und dann war er unausstehlich; wenn er betrunken war, wurde man nicht aus ihm schlau.«

»Er hat alles Unangenehme unter den Teppich gekehrt«, sagte Christine. »Manchmal war er sentimental, er wollte alles zu hoffnungsvoll sehen.«

Lydia saß ganz still, ihr Gesicht war weiß. »Für mich war das schwierig, weißt du. Manchmal war er nämlich bequem, er wollte der Wahrheit nicht ins Gesicht sehen.«

»Aber genau deshalb ergänzt ihr zwei euch so perfekt!«, beharrte Christine hitzig – als wollte sie die Ehe ihrer Freundin retten, statt sie über ihren Verlust zu trösten. Dann wurde ihr klar, dass dies für immer der letzte Tag war, an dem Zachary lebendig gewesen war, und der sollte nicht zu Ende gehen. Doch als sie auf die Uhr sah, war es schon nach Mitternacht.

»Sag mir, wenn du schlafen willst«, redete sie Lydia sanft zu. »Das Bett ist fertig gemacht. Ich setz mich zu dir, wenn du möchtest.«

»Ich kann nicht!« Lydia erschauerte. »Stell dir vor, ich wache auf, und dann das. Jetzt komme ich damit zurecht, weil ich ganz aufgedreht bin, aber ich glaube, ich kann es nicht ertragen, das alles von mir abfallen zu lassen und dann wieder von vorn anfangen zu müssen. Außerdem warte ich auf Grace. Ich muss doch für sie wach bleiben. Ich weiß ja, dass ich eine miserable Mutter bin. Ab jetzt muss ich mich bessern.«

»Aber sie ist nicht vor morgen Mittag hier, frühestens.«

Lydia rauchte eine Zigarette nach der anderen, schaute zwischen den Zügen das brennende Ende an und hustete. »Eigentlich will ich mir das Rauchen nicht wieder angewöhnen. Ich habe das nur getan, um Alex zu ärgern.«

Sie machten eine neue Flasche auf, und bald waren Lydias Lippen und Zähne vom Rotwein blau. Schließlich legte sie sich doch schlafen, und am frühen Morgen hörte Christine sie weinen und ging im Pyjama ins Gästezimmer, setzte sich zu ihr aufs Bett. Lydia ergriff ihre Hand und zog sie unter der Bettdecke wieder an ihren Bauch, der heiß, verspannt und hart war. »Ich spüre es hier drinnen«, sagte sie. »Es ist ein Schmerz, ein entsetzlicher Schmerz. Aber Liebe ist es nicht. Dir muss ich die Wahrheit sagen, sonst niemandem. Anders kann ich es nicht ertragen. Du weißt, dass es keine Liebe ist, nicht wahr?«

Grace war am Ende ihres dritten Jahrs als Kunststudentin, eine sehr begabte Bildhauerin in Stein und Holz.

Alex fuhr die ganze Nacht und kam bei Tagesanbruch in Glasgow an. Er schlief eine Stunde im Auto, dann suchte er im ersten Morgenlicht die Adresse, die Hannah ihm gegeben hatte. Die Stadt wirkte auf ihn wie ein Totenreich – hinter der schwarzen Kathedrale ragte eine viktorianische Nekropole auf, in einem riesigen Krankenhaus brannten alle Lichter. Grace teilte sich mit anderen Studenten ein Haus über einem Laden an der Southside von Glasgow; vor allen Ladenfenstern waren Rollläden aus Metall heruntergelassen. Inzwischen war es sieben Uhr. Die Haustür lag neben dem Ladeneingang, die Klingel funktionierte nicht; Alex hämmerte mit der Faust dagegen, nicht laut, aber beharrlich, unnachgiebig; nach einiger Zeit hörte er drinnen auf der Treppe Schritte, und ein Junge kam zur Tür, auf Unannehmlichkeiten gefasst. Alex sagte, er müsse Grace sprechen, es sei wichtig, ein Krankheitsfall in der Familie. Grace sei vermutlich nicht da, erwiderte der Junge. Er werde in ihrem Zimmer nachsehen. Nein, sie sei letzte Nacht auf einer Party gewesen und nicht nach Hause gekommen.

»Was für eine Party? Wo?«

Alex fuhr dahin, wo die Party stattgefunden hatte – dort war Grace auch nicht. Er bahnte sich einen Weg durch eine apokalyptische Szene, in Schlafsäcken zusammengerollte Leiber zwischen dem Partymüll; ein Mädchen, das in der Küche Eier briet, erinnerte sich, dass Grace mit irgendwem von der Party weggegangen war. Sie schaute Alex zögerlich an, bevor sie ihm Näheres erzählen wollte. »Sie können sie doch auf dem Handy anrufen«, meinte sie. Er erklärte, dass jemand aus Grace' Familie krank geworden sei und sie das umgehend erfahren müsse, er sei extra aus London hergefahren, um es ihr persönlich mitzuteilen. Dann machte er sich zu einem wieder anderen Haus auf, jemand ließ ihn herein und rief nach Grace, die im oberen Stock schlafe. Alex ging hinauf, um sie zu suchen. Es war ihm egal, was er dort sah, obwohl er zu jeder anderen Zeit Grace' Privatsphäre respektiert hätte. Sie schlief in einem beengten kleinen Zimmer auf einer Matratze auf dem Fußboden, die Bettdecke über den Kopf gezogen; er erkannte sie an ihrem dichten schwarzen Wuschelkopf. Sie und ihr Freund von letzter Nacht schliefen, ohne sich zu berühren, einander den Rücken zugekehrt, der des Jungen von Pickeln übersät. Es stank nach ihren Körpern, nach Zigarettenrauch und Sex. Vor dem geschlossenen Fenster hing ein dicker Vorhang; Alex öffnete das Fenster und setzte sich dann neben dem Matratzenlager auf den Fußboden, um zu warten, bis Grace aufwachte. Unter seinem starren Blick schlug sie die Augen auf, ihr Atem schal vom Schlaf. Als sie ihn erkannte, setzte sie sich abrupt auf. »Was machst du denn hier, Alex?«

Sie rappelte sich auf allen vieren hoch, wich vor ihm zurück an die Wand, als wollte sie die Flucht ergreifen; sie sah ihrem Vater so ähnlich, dass es ihm fast die Sprache verschlug. Das schmutzig weiße T-Shirt bedeckte ihre Blöße nicht. Sie war knabenhaft schlank, und das borstige dunkle Schamhaar sah genauso aus wie Zacharys. Ihre Schönheit war nicht von der Art, die Alex bei Frauen begehrenswert fand, zu forsch; sie hatte diese Forschheit schon als kleines Mädchen gehabt, und das hatte einen schmerzhaften Beschützerinstinkt in ihm geweckt, da er um die Folgen ihrer Unverblümtheit und

Unbefangenheit fürchtete. Zu seiner Erleichterung war seine eigene Tochter Isobel zurückhaltend und feminin, konnte gut auf sich aufpassen. Grace war groß und kräftig gebaut, muskulös durch ihre Arbeit mit harten Werkstoffen; ihre kleinen Brüste waren nur Punkte unter dem T-Shirt, und ihr Kopf war wohlgeformt, von geradezu klassischen Proportionen, fast schon androgyn; ihr drahtiges Haar wuchs sich zu einer dichten Masse von Schwarz aus. Unter normalen Umständen besaß sie einen trockenen Humor. Sie und Alex konnten meist wunderbar scherzen, wenn sie zusammenkamen.

»Wer ist das?«, fragte der Junge und streckte hilfsbereit die Hand nach Grace aus, doch sie schüttelte ihn ab, schlug nach ihm, was Alex zeigte, dass er ihr nichts bedeutete. Dieser mit der Situation völlig überforderte Junge mit dem rötlichen Stoppelbart war eindeutig ein Fehlgriff gewesen.

»Würden Sie uns bitte allein lassen?«, sagte Alex. »Ich habe ihr etwas mitzuteilen.«

Grace hielt sich die Ohren zu. »Nein, nein, sag's mir nicht. Ich will es nicht wissen! Ich will es nicht hören!«

Der Junge war verwirrt. »Was soll das alles?«

»Es tut mir so leid, meine liebste Grace«, sagte Alex.

»Erzähl's mir nicht!«, rief sie.

Hinterher sagte sie, sie habe es gewusst, sobald sie die Augen aufgeschlagen und sein Gesicht gesehen habe. »Du solltest dein Gesicht sehen, Alex. Es verrät alles. Und natürlich, wenn jemand anders gestorben wäre, wäre Dad gekommen, um es mir zu sagen.«

Auf der Fahrt nach Hause hielt sie ihren kleinen Rucksack auf den Knien und war ganz sie selbst: Sie schaute aus dem Fenster, nahm alles auf, stellte ihm vernünftige Fragen danach, was passiert war. Er wiederholte ihr alle schon zum Mythos werdenden Einzelheiten über Jane Ogdens neue Ausstellung, Zacharys Umkippen in der Galerie, sein Aufschlagen mit dem Kopf auf dem Schreibtisch. »Aber warum, aber warum?«, fragte Grace, wobei sie durch die Windschutzscheibe starr geradeaus sah, sich kaum wahrnehmbar vor und zurück wiegte, wie ein Kind, und den Rucksack umklammerte, den sie nicht auf den Rücksitz oder auf den Boden legen wollte. Irgendwann verkündete sie, sie sterbe vor Hunger, und sie hielten an einer Autobahnraststätte. Sie verspeiste mit allen Anzeichen gesunden Appetits ein ekelhaftes Zeug – ein komplettes englisches Frühstück; kurz darauf, als sie wieder auf der Autobahn waren, musste er schnell auf den Seitenstreifen fahren. Sie sprang aus dem Wagen und übergab sich in das mit Gänseblümchen durchwachsene hohe Gras, das in sinnlichen Wellen im Wind schwang.

»Das war melodramatisch«, sagte sie, als sie wieder neben ihm saß und sich den Mund abwischte. »Tut mir leid.«

»Melodrama ist derzeit angesagt«, antwortete er. »Tu einfach, wonach dir ist.«

Die Rückfahrt schien doppelt so lange zu dauern wie die Fahrt nach Glasgow. Grace drehte am Radio herum, fand irgendwo Popmusik, und Alex nahm das hin, denn er verstand, dass ein Gespräch für sie schwierig war. Dann holte sie ihr Handy hervor und verschickte SMS. »War das dein neuer Freund?«, fragte er.

»Um Himmels willen, nein«, sagte sie. »Nur so ein Typ, den ich auf einer Party kennengelernt habe.«

Er wollte sie ermahnen, sie solle sich von Typen fernhalten, die sie auf Partys kennenlernte, sie gehöre in eine höhere Sphäre, weil sie ein ganz besonderes, seltenes Wesen sei. Aber dafür war jetzt nicht der rechte Moment. Stattdessen sprach er von seinem eigenen Vater, der gestorben war, als Alex etwa in ihrem Alter war. Grace wiegte sich weiter in ihrem Sitz und hörte aufmerksam zu, obwohl sie vermutlich kaum einen Zusammenhang sah zwischen dem, was ihr jetzt widerfuhr und ihr Leben aus den Angeln hob, und seiner alten, von der Zeit abgeschliffenen Geschichte.

Als er endlich vor der Wohnung parkte, sah er, wie sie sich bei der Aussicht auf die Begegnung mit ihrer Mutter – oder überhaupt einem anderen Menschen – verkrampfte. Als er sie berührte, war der Muskelknoten in ihrem Nacken eisenhart. Oben in der Wohnung war es, als hätten die Frauen sich nicht von der Stelle gerührt, seit er sie verlassen hatte: Lydia an ihrem Stammplatz auf dem Sofa, Christine – die jetzt ein dunkles, marineblaues Kleid trug, vielleicht die unbewusste Wahl einer Trauerfarbe – in dem großen Sessel. Sie wich seinem Blick aus – in Ausnahmesituationen versteckte sie sich lieber hinter ihrer gewohnten Ironie. In dem dunklen Kleid wirkte ihr Gesicht eingefallen, das Fleisch schlaff. Womöglich hatte sie gar nicht geschlafen. Sie tranken nun Kaffee statt Alkohol, das war die einzige Veränderung – und Isobel war dazugekommen, sie stand am Kaminsims, ihrem Spiegelbild in dem vergoldeten Spiegel den Rücken zugewandt, und wartete ruhig und bekümmert. Als Grace hereinkam, noch immer ihren Rucksack umklammernd, ging sie direkt auf Isobel zu, die ihre Arme ausbreitete. Die beiden jungen Freundinnen verhielten sich so spontan in ihrem Leid, dass ihre Mütter daneben wie erstarrt wirkten.

Es hing eine unerträgliche Erwartung in diesem Raum, in dem Zachary eine Leere hinterlassen hatte, die nicht zu füllen war. Noch vor so kurzer, so greifbar naher Zeit hätten sie darauf warten können, dass er zur Tür hereinkam; sie konnten sich lebhaft vorstellen, konnten sich ausmalen, wie er unter lautstarken Beruhigungen hier eintrat, scherzend, ganz verwirrt von ihren bedrückten Gesichtern. Er war doch immer über alles auf dem Laufenden, hatte immer so viele Neuigkeiten zu verkünden. Es schien unmöglich, dass er nichts von dieser neuesten Nachricht wusste, seinem eigenen Tod.

»Wo ist Dad?«, fragte Grace. »Ich will ihn sehen.«

Lydia versuchte ihr das auszureden. »Das ist nur sein leerer Körper, Liebling, er selbst ist nicht mehr da.«

»Ich liebe seinen Körper. Ich will mich von ihm verabschieden.«

Dann kündigte Grace an, dass sie eine Totenmaske anfertigen wolle, damit sie später das Gesicht ihres Vaters in Stein meißeln könne. »Ich habe das auf dem ganzen Weg von Glasgow hierher geplant«, sagte sie. »Ich weiß, wo ich erfahren kann, wie man das richtig macht. Ich kenne jemanden, den ich fragen kann.«

»Als wäre das alles noch nicht grotesk genug«, sagte Lydia schaudernd.

»Wir sollten nichts überstürzen«, versuchte Alex zu beschwichtigen. »Lasst uns darüber nachdenken.«

Es werde wohl eine Obduktion geben müssen, meinte er.

»Ich würde gern bei der Obduktion dabei sein«, erbot sich Grace prompt.

»Das ist nicht möglich, mein Liebes«, erwiderte er kategorisch. »Nicht möglich und auch nicht wünschenswert.«

Christine stellte Essen auf dem Küchentisch bereit, aber alle wollten nur Kaffee, den sie tranken, bis er giftig schmeckte. Am Nachmittag begann das Telefon zu klingeln und hörte nicht wieder auf: Freunde, die etwas gehört hatten, oder Künstler, mit denen Zachary gearbeitet hatte und die sich diese Nummer besorgt hatten. Mit Zacharys Bruder hatte Lydia bereits gesprochen, aber es gab noch viele andere, die informiert werden mussten. Alex trug das Telefon nach nebenan ins Arbeitszimmer; wieder und wieder, geduldig bei jedem neuen Schock, musste er die Geschichte erzählen, wie Zachary im Büro umgekippt war und Jane Ogden und Hannah mit ihm ins Krankenhaus gefahren waren. Im Wohnzimmer konnten ihn alle hören. Während er sprach, saßen sie schweigend da, als müssten sie die Geschichte immer wieder hören, mit jedem Anrufer das Staunen neu erleben. Grace hockte, die Stirn an die Knie gelehnt, auf dem Boden; Isobel saß dicht neben ihr auf dem Sofa, die Hand auf Grace' Haar. Die Mädchen standen sich seit ihrer Kindheit sehr nahe, obwohl sie grundverschieden waren: Grace in ihrer atemberaubenden jungenhaften Schönheit schroff und unbedacht, Isobel stets ausgeglichen und zurückhaltend. Sie hatte als Beamtin im Wohnungswesen blitzschnell Karriere gemacht. Ihre grünen Augen lagen weit auseinander, ihre Haut war rein, ihr hellbraunes Haar zu einem weichen Knoten aufgesteckt.

»Ich habe mich wegen der Maske erkundigt.« Alex hockte sich vor Grace hin und fasste ihre Hände. »Ich weiß nicht, ob das eine gute Idee ist. Warte ab, wie du morgen früh darüber denkst.«

»Das meiste findet man im Internet«, sagte Grace. »Aber ich muss noch mit jemandem sprechen, der weiß, wo man den richtigen Gips herbekommt.«

»Habe ich dabei nicht auch ein Wort mitzureden?«, fragte Lydia.

»Wartet doch erst mal ab, wartet erst mal ab«, begütigte Christine.

Lydia wollte über Geld reden. Ob Zachary eine Lebensversicherung gehabt habe? Sie habe keine Ahnung, um all das habe immer er sich gekümmert. »Wie kannst du nur?«, sagte Grace. Als Lydia sich mit einer Schlaftablette in ihr Bett im Gästezimmer zurückgezogen hatte, versuchte Christine Grace zu erklären, warum sich ihre Mutter so ungeschickt benahm. »Das brauchst du mir nicht zu sagen«, erwiderte Grace und schob sich die Locken mit beiden Händen aus der Stirn, als würde ihr das beim Denken helfen, sodass sich ihre herben Gesichtszüge unverhüllt zeigten. »Ich hab's begriffen. Ich verstehe das.«

Grace und Isobel machten sich auf den Weg zu Isobels Wohnung in Queen's Park, wo Grace übernachten würde – es waren nur zwanzig Minuten mit dem Bus, sie beteuerten, sie wollten nicht hingefahren werden und bräuchten auch kein Taxi. »Ich will normal sein«, sagte Grace. Am Abend würden sie zum Essen zurückkommen, damit sie alle wieder beisammen wären. Als sie fort waren, nahm Christine eine Lasagne aus dem Tiefkühlfach. Dann stand sie ein paar Minuten allein unter dem schrägen Dach ihres Schlafzimmers. Nein, es war nicht wie ein Stein, dieses Leid, das über sie hereingebrochen war: Ein Stein war kalt und still, man konnte ihn einkreisen, doch dieser Schmerz schwoll in ihrem Inneren an und ebbte wieder ab, um dann erneut unkontrollierbar anzuschwellen; sie fühlte sich hilflos angesichts seiner Gewalt, ihr gewohntes Ich zerstört und verloren, das Innere nach außen gestülpt. Sie rief mit gedämpfter Stimme nach Alex, er möge nach oben kommen. Sie sprachen flüsternd miteinander. »Hast du etwas dagegen, wenn ich kurz für eine halbe Stunde rausgehe, während Lydia schläft? Hast du ein Auge auf sie? Ich muss mich bewegen.«

Er berührte mitfühlend ihr Gesicht; das Fleisch unter ihren Augen war vom Weinen und vor Müdigkeit geschwollen. In Krisenzeiten war Alex stark, und sie verließ sich auf ihn; es war eine Form von Trägheit, ein praktisches Arrangement zwischen ihnen. Und ihm war es auch recht, dachte sie, ab und zu in die Rolle des Beschützers zu schlüpfen. Weder sie noch Lydia waren konventionelle Persönlichkeiten, sie bezeichneten sich als Feministinnen, doch in ihren Beziehungen zu Männern hatten beide ein Muster gewählt, das fast so aussah wie die Ehe ihrer Mütter, abhängig und behütet; sie führten ihr heimliches Leben in dem Schutzpanzer der Weltgewandtheit und Kompetenz ihrer Ehemänner. Jetzt war Lydias Panzer aufgebrochen worden, und sie stand ungeschützt da, allein.

Christine trug nicht oft Make-up, aber heute wollte sie ihr Gesicht nicht ungeschminkt draußen zeigen. Als die

Schublade ihrer Frisierkommode klemmte, bekam sie einen Wutanfall und zerrte so heftig daran, dass die Schublade herausflog und ihren blödsinnigen Inhalt verstreute. Sie sah sich das Durcheinander an, dann hockte sie sich hin, um alles aufzusammeln – die Eyeliner, Haarspangen, Lidschatten, Cremetuben, Beutel mit Enthaarungscreme, Verdauungspastillen, längst nicht mehr benötigten Verhütungsmittel – sogar ein paar alte Tampons aus der Vergangenheit, die Papierhüllen zerfleddert und schmierig. Eine schmutzige, fettige Pulverschicht vom Boden der Schublade legte sich auf den wollenen Teppich.

Auf der Straße ging es Christine besser. Sie sog die teerhaltige, verpestete Stadtluft ein, spürte die Hitze der Automotoren an den Beinen und die harten Pflastersteine unter den Füßen, betrachtete ein Schaufenster nach dem anderen in all seinen plastischen Einzelheiten: Ballen mit afrikanischen Stoffen, Reihen von bunten Lackfläschchen im Nagelstudio, Gläser voller zinnoberroter Paprikaschoten auf den Regalen des polnischen Lebensmittelladens. All das verschaffte ihr Erleichterung: die unpersönlichen festen Formen der Welt, die auch ohne Zachary bestehen bliebe, ohne Glück, ohne sie.

»Ich habe einen wirklich unpassenden Kerl gefickt«, gestand Grace Isobel im Bus.

»Wen?«

»So einen schmutzigen Typen, Dan, ein Freund von einem Freund, ich hab ihn auf einer Party kennengelernt. Als wir in seiner Wohnung ankamen, war ich schon wieder nüchtern und nicht mal scharf auf ihn, aber da hatte ich keinen Bock mehr, den ganzen Weg nach Hause zu gehen. Und rate mal, wo Alex mich gefunden hat? Ist das nicht grandios? Ich erfahre im Bett eines schmutzigen Typen, den ich nicht mal ficken wollte, vom Tod meines Vaters.«

Isobel zuckte nicht mit der Wimper; mit all ihrer Gelassenheit widmete sie sich der Aufgabe, Grace innerlich Halt zu geben, sie wieder ins Gleichgewicht zu bringen, ihre Gedanken in die rechten Bahnen zu lenken – wobei sie sich allerdings fragte, wie viele Fahrgäste im Bus das mit anhörten. »Wenn du sagst ›schmutzig‹ …«

»Ich meine nicht schmutzigen Sex. Der Sex war nichts Besonderes, soweit ich mich erinnern kann. Ich meine richtigen Schmutz, richtig an seinem Körper. Er roch so, als hätte er sich schon eine Weile nicht mehr gewaschen.«

»Irgendwann wirst du das lustig finden.«

»O ja, saukomisch. Erzähl bloß Sandy nichts davon, ja?«

»Ich erzähle Sandy nie etwas.«

»Er darf nicht wissen, dass ich so ordinär bin.«

»Du bist nicht ordinär, du bist der am wenigsten ordinäre Mensch, dem ich je begegnet bin. Du bist einfach« – Isobel suchte nach dem passenden Wort – »eine Abenteurerin. Bei allem, was du tust. Wie ein Forscher, der sich auf unbekanntes Terrain vorwagt. Ich wünschte, ich wäre mehr wie du. Ich wünschte, ich wäre nicht so vorsichtig.«

Tränen quollen unter Grace' Lidern hervor, als sie sich wegdrehte und aus dem Busfenster starrte; sie wirkte verzweifelt. »Weiß Sandy Bescheid?«, beharrte sie. »Ich meine, weiß er von Dad? Hat es ihm jemand gesagt? Ist er immer noch mit dieser Italienerin zusammen?«

Isobel sagte, ihre Mutter habe Sandy angerufen; vielleicht komme er am Abend vorbei. Soweit sie wisse, sei die Sache mit der Italienerin aus.

»Glaubst du, er kommt?«, fragte Grace. »Sollen wir ihn nicht anrufen? Nur zur Sicherheit?«

»Wenn er kann, wird er da sein.«

Isobel begriff, dass Grace diese altbekannte Geschichte – von ihrer langen, verzehrenden, unerwiderten Leidenschaft für Sandy, Isobels Halbbruder – vor allem deshalb aufwärmte, um nicht mehr an ihren Vater denken zu müssen. Als sie in der Wohnung ankamen, lief Grace herum und stieß bei allen Neuerungen kleine Schreie aus – Isobel hatte die Küche neu gestrichen, auf eBay ein Ercol-Sofa gekauft. Die kleine Wohnung war eigentlich nichts Besonderes – die Räume waren niedrig und die Küche ein schmaler Schlauch –, aber Isobel hatte sie so eingerichtet, dass sie luftig und behaglich wirkte. Auf dem Sofa, das auch als Gästebett diente, lagen allerlei hübsche Kissen. Grace öffnete den Kühlschrank – randvoll mit Gemüse vom Bauernmarkt – und dann den Kleiderschrank, als ob sie etwas suchte. Isobel kaufte liebend gern Kleider, aber sie hatte einen zurückhaltenden Geschmack, trug Röcke, Strickjacken und flache Schuhe. Grace trug Vintage, schlampige Armeehosen oder dramatisches Satin und wechselte ständig den Look, als wäre ihre Erscheinung eine immerwährende Kunstausstellung.

»Es ist alles so ruhig hier. Blumen auf dem Tisch. Das gibt mir Ruhe«, sagte sie und strich über die blauen Skabiosenblüten. »Mal was anderes als mein schäbiges Studentenleben.«

»Zu ruhig«, sagte Isobel. »Ich könnte einen Mann gebrauchen, der ein bisschen Unordnung macht.«

»Einen schmutzigen Mann.«

»Einen richtig schmutzigen Mann. Gracie, willst du das wirklich machen mit der Totenmaske?«

»Findest du das zu bizarr? Es ist makaber, nicht wahr? Ich schau mir mal Totenmasken auf deinem Laptop an.«

»Sei vorsichtig, sei bitte vorsichtig. Du weißt nicht, was du da zu sehen bekommst.«

Isobel wich ihr nicht von der Seite, schaute ihr über die Schulter, während Grace einige Masken – die von Oliver Cromwell und Blaise Pascal – fand, dann ein paar Websites von Bestattungsunternehmen und dann ein Foto aus dem späten 19. Jahrhundert, das die Anfertigung einer Totenmaske in einem an eine Barbierstube erinnernden Raum zeigte. Die Gesichter der lebendigen Männer auf dieser herrlichen alten, silbrigen Aufnahme waren markant und von Trauer erfüllt, verklärt in der Hingabe an ihre Arbeit. »Siehst du«, sagte Grace. »Das ist doch etwas Schönes. Es ist würdevoll.«

Isobel hatte immer noch Bedenken. »Aber ich glaube trotzdem nicht, dass du das machen könntest, nicht bei deinem eigenen Vater. Ich glaube, das ist zu persönlich.«

»Seltsam, nicht wahr, dass diese Männer auch schon lange, lange tot sind: die Männer, die die Maske gemacht haben. Ein Foto ist ja auch eine Art Totenmaske. Ein Foto könnte ich wohl schon von Dad machen. Ein Foto von ihm als Toten. Das wäre leichter. Dann würde meine Mutter nicht so ausrasten. Ich könnte ihn mit meinem Handy fotografieren. Und das Bild später auf Partys schmutzigen Typen zeigen und gucken, ob sie sich davor gruseln. *Hey Leute, könnt ihr damit umgehen?*«

»Ganz schön gruselig.«

Isobel kochte in der Küche Tee, und als sie mit zwei Bechern zurückkam, hatte Grace die Kissen auf den Boden geworfen und lag mit dem Rücken zu ihr auf dem Sofa, das Gesicht zur Wand gedreht. Isobel stellte den Tee hin, streifte die Schuhe ab und legte sich zu ihr. Sie wusste, dass Grace ins Leere starrte. Als sie ihre Freundin berührte, meinte sie eine Blockade in ihrem Rücken zu spüren, eine Art Damm zwischen den Schulterblättern; irgendeine Kraft, die eigentlich durch Grace hindurch fließen sollte, konnte nicht entweichen und staute sich in ihr auf. Isobel massierte sie sanft, um den Schmerz wegzuzaubern.

Bevor sie am Abend mit dem Essen begannen, schenkte Alex ihnen wieder von dem Stará myslivecká ein, Zacharys Lieblingswodka, und sprach ein paar Worte. Christine starrte auf ihren Teller, die anderen folgten Alex mit ihren Blicken, als wollten sie ihn damit zwingen, die rechten Worte zu finden. Er sagte, Zachary sei ein Mensch gewesen, der immer gewusst habe, wie man etwas richtig anpackt, und nun, da er nicht mehr sei, müssten sie das irgendwie ohne ihn bewerkstelligen, so gut sie eben könnten. Zachary habe die Kunst geliebt, eine Kunst, die nicht stumpfsinnig oder aufgesetzt sei. Er sei ein außergewöhnlich scharfsinniger Mensch gewesen mit einem einzigartigen Traum, in dessen Zentrum die unvergleichliche Garret's Lane Galerie gestanden habe, mit der Vision einer Kunst, die jedermann offensteht.

»Für uns aber«, sagte Alex, »für seine Familie und seine engen Freunde, die hier um diesen Tisch versammelt sind, bedeutet sein Verlust sehr viel mehr, so viel, dass wir es noch gar nicht ermessen können. Ich persönlich würde in seinem Tod gern einen weiteren Beweis für das beschissene oberste Lebensgesetz sehen, das uns immer das Beste nimmt und das Schlechteste bestärkt. Aber wie Zachary nun mal ist, will er mir das irgendwie nicht erlauben. Ich spüre ständig seinen Widerstand und seine Kraft, die zum Guten drängt, und seinen Glauben daran. Und dabei weiß ich gar nicht, wie ich das spüren kann, weil er ja nicht mehr ist.«

Isobel musste weinen und verdeckte ihr Gesicht mit der Serviette, Sandy wischte sich mit dem Ärmel über die Augen. Lydia berührte Alex dankbar am Arm und vergrub kurz ihr Gesicht an seinem Hemd – doch als sie wieder aufsah, waren ihre Augen weiterhin trocken, wachsam und glänzend. An dem Abend waren auch Hannah von der Galerie mit dabei, Zacharys jüngerer Bruder Max und Nathan Kearney, Zacharys und Alex' alter Freund aus ihrer Studienzeit. Die Gegenwart von Max und Grace hatte etwas Gespenstisches, weil beide so große Ähnlichkeit mit Zachary hatten: der rosige Teint und das drahtige schwarze Haar, der leuchtend rote Mund und die laute Stimme, seine Ausstrahlung von Güte und Kraft. Max aß sogar gierig wie sein Bruder, stopfte sich Brot in den Mund, während er sich Salat auftat; seit Kurzem ließ er sich einen struppigen Bart stehen, wie Zachary, den starken Bart eines Propheten, wenngleich Max in Wirklichkeit nicht die Entschlossenheit seines Bruders hatte; er war überaus empfindlich, nicht entscheidungsfreudig.

Alle aßen etwas von der Lasagne auf ihrem Teller, sie waren tatsächlich hungrig. Beim Geräusch der auf dem Porzellan kratzenden Gabeln und klingenden Gläser war es, als kehrte das vertraute Leben in ihren Kreis zurück, wie angeschlagen und gedämpft auch immer, und sie begannen zu reden. Nathan Kearney, der sie alle seit Ewigkeiten kannte – er arbeitete als Filmkritiker und war manchmal im Fernsehen zu sehen –, war gewöhnlich nicht zu bremsen, konnte aber nicht über Zachary sprechen. Er beugte seinen großen Kopf tief über den Teller, das strähnige Haar hing herunter wie ein Vorhang und verbarg den Ausdruck seines Gesichts, und er beteiligte sich erst wieder am Gespräch, als sie sich auf dem sicheren, trockenen Boden von Kunst und Politik befanden.

Lydia schob den Rest ihres Essens zur Seite.

»Du musst essen«, sagte Alex sanft und besorgt. Er war zuvor in ihrer Wohnung gewesen, um ihr Kleider zum Wechseln und Waschzeug zu holen.

»Ich weiß. Morgen werde ich essen.«

Er legte den Arm um Lydia, zog sie an sich und widmete sich mit der anderen Hand seiner Lasagne, wedelte mit der Gabel, wenn er sprach. Christine war ihm dankbar, dass er die Regie übernahm. Grace hatte, während sie bei Isobel war, etwas Merkwürdiges getan: Sie hatte ihre dicken Locken vollständig abgeschnitten – zum Zeichen der Trauer um Zachary, wie sie sagte –, sodass das seidige Unterhaar zu sehen war, das sich dicht um den Schädel ringelte wie bei einem geschorenen Lamm. Isobel verteidigte Grace standhaft und sagte, das sei doch eine schöne Idee. »Und ich hätte sie sowieso nicht davon abhalten können.«

Lydia bemerkte trocken, es sehe nicht allzu schlecht aus. »Zum Glück hat sie einen wohlgeformten Kopf.«

Grace fragte inzwischen Sandy nach seiner Musik aus, fieberhaft flirtend, mit hektischen roten Flecken auf den Wangen, was ihn in Verlegenheit brachte, weil sie ihm so leid tat. Er war derart entsetzt über das, was passiert war – und über Grace' nackten Kopf –, dass er seine übliche charmante Selbstsicherheit verloren hatte. Er wollte sich in einem solchen Moment nicht über seine eigenen Erfolge auslassen; immer wieder wanderte sein Blick unbehaglich von Grace fort, er lachte selbstironisch, als sie versuchte, ihn aus der Reserve zu locken. Grace überforderte ihn. Er mochte sie, konnte aber mit ihrer Verliebtheit nicht umgehen, denn sie war nicht sein Typ: Sie war ihm zu jungenhaft mit ihrer maskulinen Forschheit, er stand auf kultivierte, besonnene Frauen. Sandy selbst sah auf eine geschmeidige und verdrossene Art gut aus, reserviert, als hielte er etwas zurück – vielleicht für seine Auftritte auf der Bühne. Er spielte in einer Band, die ganz groß herausgekommen war. Sandy war berühmt. Nur in seiner eigenen Familie wurde er nicht mit Bewunderung, nicht als Star behandelt.

Nachdem Sandy gegangen war, fiel Grace' Lebhaftigkeit in sich zusammen. Lydia rief sie in klagendem Ton zu sich, klopfte neben sich aufs Sofa, und Grace legt sich zu ihr, den Kopf im Schoß ihrer Mutter. Jemand stellte die Fernsehnachrichten an. »Ich weiß nicht, ob ich das jetzt ertragen kann«, sagte Christine, aber sie blieb an der Tür stehen, als wäre sie auf dem Weg hinaus. Alex schaute sich immer die Nachrichten an; in ihm lag eine kalte Wut bereit, die auf jeden neuen Skandal ansprang.

Sie sahen Bilder von den Ereignissen in Calais, wo verzweifelte Flüchtlinge versuchten, auf Lastwagen aufzusteigen oder im Schutze der Dunkelheit in die Tunnel einzubrechen, um so nach England zu kommen; ein Mann lag auf einem Zugdach, Arme und Beine ausgestreckt. Der Anblick brannte sich Christine in die Seele; das Horrorbild dieser tiefschwarzen Seesterngestalt, dunkel gegen die Dunkelheit – wer war das, was sollte aus ihm werden? – mischte sich in ihrem Bewusstsein mit ihrem eigenen Leid. Doch sie wusste, es war unanständig, den privaten Verlust ihres Kreises mit dieser öffentlichen Schande zusammenzubringen. Ihre Welt war noch in der Trauer privilegiert; Zacharys Tod hatte keine moralische Bedeutung, er war kein Unrecht. Und doch vernichtete er sie alle.

Im Schlafzimmer war es stickig, als Christine sich auszog; sie schob das Dachfenster auf, so weit es ging, und von draußen wehte die heiße Nacht herein, verpestet und grießig. Christine war sich nervös der anderen bewusst, die unten in der voll belegten Wohnung schliefen oder auch nicht schliefen: Lydia im Gästezimmer, Max auf dem Sofa. Die Mädchen waren mit einem Taxi in Isobels Wohnung zurückgefahren. Alex hatte Max auf dem Klappbett in Christines Atelier unterbringen wollen und war überrascht, als er die Tür abgeschlossen fand. Christine hatte den Kopf geschüttelt, als er sie fragte, ob sie wisse, wo der Schlüssel sei. »Max kann doch auf dem Sofa im Wohnzimmer schlafen.«

Sie und Alex lagen im Dunkeln wie Statuen nebeneinander, im Schlafanzug auf dem Rücken, mit ausgestreckten Beinen und aufgerichteten Füßen; sie starrten nach oben ins Nichts, ohne sich zu berühren – und doch spürte Christine die Hitze seiner Haut, die ihre versengte. Der Schlaf schien sehr fern. »War es seltsam, in ihrer Wohnung zu sein?«, fragte sie. »Als du Lydias Kleider geholt hast. Zacharys Sachen müssen doch überall herumgelegen haben.«

Lydia und Zachary wohnten in einem umgebauten Gemeindehaus, das in die kleine Kirche überging, die jetzt eine Kunstgalerie war. Die schmucklosen hohen Decken und die großen Bogenfenster mit den welligen grünlichen Scheiben, die alten Kacheln und der Messinghahn in der Küche, der elegante ultramoderne Umbau hatten Christines Neid geweckt. Sie und Alex hätten sich ein so edles Ambiente nicht leisten können.

»Ich war vollauf damit beschäftigt«, sagte Alex, »alles zusammenzusuchen, was Lydia haben wollte. Dann habe ich draußen Stimmen gehört und war mir völlig sicher, dass Zachary nach Hause kommt. Bis mir einfiel, dass das nicht sein kann.«

Sie tastete nach seiner Hand, die zwischen ihnen auf dem Laken lag; er nahm ihre fest in seinen heißen, trockenen Griff. Sie hielten nicht oft Händchen. Christine zeigte ihre Gefühle nicht gern; Alex meinte, Händchenhalten sei etwas für Kinder, nicht für Männer, wenn sie Frauen berührten. Im Übrigen redeten sie auch nicht oft so vertraulich miteinander, jetzt nicht mehr. Manchmal erschien es Christine, als hätten sich die langen Jahre der Vertrautheit wie eine Membran über ihre Kehle gelegt, sodass sie nicht mehr so leicht mit ihm sprechen konnte und sich deshalb verborgen hielt.

Doch jetzt mussten sie liebevoll miteinander umgehen, koste es, was es wolle.

»Es war gut, dass du nach Glasgow gefahren bist, um es Grace zu sagen«, begann sie. »Das war sehr nett von dir.«

»Was Lydia sich bloß gedacht hat!«

Sie mahnte ihn flüsternd zur Vorsicht, vielleicht könne Lydia sie hören, sie sei ja gleich unten. Alex sprach leise mit heiserer Stimme weiter. »Allein der Gedanke, ihrer Tochter das wie nebenbei mitzuteilen, am Handy!«

»Lydia kann jetzt natürlich nicht klar denken.«

»Sie ist gefährlich, wenn sie nicht klar denkt.«

Das war auch so ein Muster bei ihnen: Er kritisierte Lydia, und Christine verteidigte ihre Freundin. Alex hatte manchmal, früher, durchblicken lassen, Lydia sei zu oberflächlich, um Zachary so glücklich zu machen, wie er es verdiente. »Für sie ist das eine Katastrophe. Unsere Aufgabe ist es, uns um sie zu kümmern«, sagte Christine.

»Ich möchte mich um sie kümmern.«

»Ich weiß, sie spürt das. Sie weiß es zu schätzen.«

Alex drehte sich um, wandte sich ihr im Dunkeln zu; er legte seine Hand auf ihre Pyjamajacke, auf ihre Brust. Christine war entsetzt, wie sehr es ihr widerstrebte, mit ihm zu schlafen. Sie sollten sich doch einander öffnen. Alex hatte recht, auf seinen Instinkt war Verlass, er war weitherziger als sie. Halb sehnte sie sich nach dem Trost, den er ihr geben wollte, und danach, ihm Trost zu spenden. Es war wie am Vortag, als er wollte, dass sie sich die Musik ganz zu Ende anhörte. Ihr Verstand sagte ihr, dass Sex und Tod Teil des Mysteriums von

Eingang und Ausgang waren, dass beides an denselben fremden Ort führte, an den sie jetzt alle gehörten, im plötzlichen Schatten von Zacharys Tod. Doch ihr Körper widersetzte sich dem Verstand und verspannte sich gegen ihren Mann, es war wie ein Rückzug in das eigene Fleisch, ein Verstecken in dessen versiegelter Kammer, ein erbittertes Wehren gegen jede Verletzung. Sie wollte versuchen ihm zu erklären, dass sie keine Berührung ertragen konnte, nicht jetzt, noch nicht, aber sie schaffte es nicht, die Worte blieben in ihrer Brust stecken, wollten nicht herauskommen. Wortlos stieß sie seine Hand weg, drehte ihm den Rücken zu und stellte sich schlafend.

Mitten in der Nacht kam Lydia zu ihnen ins Zimmer. Sie wachten verwirrt auf und sahen sie in ihrem weißen Nachthemd am Fußende des Betts stehen, im schwachen Licht aus dem Dachfenster wirkte sie größer, als sie in Wirklichkeit war, ihr Haar fiel herab wie bei einer Figur in einem melodramatischen Theaterstück oder einer Oper.

»Lydia, kannst du nicht schlafen?«, fragte Christine.

»Die Angst lässt mich nicht. Und ich habe kalte Füße.«

Christine sprang auf und kramte in der Kommode nach einem Paar Socken für ihre Freundin. »Schlüpf unter die Bettdecke«, sagte sie. »Wärm dich auf.«

Als Lydia sich ins Bett legte, waren ihre Bewegungen steif wie die einer alten Frau; sie schien tatsächlich zu zittern vor Kälte, trotz der warmen Nacht. Alex schwieg zunächst, drehte ihnen weiter den Rücken zu, obwohl er bestimmt wach war. »Ich habe Angst«, sagte Lydia.

»Jane Ogden hat mir erzählt, dass Zachary schwarzes Blut erbrochen hat.«

»Warum musste sie dir das auch erzählen?«, antwortete Christine besänftigend. »Warum musstest du das wissen?«

»Hier fühle ich mich sicherer, zwischen euch beiden.«

Christine ertastete unter der Decke die eiskalten Füße ihrer Freundin. Behutsam zog sie ihr die Wollsocken über, dann legte sie sich wieder zu ihr ins Bett, schlang einen Arm um sie, die nun zwischen ihnen an Alex' Rücken lag. Da drehte er sich um und umfasste sie ebenfalls. »Arme Lydia«, sagte er.

»Ach, Alex. Ich wünschte, ich wäre gestorben und er wäre noch hier.«

»Sei nicht albern. Du bist uns geblieben, das macht dich umso kostbarer für uns.«

Zuerst dachte Christine, Lydia würde nie einschlafen: Sie spürte das Rasen der Panik im Körper ihrer Freundin wie den regen Stoffwechsel eines Tiers. Sehr bald aber ging Lydias Atem anders, wurde flach, und sie begann unbewusst zu zucken. Nun war es Christine, die sinnlos wach lag. Ihr war heiß, Lydias fiebrige Träume schienen sie zu verbrennen. Christine hätte nicht sagen können, ob Alex gleichfalls wach lag. Sie erwartete beinahe, dass er aus dem Bett schlüpfen und nach unten gehen würde, um im Gästezimmer bequemer zu schlafen. Doch er rührte sich nicht.

2

Als sie alle um die zwanzig waren und sich gerade erst kennenlernten, hatte Lydia Smith sich als Erste in Alexandr verliebt. Er war damals, Mitte der achtziger Jahre, mit seiner ersten Frau Juliet verheiratet. Sandy war drei oder vier Jahre alt. Lydia und Christine hatten eben ihr Studium abgeschlossen, sie teilten sich noch ein Haus mit einigen anderen befreundeten Studenten; Christine hatte ihre Doktorarbeit in Literaturwissenschaft in Angriff genommen, die sie dann nie abschloss, Lydia arbeitete stundenweise in einer Bar. Alexandr Klimec war ein paar Jahre älter, er kam ihnen richtig erwachsen vor, mit einem wirklichen Leben. Sie hatten ihn kennengelernt, als er an ihrer Universität Französisch unterrichtete; zu der Zeit musste man noch einen Französischkurs belegen, wenn man einen Abschluss in Englisch machen wollte. Wahrscheinlich hatte er sie kaum wahrgenommen, zwei Mädchen in einer gemischten Studentengruppe – obwohl Männer Lydia im Allgemeinen sehr wohl wahrnahmen. Jedenfalls hatten die Mädchen Alex hinreißend gefunden, so akkurat und kultiviert, mit seinem fremdartigen guten Aussehen, seinen eigenartigen, haselnussbraunen Katzenaugen, seiner messerscharfen Intelligenz, seiner Verachtung für ihre Unwissenheit, seinem leicht gutturalen französischen Akzent. Er hatte sich nicht einmal bequemt, mit ihnen zu flirten, wie andere männliche Dozenten das taten. Sie fanden das ausgesprochen kränkend.

Als der Französischkurs beendet war, dachte Christine kaum mehr an ihn – sie erinnerte sich nur an *Hypocrite lecteur, mon semblable, mon frère!* Aber im Herbst nach ihrem Examen gestand Lydia, dass sie herausbekommen hatte, wo Alex wohnte und dass er verheiratet war und ein Kind hatte. Sie hatte sich Juliet als Studentin von Alex vorgestellt und behauptet, sie suche einen Job als Babysitterin. Juliet hatte sich ihre Telefonnummer notiert und sie auch schon angerufen.

»Ich möchte, dass du die ersten paar Male mitkommst«, sagte Lydia zu Christine. »Damit sie nicht denken, ich führe etwas im Schilde. Was ich natürlich tue.«

»Aber du magst Kinder doch gar nicht!«

»Ich mache das nicht, um an sein Kind heranzukommen. Chris, ich bin verrückt nach diesem Mann. Er erscheint mir sogar in meinen Träumen – ich rede nicht von Tagträumen, ich meine richtige Träume in der Nacht, wenn ich schlafe. In diesen Träumen stolpere ich immer hinter ihm her, und dann dreht er sich um und erkennt mich gar nicht, oder er guckt glatt durch mich durch. Oder ich habe Blutflecken am Rock, oder ich habe meine Hausaufgaben für seinen Kurs gemacht, aber sie sind verdreckt, weil mir die Seiten auf der Straße aus der Hand gefallen sind.«

»Aber das ist doch furchtbar, Lyd, in seinem Haus herumzuschnüffeln.«

»Ich muss einfach wissen, ob ich eine Chance habe. Ich schwöre, wenn sich herausstellt, dass er glücklich und zufrieden verheiratet ist, gebe ich die Sache auf. Ich erzähle Juliet, ich hätte mit dem Babysitten aufgehört, weil mich ein Hund gebissen hat. Oder ein Baby. Du wirst den Namen Klimec nie wieder aus meinem Mund hören. Ich ziehe mich in ein Kloster zurück.«

Sie tranken chinesischen Tee mit Zitrone in Lydias Zimmer; Lydia saß in einem verknitterten scharlachroten Seidenkimono im Schneidersitz auf ihrem ungemachten Bett, die Augen mit Kajal umrahmt, und wedelte auf ihre affektierte Art mit einer zwischen den Fingerspitzen gehaltenen Zigarette, an der sie flüchtig zog. Sie konnte dafür sorgen, dass Christine sich sehr weltfremd vorkam. Und sie war damals wirklich weltfremd: Groß, dünn und unbedarft, einen Strang ihres hellbraunen Haars um den Kopf gewunden, sah sie aus wie die Karikatur einer altmodischen gelehrten Dame, obwohl sie erst 22 war; sie fuhr überall mit einem alten Fahrrad hin, ihre Bücher vorne im Korb, stieß sich mit einem Fuß am Gehweg ab und saß dann im dichten Londoner Verkehr kerzengerade, fast schon komisch aufgerichtet im Sattel. Christine war in London aufgewachsen, sie fühlte sich in der Stadt vollkommen zu Hause, aber irgendwie lebte sie dort wie eine Exilantin aus einer vornehmeren, gemächlicheren Welt. Sie hatte etwas Jungfräuliches an sich, obwohl sie im wörtlichen Sinn keine Jungfrau war. Lydia beneidete ihre Freundin um deren ruhige Selbstbeherrschung. Sie selbst konnte nicht Fahrrad fahren, konnte sich nicht vorstellen, sich jemals so ungeschützt und vertrauensvoll durch den Verkehr der Stadt zu bewegen.

»Und wie ist seine Frau?«, fragte Christine besorgt.

»So ein kleines Püppchen, schwarz gefärbte Haare, Haut wie Pergamentpapier, nervös. Muss eine Kindsbraut gewesen sein, so wie Shakespeares Julia. Anscheinend ist sie Schauspielerin. Dreht durch, weil sie sich den lieben langen Tag um das Kind kümmert, während Alex seine Gedichte schreibt.«

»Er schreibt Gedichte?«

»Demnächst erscheint ein Lyrikband von ihm. Er ist ein Genie, versteht sich.«

Lydia zögerte nie, wenn sie mit ihrer ausdruckslosen, harten Kleinmädchenstimme Urteile abgab – aber hinterher lachte sie dann über sich selbst, über die eigenen Exzesse. Die Entdeckung des gemeinsamen Sinns für Ironie war eine ungeheure Erleichterung für die beiden Freundinnen gewesen, als sie sich auf dem Mädchengymnasium kennenlernten – jede hatte befürchtet, sie sei die einzige Ungläubige. Lydia zog alles in Zweifel. Christine war fast enttäuscht, dass Lydia sich nun doch heftig verliebt hatte. Sonst waren ihr immer die Jungen nachgelaufen, während sie sich unnahbar gab. Und eigentlich war Alex doch gar nicht ihr Typ – sie hatte behauptet, sie könne diese unbeholfenen und aufgeblasenen Intellektuellen nicht ausstehen. Ihre bisherigen Freunde waren die hübschen Jungen gewesen, die sie in Clubs kennenlernte oder in der Bar, in der sie arbeitete: rank und schlank, mit gebleichten Haaren oder Augen-Make-up, hart und gefährlich. Wenn diese Jungen am Telefon des Hauses verstohlene Anrufe entgegennahmen, einsilbig oder einschmeichelnd, dachte Christine, dass sie vielleicht mit Drogen handelten. Sie hatte sich von dieser Seite von Lydias Leben ferngehalten – nicht aus Missbilligung, sondern aus Schüchternheit und auch aus Angst, dass die Jungen ihren gepflegten Akzent, ihre guten Manieren verachten würden.

Lydia war in eine Krise geraten, da sie nun beide ihre formale Bildung abgeschlossen hatten. Solange sie in deren Rahmen eingebunden waren, waren Widerspruch und Skepsis leicht gewesen – jetzt war mehr gefordert, und sie fürchtete sich davor, ihren Vorrat an Phantasie und Energie anzuzapfen und womöglich leer zu finden. Zuerst war die Verliebtheit in Alex ein Spiel für sie gewesen, das ihren Tagen Form und Ziel gab. Dann hatte ihre Besessenheit den ursprünglichen Zweck geschluckt. Ihr Verlangen nach ihm nagte an ihr, machte sie unvollständig; fatalistisch dachte sie, wenn sie irgendeine Begabung habe, dann wohl dafür – für eine zerstörerische Leidenschaft. Lydia hatte in dem Haus das größte Zimmer mit dem größten Bett – in dem sie genüsslich ausgestreckt in schmutzigen Laken schlief und meistens bis Mittag liegen blieb. In ihrem Zimmer herrschte das reinste Chaos, auf allen Möbelstücken lagen Kleider herum, oder sie waren dort auf den Boden gefallen, wo Lydia sie ausgezogen hatte. Sie hatte ein Talent dafür, unter dem Ramsch in Trödelläden wahre Schätze zu entdecken – alte Designerstücke aus Seide und Satin, steife Tüllpetticoats; alles roch nach Mottenkugeln oder nach Bier und Zigarettenrauch aus der Bar.

Das Haus war halb verfallen, und sie lebten darin wie Kinder, die Erwachsene spielen. Christines Zimmer im Erdgeschoss war halb so groß wie Lydias und kühl, mit einem grünlichen Licht, das sie liebte. Die Verandatür führte auf ein verfallenes Gewächshaus und einen verwilderten Garten hinaus. In diesem grün erleuchteten Raum hockte sie über ihren Gedichtbänden, machte sich Notizen, arbeitete abends im Schein ihrer Schreibtischlampe, hörte in ihrem Rücken das gedämpfte Rauschen des Regens auf den Blättern im Garten. Das Thema ihrer Dissertation war Christina Rossetti. Die männlichen Hochschullehrer hatten ihr das auszureden versucht und behauptet, Rossettis Dichtung sei zu wenig gehaltvoll, würde einer kontinuierlichen Betrachtung auf diesem Niveau nicht standhalten. Sie blieb trotzdem dabei, aber nicht ohne Selbstzweifel. Wenn Lydia in der Bar frei hatte, trug Christine spätabends gern ein Tablett mit Tee zu ihr hinauf. Auch Lydia hatte dann gelesen. Das ganze Haus schien mit der je eigenen Konzentration, dem Schweigen der beiden Freundinnen aufgeladen. Doch Lydia las völlig anders: Keine Lyrik, sondern immer Romane, die sie reihenweise verschlang, Klassiker, Zeitgenössisches und Thriller wirr durcheinander; kaum hatte sie den letzten Satz eines Buches gelesen, schlug sie schon ein neues auf. Während sie las, vergaß sie alles um sich herum, dann klappte sie das Buch meist kommentarlos oder mit einem raschen, entschieden vorgetragenen Urteil zu: »langweilig« oder »hervorragend«. Wenn Christine nach dem Buch griff, blätterte sie verwirrt darin herum, verstört von so vielen Wörtern. »Aber *warum* ist es langweilig?«

»Die Heldin hatte so einen blöden Namen.«

Lydia hatte mit dem letzten Universitätsexamen aufgehört, in den wissenschaftlichen Kategorien, die sie sich für ihren Abschluss hatte aneignen müssen, über Bücher nachzudenken; bei den Prüfungen hatte sie allerdings sehr gut abgeschnitten, fast so gut wie Christine. Sie sprach über die kritische Analyse wie über einen Kunstgriff, den man zu strategischen Zwecken anwenden konnte oder auch nicht; für Christine, die in der wissenschaftlichen Arbeit ihre Zukunft sah, war das verletzend. Andererseits war sie es gewohnt, von Lydia verletzt zu werden, es machte ihr nichts aus. Christine hatte eine sehr glückliche Kindheit gehabt, sie hatte viel Ermutigung erfahren, sie konnte das verkraften. Lydias Familie war auch völlig in Ordnung: Ihre Eltern betrieben einen Pub. Allerdings interessierten sie sich nicht sehr für die Klugheit ihrer Tochter und fragten sich, warum sie sich keine anständige Arbeit suchte. Als sie einen Freiplatz am Gymnasium bekam, hatten sie gedacht, aus ihrer Tochter könnte einmal eine Geschäftsfrau oder Anwältin werden. Christine hatte zu jener Zeit die Arbeiterklasse verklärt und war Lydias Eltern daher mit ehrfürchtiger Scheu begegnet, sodass die Lydias Freundin für hochnäsig hielten. Und sich selbst ganz sicher nicht zur Arbeiterklasse zählten.

Die beiden Freundinnen waren unzertrennlich, seit sich bei ihrer ersten Feier zum Gedenken an die Gründerin der Schule ihre Blicke in ungläubigem Staunen getroffen hatten, fassungslos über die vielen devot im Gebet gebeugten Köpfe, das trübe Wogen der gehorsam auswendig gelernte Floskeln murmelnden Stimmen. Nicht dass sie renitent waren: Andere Mädchen, die alles glaubten, was die Schule ihnen sagte, waren viel renitenter. Christine Drinkwater und Lydia Smith hatten den subversiven Ernst wahrer Andersdenkender. Sie pinnten Zeitungsartikel ans Schwarze Brett, in denen die Übel des Privatschulwesens angeprangert wurden, sie boykottierten die Spendenaktionen ihrer Klasse – die immer Tieren zugute kamen. Christine war von Lydias geballter Energie angezogen, die sich nicht nach außen richtete, sondern etwas gleichsam Unrealisiertes, in ihr Schwelendes war. Ihr kühner Negativismus eröffnete Möglichkeiten, versprach Abenteuer.

Christine wunderte sich jetzt über die langen Tage, an denen sie nichts weiter zu tun hatte, als in der Unibibliothek oder an ihrem häuslichen Schreibtisch ihren Studien nachzugehen. Sie brauchte sich keinen Job zu suchen, weil sie ein Doktorandenstipendium hatte, und eine Lehrtätigkeit an der Universität hatte sie noch nicht aufgenommen. Sie war fleißig und liebte ihre Arbeit, aber die konnte ihre Tage nicht wirklich ausfüllen und sie auch innerlich nicht vollkommen befriedigen. Und so befand sich auch sie, wie Lydia, in einem Schwebezustand, wartete darauf, etwas Gewichtigeres zu entdecken, das sie zu ihrem Lebensinhalt machen könnte. Vielleicht wäre das die Mutterschaft, dachte Christine manchmal. Ihre eigene Mutter sprach bedeutungsvoll von dem Glück, das Kinder mit sich brachten, und Christine glaubte daran – und doch schien das eine recht ferne Möglichkeit zu sein, also wartete sie geduldig weiter.

Manchmal wurde sie vom Schlaf übermannt, während sie über ihren Texten saß. Und manchmal legte sie sich am hellen Nachmittag ins Bett, schuldbewusst, aber genießerisch, gab jede Verantwortung ab. Dann erwachte sie im grünen Licht des Zimmers in einer merkwürdigen Stimmung, von all dem massiven Druck ihres Wesens und ihrer Verpflichtungen befreit. Manchmal begann sie an diesen verlorenen Nachmittagen zu zeichnen und drehte dabei ihren Wecker von sich weg, damit sie nicht sah, wie die Zeit verging. In der Schule hatte sie im Kunstunterricht gute Noten bekommen, sie hatte ein Talent dafür, etwas im Bild zu erfassen, aber niemand hatte ihr je nahegelegt, das weiterzuverfolgen, sie hatte es nie ernsthaft in Betracht gezogen. Sie und ihre Brüder hatten immer auf die Universität hingearbeitet; eine Kunstakademie wäre nur als Ersatz begriffen worden, falls man das eigentliche Ziel verfehlt hatte. Ihre Familie schätzte die bildenden Künste sehr und sah sich alle Ausstellungen an, hätte aber eigene künstlerische Ambitionen für vermessen gehalten. Neue Kunst war noch unausgegoren. Woher sollte man wissen, was etwas taugte und was nicht, wenn die Nachwelt noch nicht ihre Gewissheiten darum gelegt hatte? Sie hatten es lieber, wenn der Gegenstand ihrer Betrachtungen gut abgelagert war. Gegen ein Studium der Kunstgeschichte hätte niemand etwas einzuwenden gehabt.

Für Christine war das Zeichnen anfangs nur ein Gekritzel, ein Zeitvertreib, während sie über einzelne Gedichte nachsann und überlegte, was sie darüber schreiben sollte. Obwohl sie sich schämte, für eine kindische Marotte Geld zu verschwenden, kaufte sie in einem Geschäft für Künstlerbedarf Schabkarton. Und wenn sie sich, allein im Haus, über die Bögen beugte, das schwarze Wachs herauskratzte und die weißen Linien im Relief stehen ließ, schien sie einen neuen Boden auszuheben, der in ihrem Inneren lag und ihr doch unbekannt war. Das hatte etwas Barbarisches und Überschwängliches und Hochriskantes. Das erste Bild, das sie fertigstellte, zeigte einen Schnitt durch ein Rasenstück auf einem Friedhof, das Gras mit den Tropfen eines Regenschauers benetzt, und die seltsame rückwärtige Ansicht einer Amsel mit aufgefächerten Schwanzfedern, alles sehr nahe am Auge des Betrachters und zusammengedrängt. In der lehmigen Erde war zwischen Steinen und Würmern ein Leichnam vergraben: nicht in Verwesung, sondern wie ein lebendiger Körper – und auch nicht der ganze Körper, sondern nur eine Schulter, der Nacken und Haare, von hinten gesehen und dicht an den Bildrand geschoben. Als das Bild fertig war, wusste sie, dass es furchtbar plump und pseudoviktorianisch war, und sie zeigte es niemandem, verbarg es unter anderen Papieren in einer Schreibtischschublade.

Schon als sie das erste Mal babysitten gingen, war Christine klar, dass Lydia alles falsch anfing. Den ganzen Nachmittag zog sie sich, krampfhaft bemüht, immer wieder etwas anderes an und entschied sich schließlich für eine altertümliche, mit Jettperlen bestickte Bluse aus schwarzem Seidenchiffon und dazu Jeans, was nicht gerade ein passendes Outfit für die Kinderbetreuung war. Außerdem trug sie zu viel Make-up und obendrein ihren Fuchsschwanzkragen. Alex machte ihnen die Tür auf. Er und Juliet wohnten in Kensal Rise in einem gemieteten kleinen Reihenhaus mit einem Gitterzaun und einem schmalen Streifen Vorgarten, wo Juliet Kräuter in Töpfen zog. Er schien sich vage an die Mädchen zu erinnern, nicht aber an ihre Namen. Als sie sagten, sie seien zum Babysitten gekommen, rief er misstrauisch nach Juliet, die von hinten aus der Küche kam, humpelnd, weil der kleine Junge sich an ihre Knie klammerte.

»Alex, hast du das etwa vergessen?«, fragte Juliet vorwurfsvoll und zog den Jungen auf ihre Hüfte; sie war sehr klein und Sandy sehr groß, dünn und blass, sodass man unwillkürlich dachte, hier wolle ein älteres Kind wieder Baby spielen. »Wir sind bei den Fairlies zum Essen eingeladen. Das sind die Mädchen, von denen ich dir erzählt habe. Sag guten Tag, Sandy.«

Sandy drehte das Gesicht weg, drückte sich an seine Mutter und fingerte verlegen an ihrer Brust herum.

»Herrgott, Jules«, erwiderte Alex. »Ich will nicht zu den Fairlies gehen. Wir mögen die Fairlies doch gar nicht. Ruf an und sag ihnen, Sandy sei krank oder so. Und diese Mädchen kannst du wegschicken.«

Es war offensichtlich, dass er und seine Frau einen erbitterten Streit ausfochten, der weit über diesen einen Abend hinausging; Christine spürte, dass Lydia jedes Anzeichen davon aufmerksam verfolgte. Alex ging wieder in sein Arbeitszimmer und machte die Tür zu, sah die Mädchen kaum an. »Beachten Sie ihn gar nicht«, sagte Juliet ungerührt. »Er muss jetzt ein bisschen schmollen. Sie wissen ja, wie Männer sind.«

Beide Mädchen schlugen sich – unfairerweise – sofort auf Alex' Seite, Christine wegen des Französischkurses und des *hypocrite lecteur*. Aus sentimentalen Gründen ergriffen sie Partei für die Kunst und das geschlossene Studierzimmer und stellten sich gegen die Eintönigkeit der Kinderbetreuung. Juliet war zwar klein, strahlte aber eine kampflustige Entschlossenheit aus: flink und leichtfüßig, die schwarzen Locken mit einem Kamm hochgesteckt, an den Ohren baumelnde bemalte Ohrringe in Papageienform und ein blasses, beherrschtes Gesicht, hübsch und scharf geschnitten. Als sie Alex heruntterputzte und in die Schranken wies, wussten die Mädchen, dass auch sie von ihr taxiert wurden und dass sie als erfahrene Ehefrau ihre romantische Schwärmerei durchschaute. Sie verschwand in Alex' Arbeitszimmer und ließ die Mädchen mit Sandy zurück, der sich weinend an die Türritze drückte, als könnte er sich hinter seiner Mutter hindurchquetschen.

Die Mädchen lauschten gebannt und fasziniert, wie der Streit – dessen genauer Wortlaut unverständlich blieb – auf der anderen Seite mit unterdrückter Vehemenz hin und her ging: viel mehr von Juliets Seite als von Alex, dessen Schweigen gewichtig war. Schließlich kam Juliet triumphierend heraus und ging nach oben, um sich umzuziehen; dann kehrte sie in einem Zigeunerkleid aus schwarzem indischen Baumwolldruckstoff zurück, das ihre kleinen Brüste herausfordernd zur Geltung brachte. Sie versuchte, Sandy ins Bett zu bringen, aber der tauchte bald wieder auf, ließ seinen Babysitterinnen keine Ruhe, ein düsteres Gespenst in einem verwaschenen Schlafanzug: Er hatte riesige schläfrige Augen und eine durchsichtige Haut, die fast bläulich wirkte. »Es macht Ihnen doch nichts aus, oder?«, sagte Juliet munter. »Wenn er müde ist, geht er von allein ins Bett.«

Alex nahm mit Märtyrermiene die Autoschlüssel vom Haken und folgte seiner Frau wortlos nach draußen zum Wagen; Sandy warf sich in stummer Verzweiflung gegen die hinter seinen Eltern zugefallene Tür. »Offensichtlich liebt er sie nicht«, verkündete Lydia und zündete sich ihre erste Zigarette an.

»Lydia, pssst. Und überhaupt, das kannst du so nicht sagen. Wir wissen doch gar nicht, wie eine Ehe funktioniert.«

»Wer liebt wen nicht?«

Sandy hatte plötzlich aufgehorcht. Lydia machte sich mit ihrem heiseren Lachen über ihn lustig; sie hatte keine Ahnung, wie man mit Kindern umging. »Ach, irgendwelche Leute, die du nicht kennst. Freunde von uns. X liebt Y nicht. Was verstehst du überhaupt von der Liebe? Du bist wohl ein kleiner Lauscher, ja?«

»Was ist ein Dauscher?«

Sandy zog es gleichsam magnetisch zu Lydia hin, und anfangs ließ sie ihren ganzen Erwachsenencharme spielen, flirtete mit ihm und neckte ihn, stellte ihm mit ihrer ausdruckslosen Stimme unpassende Fragen. »Kannst du schon lesen und schreiben? Warum nicht? Was sind das für Bilder auf deinem Schlafanzug? Segelboote? Hast du denn ein Segelboot? Wen magst du lieber, deine Mummy oder deinen Daddy?«

»Meine Mummy«, antwortete Sandy prompt.

Lydia tat, als wäre sie sein Daddy, machte ein trauriges Gesicht, rieb sich mit den Fäusten die Augen und jammerte. Sandy ging mitleidig zu ihr, hatte fast selbst Tränen in den Augen. Da packte sie ihn und stupste ihn in den Bauch, wollte ihn spielerisch beißen. Es war alles zu viel. Bald war Sandy völlig überdreht, rannte aufgeregt schreiend herum. Als er fünf Minuten später mit krampfhaftem Schluchzen in sich zusammensank, hatte Lydia genug von ihm, und Christine musste ihn ins Bett bringen, ihn beruhigen, ihm Geschichten vorlesen. Unterdessen hörte sie Lydia unten herumschnüffeln, Schubladen und Schränke aufmachen.

»Es geht um mein Überleben«, erklärte Lydia, als Sandy endlich eingeschlafen war. »Ich muss alles über

Alex herausfinden. Meinst du, sie schlafen miteinander? Offenbar gibt es nur das eine Doppelbett. Aber meinst du, sie haben da tatsächlich Sex? Ich glaube das nicht. Da knistert nichts zwischen ihnen.«

Christine wollte nicht darüber nachdenken, ob Alex, den sie kaum kannten und vor dem sie Respekt hatten, überhaupt mit jemandem Sex hatte. Sie sagte, sie habe keine Ahnung. Doch die gesammelten Zeugnisse dieses fremden Lebens erregten unwillkürlich ihre Neugier – etwas von Alex' Glanz fiel auch auf Juliet. Die Mädchen durchstöberten den Kühlschrank, probierten die alkoholischen Getränke, lasen die auf dem Fensterbrett zwischen den Pflanzen aufgestellten Ansichtskarten und sogar einige herumliegende Briefe; sie fahndeten in der Gestaltung der Räume nach ehelichen Geheimnissen. Es war klar zu erkennen, dass in diesem winzigen Haus zwei verschiedene Kräfte wirkten, die im Widerstreit miteinander lagen: auf der weiblichen Seite die Gläser voll Linsen und Pasta mit ihren bunt bemalten Deckeln, die Kinderzeichnungen am Kühlschrank, die indischen Stickereien auf Samt, die Pflanzen überall. Juliet verstand es, etwas zum Wachsen zu bringen. Dieser weiblichen Helligkeit und dem weiblichen Optimismus standen die schlicht eingebundenen Bücher auf den Regalen in Alex' Arbeitszimmer entgegen, englische und französische Bücher und solche in anderen Sprachen, die sie nicht kannten, mörderisch hoch gestapelt und dick mit Staub bedeckt. Die elektrische Schreibmaschine, der Schreibtisch mit dem überquellenden Aschenbecher, die kaputte, schmutzige Jalousie, die schief vor der draußen herrschenden Dunkelheit hing, der Drehstuhl auf seinem verchromten Fuß: Das alles war betont hässlich, modern, ein nüchternes Abbild geistiger Tätigkeit. Die in den Regalen aufgestellten oder an die Wände gepinnten Schwarz-Weiß-Fotos zeigten sämtlich Männer, vermutlich andere Schriftsteller, aufgenommen in Räumen, die Alex' Arbeitszimmer ähnlich und gleichfalls mit unordentlichen Bücher- und Papierstapeln vollgestellt waren.

Christine errötete über das Antiquierte ihrer eigenen Forschungsarbeit, ihre angestaubten liebeskranken Dichterinnen. Und sie wollte Lydia beschützen vor dem, was an Alex abschreckend wirken könnte: das ganze Gewicht einer Welt des Wissens, an der sie nicht teilhatten, ein geschichtlicher Hintergrund und ein Status in anderen Sprachen, der sie ausschloss, als provinziell und dumm entlarvte. Lydia setzte darauf, dass die Macht des Sex all diese ungeheuren Unterschiede überwinden würde. »Bist du sicher, dass Alex der Richtige für dich ist?«, fragte Christine behutsam. »Ich meine, selbst wenn er nicht verheiratet wäre. Ich glaube, er ist ziemlich kalt. Ich bewundere ihn, aber ich glaube, ich mag ihn nicht.«

Lydia stimmte ihr schicksalsergeben zu. »Er ist der völlig falsche Mann für mich. Aber es ist Liebe, da kann ich nichts machen.«

Ihren Dichterinnen zum Trotz glaubte Christine nicht recht an diese Art von Liebe. Sie selbst verliebte sich ständig, in ihren Doktorvater, in den Bruder eines ihrer Mitbewohner, sogar in einen Jungen, der im Fleischerladen arbeitete. Und gleichzeitig konnte sie ganz nüchtern zusehen, wie sie im sicheren Bewusstsein, dass sie, wenn sie wollte, augenblicklich frei sein könnte, ihre eigene Qual und Erniedrigung weiter schürte. Aber vielleicht war das, was Lydia empfand, die wahre Liebe und ihre eigene ironische Distanz eine Eigenart, die sie vom Leben ausschloss.

Als Alex und Juliet von ihrer Einladung zurückkehrten und ihre Babysitterinnen unschuldig vor dem Fernseher vorfanden, nebeneinander auf dem Sofa sitzend, hatte Alex' Laune sich gebessert. Er scherzte mit ihnen, während Juliet in ihrer Geldbörse kramte, um sie zu bezahlen. Er fragte, ob sie noch immer Baudelaire und Rimbaud läsen. Ob sie die Dekadenz schon aufgegeben hätten? Lydia bot ihren ganzen Charme auf und plauderte eifrig, unterstrich ihre Bemerkungen mit unecht klingendem Gelächter. »O nein«, sagte sie. »Wir werden noch jahrelang dekadent bleiben!«

Doch Christine merkte, dass Alex auf diesen Charme nicht so reagierte, wie er sollte. Lydias kühne Offenheit, ihre belustigten Darbietungen mit weit aufgerissenen Augen und der Selbstgefälligkeit einer schnurrenden Katze, mit denen sie anderen Männern den Kopf verdreht hatte, machten auf ihn keinen Eindruck. Vor dem gereiften und erwachsenen Alex wirkte Lydias Raffinesse falsch und hausbacken, peinlich wie bei einem altklugen Kind.

Bald war Lydia beinahe täglich in Kensal Rise. Von Alex sah sie jedoch nicht viel; meist passte sie auf Sandy auf oder trank am Küchentisch Kaffee oder Wein mit Juliet, die alle Kümmernisse ihrer Ehe vor ihr ausbreitete. Eigentlich fand sie Juliet sogar nett. Lydia war im Grunde leicht zu beeindrucken, auch wenn sie sich so aufgeklärt und wissend gab und so entschiedene Ansichten hatte.

Sie entwickelte immer eine starke Beziehung zu den Frauen, die sie kennenlernte, wollte von ihnen erfahren, wie man erwachsen wurde, was für ein Mensch man sein sollte; sie bewunderte Juliets helles kleines Haus, ihre ordentlichen Schränke, ihre Tüchtigkeit und Zähigkeit – und hatte zugleich etwas Angst vor ihr, war fasziniert von ihrer Vertrautheit mit Alex. Ein so intensives, so tiefgründiges Dasein war ihr für sich selbst unvorstellbar.

Alex sei launisch und schwierig, klagte Juliet. Er könne sich nicht amüsieren. Er liebe seinen kleinen Sohn, meine aber, er könne einfach so weiterleben wie früher, als er noch kein Kind hatte, den ganzen Tag lesen und auf seiner Schreibmaschine herumtippen oder ohne ein Wort aus dem Haus gehen und manchmal stundenlang fortbleiben. Er erwarte, dass Juliet die Hauptlast der Kinderbetreuung trage – weshalb sie nur schwer Arbeit als Schauspielerin finde, obwohl das viel mehr einbringe als seine Gedichte. Genau genommen brächten seine Gedichte überhaupt nichts ein. Juliet dürfe kein Wort darüber verlieren, wie viele Bücher er kaufe, obwohl sie so wenig Geld hätten, dass sie wochenlang nur mit Linsen und Kartoffeln kochen müsse. »Ihm ist das egal«, sagte sie. »Er nimmt ja kaum wahr, was er isst.«

Lydia ging verständnisvoll auf Juliets Mühen im Zusammenleben mit Alex ein, doch gleichzeitig machten ihn diese Geschichten noch begehrenswerter. Sie dachte, wenn sie ihn erst hätte, würde sie nicht versuchen, ihn zu bändigen, ihn festzubinden. Und überhaupt, wer würde nicht lieber Bücher kaufen statt Linsen?

»Hast du kein schlechtes Gewissen?«, fragte Christine. »Ich meine, du lässt dir das alles von Juliet erzählen und überlegst dabei ständig, wie du ihn ihr wegschnappen kannst. Willst du eine Affäre mit ihm anfangen?«

»Aber ich sehe ihn doch gar nicht! Nur das Kind ist verrückt nach mir. Der Kleine kriegt gar nicht genug von mir, will mir ständig unter den Rock oder in den BH greifen. Und er bringt mich auf die Palme mit seiner Fragerei. Erinnere mich daran, dass ich niemals Kinder haben will.«

»Bei einem eigenen wäre es was anderes.«

»Meinst du? Kann sein.«

Als Alex' Buch erschien, vertieften sich die Mädchen gemeinsam in seine Gedichte. Lydia las sie einzeln laut vor, versuchte sie zu entschlüsseln wie einen Code, einen Zugang zu finden zu dem, was er sagen wollte. Die Gedichte waren ziemlich kurz, standen, jedes für sich, in der Mitte einer cremefarbenen Seite, und die Wörter selbst waren nicht unverständlich, es waren schlichte, alltägliche Wörter. Oberflächlich betrachtet, schienen die Gedichte von realen Gegenständen – einem Sofa, einem Kohlenschuppen, einem Brotmesser – oder von konkreten Momenten in der realen Welt zu handeln. Dennoch hatten die Mädchen trotz ihrer literarischen Bildung keine Ahnung, wie sie die Gedichte lesen oder was sie ihnen entnehmen sollten. Aus den Angaben über den Autor erfuhren sie, dass Alex' Familie 1968, als er neun Jahre alt war, aus der Tschechoslowakei nach England gekommen war und dass sein Vater gleichfalls Schriftsteller gewesen war, Romancier. Die Gedichte erinnerten Christine an die konkreten Gegenstände in Alex' Arbeitszimmer: nicht anmutig oder bewegend wie die Lyrik, an die sie gewöhnt war, sondern dicht und schwer auf der Seite, funktional, die Wörter so genau an Alex' Gedanken angepasst wie durch langen Gebrauch glatt gewetzte Werkzeuge. Ihre Kraft lag darin, dass sie sich jeder schönen oder beruhigenden Lesart widersetzten.

Juliet erzählte Lydia, seit der Gedichtband herausgekommen sei, fühle Alex sich elend. Er hätte sich doch freuen sollen, endlich sei der Ruhm da. »Nicht dass es schon irgendwelche Rezensionen gäbe oder dergleichen«, sagte sie. »Das ist natürlich ein wunder Punkt. Er behauptet, in England gebe es nur kleine Kreise hochvornehmer Dichter, die sich gegenseitig rezensieren.«

Lydia fand heraus, wo Alex mit seinen Freunden trinken ging, ein schmuddeliger alter Pub an der Pentonville Road, nicht weit von King's Cross. Dort schneite sie eines Abends wie zufällig herein, wurde allen vorgestellt und ließ sich danach häufig dort blicken. Zuerst war sie begeistert, dass sie diesem neuen Freundeskreis angehörte, die einzige Frau unter all den gescheiten Männern mit ihren lautstarken Auseinandersetzungen. Alex schenkte ihr mehr Beachtung, er war freundlich und ermunterte sie mitzureden. Aber seine Freundlichkeit war ihr nicht genug, sie war nicht das, was sie wollte, und nach einer Weile fühlte sie sich davon erdrückt. Ihre Besessenheit nahm zu: Lydia wusste, dass sie sich geradezu fanatisch schminkte, und es machte ihr auch Angst, dass sie diesem Mann so viel Macht über ihr Glück gegeben hatte. Vielleicht ginge es ihr besser, dachte sie, wenn Christine an diesen Abenden dabei wäre. Christine war vernünftig, sie konnte die Dinge ins rechte Licht rücken. »Komm doch mit«, bat sie. »Bitte, Chris! Du kannst mir sagen, ob ich eine Chance habe, dass er mich je mögen – ich meine, wirklich *mögen* – wird oder ob ich gleich anfangen kann, mich zu Tode zu trinken. Und überhaupt, da ist noch jemand, den du unbedingt kennenlernen solltest. Wirklich, Zachary ist der perfekte Mann für dich. Ich glaube, das könnte klappen. Er ist ein guter Freund von Alex, aber er ist ganz anders als Alex: richtig umgänglich. Und furchtbar reich.«

Wie die Mädchen waren auch Alex und Zachary schon seit der Schulzeit befreundet. Die Mädchen durften wenigstens jeden Abend zu ihrer Familie nach Hause gehen. Die Eltern der Jungen hatten, entgegen ihren progressiven politischen Überzeugungen, jeweils für sich beschlossen, ihre Söhne auf eine private Internatsschule zu schicken – wo die beiden, wie nicht anders zu erwarten, zutiefst unglücklich waren. Ihre Eltern hatten sie nur absichern, vor Ausgrenzung bewahren wollen: In beider Familiengeschichte gab es Grund, nervös zu sein. Zachary Samuels' Großeltern waren Anfang des 20. Jahrhunderts noch aus der Ukraine herausgekommen, aber viele ihrer Verwandten hatten es nicht geschafft. Alex Klimecs Schriftstellervater hatte nie wieder ein Wort geschrieben, in keiner Sprache, nachdem er Bratislava so überstürzt verlassen musste. Sein Schweigen hatte wie eine dumpfe Last über ihrem Zuhause gelegen.

Beide Jungen hatte etwas – bei Alex vielleicht Dickköpfigkeit, bei Zachary edelmütige Aufopferung – davon abgehalten, ihre Eltern mehr als die obligatorischen ein, zwei Mal in den ersten Wochen zu bitten, sie von diesem Ort des Schreckens wegzuholen. Dennoch hätten die Eltern wahrnehmen sollen, unter welchem Druck ihre Kinder standen: Die Jungen waren nach dem ersten Halbjahr verändert, mit einem neuen spröden Panzer von Hohn und Spott zurückgekommen. Zachary war wohl immer zu rosig und zu heiter, als dass jemand etwas bemerken konnte; und Alex' Eltern, selbst Exilanten, hielten sein verkniffenes Elend für den natürlichen Zustand des Menschen. Daher mussten die Jungen in ihrer kleinen Zweiergemeinschaft – die sich zuweilen recht flexibel ausdehnte und andere Versprengte aufnahm – in der Schule einander alles ersetzen, was sie verloren hatten. Alex sprach perfekt Englisch, die erste große bewusste Leistung seines Lebens, um als zugehörig zu gelten; doch er existierte in dieser Sprache wie in einer fremden Hülle, deren Formen nicht ganz die seinen waren – das machte das Überleben leichter. Er musste Zachary beschützen, der so schrecklich unbedacht war. Als Alex zum ersten Mal das erwartungsvolle Lächeln seines Freundes sah, dachte er an die auf entlegenen Inseln lebenden Vögel und Säugetiere, die noch keine Furcht vor Raubtieren kannten. Andererseits war Zachary beliebt, bei den Jungen wie bei den Lehrern, und Alex nicht; sie fühlten sich von ihm verspottet und belächelt. Mit seinem ausgeprägten Vokabular konnte er ungemein bissig werden, er gebrauchte mit größter Selbstverständlichkeit Wörter, die die anderen Jungen kaum kannten.

Die große Erleichterung, ja Erlösung, und die Entlassung in ein freies Leben, als sie nach dem Ende der Schulzeit beide nach Cambridge kamen, bedeuteten nicht das Ende ihrer Freundschaft – kein anderer Mensch würde je wissen, wie diese Zeit gewesen war. Alex und Zachary sprachen nicht über die Schule, aber die gemeinsame Erfahrung schweißte sie zusammen, enger als Brüder. (Und wie es sich traf, schickten Zacharys Eltern seinen Bruder Max auf die staatliche Schule am Ort, was sehr gut war, weil Zachary meinte, Max würde dort glücklicher sein – und Max kam nie darüber hinweg, dass Zachary in seinen Augen einen Vorteil vor ihm gehabt hatte.) Nun versuchten sich Alex wie auch Zachary als Schriftsteller. Alex konnte nicht nur seine Gedichte veröffentlichen, er bekam auch Lehraufträge an der Universität und durfte für gute Zeitungen Rezensionen schreiben; er machte sich einen Namen. Zachary mühte sich mit einem Roman ab und schuf nebenbei pfiffige kleine Leuchtkasteninstallationen. Es war typisch für ihn, dass ihm das Glück treu blieb und er mit seinem Charme – und seinen Beziehungen, denn seine wohlhabenden Eltern waren enthusiastische Kunstmäzene – Redakteure und Galerien für seine Arbeiten interessieren konnte, obwohl er noch gar nichts zu Ende gebracht hatte. Alex dachte, er würde nie etwas zu Ende bringen. Seiner Meinung nach fehlte Zachary die für einen wahren Künstler nötige Grausamkeit und das Gefühl einer inneren Unvollständigkeit. Er war zu sehr in sich gerundet und zu hoffnungsvoll. Seine Werke entsprangen seiner Begeisterung für die Künste, was schon im Ansatz falsch war. Aber Alex' Vorstellungen von einem Künstlerdasein gingen naturgemäß auf seinen eigenen Vater zurück, dessen Begabung sich auf so bittere Weise nicht hatte entfalten können.

Die Freunde, die da beim Bier zusammensaßen – Alex, Zachary, Nathan Kearney, Martin Shield und andere –, taten nichts so Unfeines, wie sich über Leben und Persönlichkeit eines Künstlers auszulassen. Wenn sie überhaupt über Bücher, Musik und Filme sprachen, war es fast immer ein argumentativer Wettstreit: Dieses oder jenes war grandios oder – häufiger noch – es taugte nichts, sie hatten die Masche durchschaut. Dass das alles Geschmackssache war, galt als selbstverständlich. Sie behandelten von allen geteilte Gewissheiten, bedachten die Vorlieben der anderen mit ungläubiger Verachtung oder verstummten einfach, wenn das Gegenüber nichts kapierte, der Streit nicht lohnte. Alex hielt sich in dieser Runde oft zurück, wahrte Distanz. Ihm war dieser Konsens nicht ganz geheuer, weil er sich selbst so schwer damit tat, sich zu irgendeiner Gewissheit zu bekennen. Er wollte alles, was er je geschrieben hatte, auf der Stelle vernichten, sobald es fertig war – oder wollte das zumindest mit halbem Herzen. Sogar seine Gedichte, in solcher Hitze geschmiedet und dann wieder und wieder mit kalter Akribie überarbeitet, schienen zu enttäuschenden Versen geschrumpft, sobald er sie auf den Seiten eines Buches ausgestellt sah. Nur die Treue zu seinem früheren Ich und auch eine Art Selbstschutz – lieber kein Aufheben machen – hielten ihn davon ab, sich von ihnen zu distanzieren.

Alex' verschlossenes Schweigen im Kreis der Freunde tat seinem Ruf keinen Abbruch, der Hervorragendste, der Begabteste unter ihnen zu sein; und wenn er doch einmal redete, war er originell, energisch und witzig. Die anderen schlossen sich seinen Ansichten an. Vielleicht war seine markante Ausdrucksweise die letzte Spur seiner Fremdartigkeit: Seine Reden waren handfest, wie seine Gedichte – er benutzte gern eine schlichte Sprache, den Wortschatz des alltäglichen Lebens. Aber er wusste so viel, er hatte alles gelesen. Er las nächtelang – seine Freunde fragten sich, ob er jemals schlief. Sie fügten sich seinem Urteil und wetteiferten um seine Gunst, um den wärmenden Glanz seiner Zuwendung. Unbewusst übernahmen sie sogar Elemente seines Stils, trugen eng anliegende Wollpullover wie er, entwickelten denselben Geschmack für schwarzen Kaffee. Sie fürchteten auch Alex' bisweilen barsche Zurechtweisungen und seine Launen. Er fand ihren revolutionären Eifer naiv, geißelte die hochgespannten Hoffnungen der Linken im Westen. Außerhalb seines engsten Freundeskreises gab es einige, die ihn überhaupt nicht mochten und zutiefst unsympathisch fanden.

Die Krise seiner Ehe machte Alex unglücklich. Als er Juliet heiratete, weil sie mit seinem Sohn schwanger war, hatte er die feste Absicht, dieses Arrangement mit Anstand durchzuziehen. Er hatte Respekt vor dem Beständigen und Verbindenden der Ehe als Institution: Dass man nach einer gescheiterten Ehe immer wieder neu anfangen konnte, war ein Klischee, an das nur Leute in vorgerücktem Alter glaubten. Er war Juliet nie untreu gewesen, auch wenn sie sich alle möglichen Untaten vorstellte – aber er wollte ihr nicht, wie verlangt, haarklein darlegen, wo er zu jeder Stunde des Tages gewesen war. Am schlimmsten führte sie sich auf, wenn sie mit ihren Schwestern telefoniert hatte, die sich zum Echo ihrer Klagen machten und sie damit verstärkten, jede Ambivalenz aus dem Weg räumten und Juliet in eine Raserei der Anschuldigungen trieben.

»Sandy hat mir erzählt, du hast ihn in der Bibliothek allein gelassen«, sagte Juliet.

Zuerst wusste er gar nicht, wovon sie sprach.

»Du hast ihn da sitzen lassen und gesagt, er solle sich nicht von der Stelle rühren, bis du zurückkommst, und dann bist du für eine halbe Stunde verschwunden. Er hatte furchtbare Angst.«

»Es waren zehn Minuten«, sagte er. »Er hat sich glücklich und zufrieden die Bilder in einem Buch angeschaut. Ich bin nach oben in die Präsenzabteilung gegangen. Als ich wiederkam, hatte er sich nicht gerührt.«

»Herrgott«, sagte Juliet. »Es hätte alles Mögliche passieren können!«

Alex fragte sich, ob sie einen neuen Tiefpunkt erreicht hatten, da sie jetzt ihren Sohn als Denunzianten in ihrem Ehekrieg benutzten. Er glaubte nicht, dass Sandy wirklich Angst gehabt hatte. Als er ihn in die Präsenzabteilung mitnehmen wollte, hatte Sandy nur gequengelt und wieder nach unten gewollt und damit die Leute bei der Arbeit gestört. Es machte Alex Sorge, dass der Junge nicht kindlicher und robuster war; Juliet ermunterte ihn dazu, diese Spielchen zu spielen, die Gefühle seiner Eltern zu manipulieren. Wenn Alex seinen Sohn anschaute, konnte er kaum etwas aus seiner eigenen Kindheit erkennen. »Sandy war dort sehr gut aufgehoben«, sagte er, »in einer Bibliothek. Weißt du überhaupt, welche Aufgaben andere Kinder in seinem Alter rund um die Welt übernehmen müssen? Willst du ihm denn keinen Freiraum lassen, um seine Kompetenz zu beweisen?«

»Es geht hier nicht um andere Kinder, es geht um unser Kind. Es geht nicht um sonst wo auf der Welt. Er ist vier Jahre alt, Alex. Er hätte auf die Straße hinauslaufen können, er hätte entführt werden können. Warum kannst du nie etwas so sehen wie ein normaler Mensch?«

So steuerten sie wieder einmal unaufhaltsam auf eine Eheberatung zu: Das war die Patentlösung der Schwestern für alle Probleme. Sie sollten eine Therapie machen, sie sollten mit jemandem reden.

»Ich rede mit niemandem«, sagte Alex. Wenn ihre Ehe Bestand haben sollte, sagte Juliet, dann müssten sie etwas an ihrer Beziehung ändern. Er wusste, dass sie ihn anderen gegenüber als kalt hinstellte, doch diesmal gab er sich Mühe, ganz ohne Tricks und Finten mit ihr zu sprechen. »Ich werde mich nicht ändern«, sagte er. »Ich glaube nicht, dass ich das kann. Und selbst wenn es dir gelänge, mich zu ändern, hättest du dann nicht Angst, dass ich dich dafür womöglich hassen würde?«

»Ich glaube, du hasst mich sowieso. Du benimmst dich, als ob du mich hasst.«

»Ich hasse dich nicht.«

»Und warum reden wir wie üblich nur von dir? Vielleicht hasst du mich, vielleicht auch nicht, woher soll ich das wissen? Für mich sieht beides ziemlich gleich aus. Warum fragst du nicht ausnahmsweise mal nach mir? Was, wenn *ich* dich hasse?«

»Dann sag es mir nicht. Es ist besser, wenn ich es nicht weiß.«

Sie hatten sich gerade zur Nacht ausgezogen, als dieser Streit ausbrach. Jetzt saß Juliet von ihm abgewandt auf der anderen Bettseite, ohne Hemd, den Rücken gebeugt und den Kopf in den Händen vergraben, sodass die Wirbelsäulenhöcker aus ihrem schmalen braunen Rücken hervorstachen, über den sich das schwarze Band ihres BHs spannte. Wenn Juliet von ihrer Wildheit und übertriebenen Wachsamkeit abließ, tat es ihm unendlich leid, dass sie sich entzweit hatten. Er hatte sie gern, ihre Opposition machte ihn ratlos. Konnten sie nicht einfach nebeneinanderher leben, friedlich, und sich in Ruhe lassen? Diese widerborstige Opposition und Rivalität, die jeden Tag, jede Stunde aufloderte, erschöpfte sie beide. Er wünschte, sie müssten nicht immer reden. Er berührte ihre Schulter und spürte die Hitze ihrer glatten Haut an ihrem Nacken, unter dem Haar. Für einen Moment saß sie da, ohne Widerstand zu leisten, erlaubte ihm, sie zu streicheln.

»Du glaubst wohl, das sei die Lösung für alles!«, protestierte sie schließlich.

»Ist es das denn nicht?«

Aber er zog seine Hand weg.

Als Christine schließlich in den Pub an der Pentonville Road mitkam, sagte sie zuerst kaum etwas. Sie war viel zu beeindruckt von den vielen klugen Männern, die hier sprachen und scherzten, so kenntnisreich und witzig. Ihre schiere physische Präsenz, ihr Selbstvertrauen und ihre unbekümmert lauten Stimmen waren an sich schon eindrucksvoll, dazu noch die befreiende Gleichgültigkeit gegenüber der eigenen Erscheinung – die schmutzigen alten Kleider aus zweiter Hand, die zerlumpten Pullover mit Löchern am Ellbogen, die wirren ungewaschenen Haare, die Spontaneität auf ihren eifrigen jungen Gesichtern. Hinter der Intelligenz und den Ideen dieser Männer trat alles andere zurück; daneben erschien Christine ihre weibliche Intelligenz beklagenswert befangen. Sie tüftelte ihre Ideen im Laufe des Tages mit aufrichtigem Interesse aus, doch wenn sie das abends im Gespräch vortrug, waren ihre Gedanken immer auch bei ihrer Kleidung und ihrem Aussehen. Untergrub das nicht ihre Authentizität? Während der Arbeit an ihrer Dissertation stellte sie sich, selbst wenn ihre Gedanken aus eigener Kraft voraneilten, zugleich vor, wie ihr Doktorvater ihre Klugheit bewundern würde. Selbstzweifel nagten an ihr: Dieses zweigleisige Denken machte sie ganz verzagt, sie konnte ihm nicht entkommen.

Lydia warf in der Männerrunde ihre eigenen Bemerkungen ein, und alle gingen darauf ein, aber Christine merkte, dass sie das, was Lydia sagte, nicht ganz ernst nahmen – nicht weil sie es unbedingt dumm fanden, sondern weil Lydias Erscheinung ihnen die Sicht verstellte, als würden sie vom Widerschein eines Sonnenstrahls in einer Glasscherbe geblendet. Auf die Beiträge der Mädchen reagierten sie übertrieben beflissen und ermutigend, wie sie es untereinander nie waren. Sie liefen Gefahr, dachte Christine, dass sie sich den Männern als Kuriosität präsentierten – und Lydia zog gern eine Schau ab, wenn sie ein Publikum hatte. Sie brachte die Männer zum Lachen, als sie sagte, sie habe sich nie für eine andere Karriere interessiert als die einer *grande horizontale*; sie wäre gern die Mätresse eines großen Bankiers oder Staatsmanns im Paris des 19. Jahrhunderts gewesen. Christine schaute rasch zu Alex hin, ob er den Gedanken verführerisch fand. Doch ihrem Eindruck nach war er bloß amüsiert und neugierig. Er hatte sicher erraten, dass Lydia nur seinetwegen da war. Je demonstrativer sie mit den anderen flirtete, desto offensichtlicher wurde es.

Alex' Aussehen war markant und unenglisch, leicht lädiert oder beschädigt wie etwa das eines Schauspielers oder Tänzers. Er trug das Haar kürzer als die anderen, als gehörte er in ein anderes Jahrzehnt, und seine Bewegungen waren leicht und katzenhaft; wenn er sich eine Zigarette drehte, ging ein leichtes Zittern durch seine nikotinfleckigen Finger. Unter dem engen Wollpullover hob und senkte sich sein kastiger, schmaler Brustkorb mit seinem asthmatischen Atem. Christine fürchtete sich vor ihm, vor seinem Urteil. Aber Zachary gefiel ihr auf Anhieb. Er war nicht attraktiv wie Alex, doch er war der Einzige, der wirklich auf das hörte, was sie und Lydia sagten, ohne irgendwelche Nebengedanken. Er hatte die Gabe, sich anderen voll und ganz zuzuwenden – seine Aufmerksamkeit nicht nur ihren Worten, sondern ihrem gesamten spürbaren Wesen zu schenken. Er rutschte unruhig auf seinem Stuhl herum, schob Christine eifrig seinen ganzen Körper entgegen und saß dabei auf seinen Händen, weil sie sonst gestikulierend durch die Luft geflogen wären – er war in der Schule dafür gehänselt worden und hatte sich die größte Mühe gegeben, es zu unterdrücken, weil Alex meinte, er gebe sonst zu viel von sich preis.

»Lydia hat uns von dir erzählt«, sagte er zu Christine. »Du schreibst über deine Namensschwester Christina Rossetti. Wie aufregend! Werden sich diese Schriftstellerinnen am Ende nicht als die interessanteste Erscheinung in der Lyrik des 19. Jahrhunderts erweisen? Das sexy geheime Gestrüpp um all die langweiligen abgehobenen männlichen Geister.«

Christine war erschrocken, denn was er da sagte, erinnerte sie an ihre Bilder, die ihr irgendwie auch wie ein Gestrüpp erschienen waren. »Ich glaube schon«, sagte sie. »Aber ich bin mir nicht sicher, ob mein Doktorvater das auch so sieht.«

»Ach, der zählt doch nicht!«

»Tja, für mich ist er ziemlich wichtig, da ich mich nun mal auf diese leidige Dissertation eingelassen habe.«

Sie konnte ihre eigene Stimme kaum ertragen, die so abgehackt und geziert klang wie bei einem Oxbridge-Blaustrumpf. Aber Zachary war sofort voller Mitgefühl. »O je, ist sie dir leidig geworden? Genau davor hatte ich Angst, als ich halbherzig mit dem Gedanken gespielt habe, selbst eine zu schreiben.«

»Ich meine, eigentlich ist es wunderbar, ich werde dafür bezahlt, dass ich über die Lyrik schreibe, die ich liebe. Ich bin wirklich sehr glücklich.«

»Gott weiß, worüber ich überhaupt geschrieben hätte«, sagte er. »Aus mir ist anscheinend kein Experte für irgendwas geworden. Mir gefiel einfach die Idee des einsamen Strebens. Dabei wäre ich gar nicht gut mit der Einsamkeit zurechtgekommen. Ich verliebe mich in eine Idee: Du weißt schon, der hingebungsvolle Gelehrte, das in später Nacht glühende Lämpchen im stillen Kämmerlein (ist das nicht ein herrlicher Ausdruck – *im stillen Kämmerlein*?), die Bücherstapel, der Blitz der Erkenntnis um zwei Uhr morgens, der alles verändert. Und dann stolpere ich in die Falle, mir einzubilden, ich könnte wirklich so ein Gelehrter sein, statt es mir nur vorzustellen. Dabei bin ich in Wirklichkeit ein Generalist, ich bin ein Schmetterling. Mein Verstand will nicht bei einer Sache bleiben. Ich bin nicht wie Alex, der ist ein echter Denker.«

»Alex macht mir ein bisschen Angst«, gestand Christine.

Zachary erwog das sorgsam. »Ehrlich gesagt, mir macht er auch ein kleines bisschen Angst.«

Aber er fing nicht an, über Alex zu reden, wie sie erwartet hatte. Stattdessen stellte er Christine Fragen über sie selbst – und sie verspürte nichts von ihrer üblichen Angst, dass ihr Gesprächspartner lieber mit einem interessanteren Menschen sprechen würde. Sie entdeckten, dass sie nur eine halbe Meile voneinander entfernt aufgewachsen waren, in Hampstead; sie hatten ein gemeinsames Gebiet ihrer Kindheit. Sie waren beide, wenn sie sich eine Belohnung verdient hatten, zum Tee in die Louis Patisserie ausgeführt worden. Zachary schien sich über diese Übereinstimmung unmäßig zu freuen. Vielleicht hatte Lydia recht, dachte Christine, und er war der perfekte Mann für sie. In seiner Gegenwart fühlte sie sich wohl und für alles aufgeschlossen, doch körperlich fand sie ihn nicht unbedingt anziehend, nicht auf die übliche Art. Dabei mochte sie es, wenn er sie berührte – was er häufig tat, im Gespräch verlieh er seinen Worten damit Nachdruck, und zum Abschied küsste er ihr die Hand. Irgendwie dachte man bei ihm nicht ständig an Sex wie bei manchen anderen Männern. In ihrer Unterhaltung gab es keine versteckten Andeutungen – und das war vor allem eine Erleichterung.

Zachary gehörte zu den Männern, die nur behelfsmäßig jung zu sein scheinen, als wäre die Jugend ein bloßes Übergangsstadium auf ihrem Weg zur Reife, in der sie sich eher zu Hause fühlen würden. Sein Kopf war für sein jugendliches Alter zu groß, oder seine Gesichtszüge waren zu sehr von seiner Persönlichkeit geprägt – der feuchte rote Mund, der schwarze Wuschelkopf; kein

Bart zu jener Zeit und ein zierliches Grübchen im Kinn, das seine Freunde in späteren Jahren, als es verdeckt war, vergaßen. Sein rosig weißer Teint lief vor Begeisterung schnell rot an. Seine Gesten, seine volltönende tiefe Stimme und sein Lachen ließen schon damals an einen Bären denken, obwohl er noch nicht unförmig war, nur füllig. Über den Tisch gebeugt, arrangierte er lautstark die nächste Runde; er wusste alles über die verschiedenen Biersorten und kippte ein Pint nach dem anderen herunter, wobei er vorgab, sie voneinander zu unterscheiden, umso wortgewaltiger und beharrlicher, je betrunkener er wurde.

Eines Abends schabte Christine in ihrem Zimmer an einem neuen Bild: Bücherstapel auf ihrem Schreibtisch, aus der Untersicht dargestellt, die klobige Festigkeit übertrieben, dahinter der unheilvoll gewundene Schaft der Anglepoiselampe, ein Buch aufgeschlagen und ein Gedicht zeigend, das sich auf der Seite wie von Zauberhand drehte und zerlegte. Als Lydia aufgeregt ins Zimmer platzte, schob Christine den Schabkarton unter ihre Papiere und tat, als machte sie sich Notizen. Lydias Gesicht war von der Arbeit in der Bar erhitzt, die Haare klebten an der feuchten Stirn, sie stank nach Zigarettenrauch. Jemand hatte ihr erzählt, Alex trenne sich von Juliet, er ziehe in Kensal Rise aus und wolle sich mit Zachary eine Wohnung nehmen. »Das ist doch meine Chance, nicht wahr?«

»Vermutlich, ja. Ich bin mir bei ihm immer noch nicht sicher.«

»Wenigstens schaut er mich inzwischen an; aber seine

Gefühle sind mir ein Rätsel. Was soll ich nur machen, Chris, wenn ich ihn nicht dazu bringe, mich zu lieben? Das ertrage ich nicht!«

Christine spürte Ärger in sich aufwallen. Sie sagte, das werde Lydia schon ertragen können. Der Mensch könne Schlimmeres ertragen. »Du bist böse auf mich«, sagte Lydia traurig. Sie setzte sich auf Christines Bett, schlang die Arme um sich, als wäre ihr kalt, obwohl sie noch ihren Mantel und den Pelzkragen anhatte. »Ich kann es dir nicht verdenken. Ich bin eine Langweilerin geworden, die ständig von ihren Gefühlen redet. Du glaubst, ich denke mir das alles aus. Aber es ist real, es tut furchtbar weh. Wenn ich Alex nicht haben kann, bin ich kein vollständiger Mensch.«

»Du hast dich nur auf ihn fixiert, weil du ihn nicht haben kannst.«

»Aber das ist keine Kopfsache. Es ist die Realität seiner separaten Existenz, seines Körpers und seines Geistes, aller Einzelheiten seines Lebens und seines Hintergrunds. Ich muss wissen, was er denkt, bevor ich weiß, was ich selbst denken soll. Ich habe das in mich hineingelassen und werde es jetzt nicht mehr los. Das war noch bei keinem anderen so, das weißt du. Ich habe Männer immer gemocht, aber sie waren hinter mir her, ich bin nie jemandem nachgelaufen.«

Lydias Miene war starr und verzweifelt. Sie spürte die Ruhe in Christines Zimmer, in die sie mit ihren aufgewühlten Gefühlen eingebrochen war: Auf dem Schreibtisch türmten sich Bücher aus der Bibliothek, eins davon lag aufgeschlagen vor Christine, sie hatte kaum den Blick von der Stelle gehoben, an der sie innegehalten hatte, den

Kugelschreiber noch auf der Seite. Diese kleine Szene hingebungsvoller Arbeit, die ihr in diesem Moment unerreichbar schien, erweckte Lydias Neid.

»Wenn Alex mich nicht will, bin ich gar nicht real«, sagte sie. »Ich bin nur ein Schatten.«

Christine legte den Kuli hin, sie riss sich zusammen. »Ich glaube, so ein Gefühl hat mir noch kein Mensch gegeben.«

»Du darfst mich nicht hassen, Chris. Für dich ist alles in Ordnung. Du wirst mit Zachary richtig glücklich werden. Stell dir vor, was für ein leichtes Leben du haben wirst. Er betet dich an und sorgt für dich, und du hast so viel Geld, dass alles einfach ist, du musst niemals arbeiten, wenn du es nicht selber willst. Du kannst dir so viele schöne Kleider kaufen, wie du willst, und du wirst in einem schönen Haus wohnen.«

»Sei nicht albern, Lydia. Ich kenne ihn doch kaum.«

Christine staunte, wie heftig sie reagierte, weil sie aus der Konzentration auf ihr Bild herausgerissen worden war. Gewöhnlich, wenn sie an ihrer Doktorarbeit saß, freute sie sich darauf, zu dieser abendlichen Stunde unterbrochen zu werden. Sie war sich unbehaglich bewusst, dass ihre Zeichnungen sie mehr und mehr in Anspruch nahmen: Es war, als ob etwas, was als kleiner schwarzer Tintenfleck in ihrem Gesichtsfeld begonnen hatte, sich nun ausbreitete, die Aufmerksamkeit verschlang, die sie der wissenschaftlichen Arbeit widmen sollte, und ihre intellektuelle Sorgfalt untergrub. Sie lieh sich zu Hause Kunstbände aus, ohne ihre Mutter zu fragen, versteckte sie unter ihrem Bett und vertiefte sich heimlich und voller Freude hinein: Das flammend orangefarbene Haar von Degas' Frauen, die Wucht seiner schwarzen Linien, die erhabene Modernität seiner vom Bildrahmen abgeschnittenen Figuren, die gezackten Winkel ihrer Ellbogen, der von leeren Flächen durchzogene Bildaufbau. Es war qualvoll, demütigend, von alldem wieder zu ihren eigenen stümperhaften Versuchen zurückzukehren. Und doch kam ihr das Geräusch der Schneidfeder beim Kratzen an dem schwarzen Wachs so vertraut vor wie das Atmen, es erfüllte den ganzen Raum. Sie fühlte sich in die unbekümmerte Versunkenheit ihrer Kinderzeit zurückversetzt, als sie in ihrem Zimmer bäuchlings auf dem Fußboden liegend gezeichnet, ein ganzes alternatives Universum erfunden hatte, eine Insel mit Bergen und einer Stadt und einer eigenen Geschichte und Bruchstücken einer Sprache. Sie erinnerte sich noch an einzelne Buchstaben aus ihrem geheimen Alphabet.

Zachary wusste, dass Alex das Scheitern seiner Ehe als Schmach empfand: Sie hatten sich für so durch und durch erwachsen gehalten, mit fast dreißig am Beginn ihrer wahren Lebensform. Es wäre Zachary nie eingefallen, eine Frau nicht zu mögen, wenn Alex sich für sie entschieden hatte, und er hatte auch Juliet in seine Zuneigung aufgenommen; er mochte ihre spröden Neckereien, sie hatte ihn umhätschelt wie ein Baby. Und Sandy war das erste Kind, das er ins Herz geschlossen und mit vielerlei extravaganten Geschenken bedacht hatte; er war so oft bei ihnen gewesen, dass es ihm wie ein zweites Zuhause erschienen war. Aber seine Loyalität galt natürlich Alex. Er verstand, wie schwer es seinem Freund fiel, seine neue Rolle als Trennungsvater anzunehmen, sein Kind nach einem festen Zeitplan abzuholen und zurückzubringen. Zachary konnte ihn auf subtile Weise dazu bringen, seinen Widerstand aufzugeben, und Juliet war ihm dankbar dafür. Zachary baute dann auch die Regale für Sandys Bücher und Spielsachen in der neuen Wohnung. Gemeinsam mit Alex ging er mit Sandy zum Fußballspielen in den Park und kratzte zu Hause mit einem Messer den Dreck aus den Stollen an Sandys Fußballschuhen; inzwischen war Sandy ganztags in der Schule. Später kaufte Zachary ihm seine erste Gitarre.

Alex begann gewissenhaft eine neue Beziehung zu dem Jungen aufzubauen – er schenkte ihm zu Weihnachten eine funktionsfähige Minidampfmaschine, baute Modelle mit ihm, half ihm bei seiner Briefmarkensammlung und schaute mit ihm all die verschiedenen Länder im Atlas nach. Doch er war nie spontan herzlich zu Sandy; die starken Gefühle für seinen Sohn wurden immer hinter den Schutzwällen dieser Endphase seiner ersten Ehe niedergedrückt. Alex hätte sich in seinem neuen Leben amüsieren sollen: Er konnte trinken und rauchen und seine Freunde einladen, ohne dass sich jemand daran störte, konnte bis in die frühen Morgenstunden aufbleiben und reden oder lesen – es war befreiend, nicht auf Schritt und Tritt der Feindseligkeit von Juliet zu begegnen, die ständig etwas an ihm auszusetzen hatte. Und doch behagte ihm diese Freiheit nicht, er fühlte sich nicht ganz heimisch darin. Zachary hatte den gleichen Musikgeschmack und führte das gleiche ungeregelte Leben, seine Vernunft war Balsam für Alex' Seele, aber ihr Zusammenleben war allzu reibungslos. Es erinnerte

Alex fast an die Schule, nur ohne die Gegnerschaft der Lehrer. Es war etwas für Kinder, wie die Schule.

Sie richteten sich auf die vorsichtige Art häuslich ein, die heterosexuellen Männern eigen ist, wenn sie zusammenwohnen, überzogen ihre Hausarbeit mit Spott, als wäre das ein Dienst, den sie jederzeit einstellen könnten. Sie strichen die Zimmerwände, kochten unzählige Kannen Tee, wuschen das Geschirr ab, wenn das Spülbecken überquoll. Zachary setzte Töpfe voll Currys und Chilis auf, Alex bereitete Fisch in der Folie mit Kräutern und Olivenöl im Backofen zu. Wenn sie rauchten, fanden sie ihre Gespräche überaus scharfsinnig oder überaus lustig und wussten am Morgen nicht mehr, worüber sie gelacht hatten. Sie waren mit Bedacht taktvoll: Keiner erkundigte sich nach dem Befinden des anderen, selbst wenn sie stoned waren – dann schon gar nicht. Männlicher Takt war ein ehernes Gesetz; ohne die taktlosen Einmischungen von Frauen, dachte Alex, würden Männer sich nie etwas erzählen. Erwachsene Männer sollten mit Frauen zusammenleben, daran glaubte er. Dafür war seine Männlichkeit doch da, um einen Ausgleich zu schaffen für die Andersartigkeit, die Opposition der Frauen.

Lydia überredete Alex, Sandy zu einem Besuch in dem Haus mitzubringen, das sie und Christine sich mit anderen Studenten teilten; Alex war ein bisschen neugierig darauf, wie diese Mädchen lebten und stellte sich eine Art Hippiekommune mit Marmeladekochen und Patchworkarbeiten vor. Doch das dreckige Studentenhaus, das die Mädchen so romantisch fanden, schockierte ihn zutiefst.

Es war eine freistehende Fachwerkvilla im Pseudo-Tudorstil, vor dem endlosen Verkehr auf der Edgware Road in einem derart verwilderten Garten versteckt, dass er wie ein eigener kleiner Wald erschien. Lydia führte sie in ihr großes Zimmer im ersten Stock; Christine war bei einer Besprechung mit ihrem Doktorvater. Das Haus roch nach Mottenkugeln und modernden Teppichen, und selbst das durch die Fenster einfallende Licht wirkte vor Feuchtigkeit braun. Die Mädchen fanden die alte Tapete mit den Rosengirlanden – die stellenweise in schimmeligen Bahnen von der Wand herabhing – pittoresk und nostalgisch; bei Alex beschwor sie eine bedrückende Kindheitserinnerung herauf, von der er gar nichts mehr gewusst hatte, die Erinnerung an einen Besuch bei seiner Großmutter mütterlicherseits in einem Cottage auf dem Land. Nein, nicht in einem Cottage, nicht auf dem Land: Diese Begriffe waren so durch und durch englisch. Alex hatte seine Großmutter in einer armseligen Hütte besucht, das traf es eher, inmitten einer Gegend von gnadenlos durchweichter Flachheit, schlammigen Feldern ohne Hecken, seiner Erinnerung nach beigefarben.

Er konnte nicht ahnen, dass Lydia – nicht zur Hausfrau geschaffen – als Vorbereitung auf seinen Besuch den ganzen Vormittag lang aufgeräumt und die Möbel flüchtig mit Politur besprüht hatte; sie hatte sogar im Garten Blumen für eine Vase gepflückt. Für sie sah das Zimmer so ordentlich und elegant aus wie nie zuvor. Außerdem hatte sie auf einer rosa-gold bemalten Platte Törtchen mit buntem Zuckerguss bereitgestellt: Zachary stürzte sich begeistert darauf. Alex aß niemals Kuchen. Sandy kroch in Lydias Bett, und sie und Zachary neckten ihn gemeinsam, deckten ihn zu und fragten, wo Sandy wohl geblieben sei. Dann rissen sie die Decken fort und legten ihn wieder bloß, was eher ein Spiel für Babys war; mit jedem Aufschlagen der Decken verdichtete sich die asthmatische Beklemmung in Alex' Brust. Lydia ließ ihre alabasterfarbenen Brüste im Ausschnitt der Bluse aufblitzen, und ihr Gürtel war so eng um den Samtrock geschnallt, dass er Abdrücke am Bauch hinterlassen musste: Nette englische Mädchen stellten sich ohne Rücksicht auf Verluste zur Schau. Er ging nach unten, um frische Luft zu schnappen, und öffnete verschiedene Türen: Ein Junge, der am Küchentisch mit Ketchup übergossene Fritten aß, war vermutlich ein Mitbewohner und wirkte nicht im Mindesten überrascht über dieses Eindringen eines Fremden. Ließen sie einfach jeden von der Straße hereinkommen und in ihrem Haus herumwandern? Er war froh, dass er das Improvisierte, bewusst Verwahrloste dieser Phase seiner eigenen Jugend hinter sich gelassen hatte.

Als er eine weitere Tür aufdrückte, fand er sich in einem Schlafzimmer wieder, karg, aufgeräumt und selbst bei Tageslicht halbdunkel, weil die Verandatür auf ein Gewächshaus hinausführte, das mit hohem Unkraut zugewuchert war, vermutlich von durch zerbrochene Glasscheiben eindringendem Regen bewässert. Aufgrund der tristen Bücher, die sich auf dem Schreibtisch türmten, nahm er an, dass das Christines Zimmer war, und ließ den Blick über die Buchrücken schweifen, um zu sehen, was sie gerade las. Ihre Leidenschaft für die verstaubten Viktorianerinnen mit ihren jungfräulichen Erregungsschauern war ein Fehler. Doch was er außerdem auf ihrem Schreibtisch sah, fesselte ihn schon eher – Zeichnungen mit weichem Stift auf dickem Papier: eine von einem leeren Stuhl; eine von einem Bett, aus dem jemand aufgestanden war, die verknäulten Laken so plastisch wie Marmor; und eine von Kleidern auf einem Bügel, die annähernd die Gestalt des Menschen abbildeten, der sie tragen würde. Ihm gefiel das Solide und zugleich Mysteriöse dieser Formen, die wie ein visuelles Rätsel anmuteten, eine Form durch ihre Abwesenheit definierten. Dann stand Christine, von ihrer Besprechung zurück, im Mantel hinter ihm in der Tür, weitere Bücher und einen Hefter an die Brust gedrückt.

»Guck das nicht an«, sagte sie aufgeregt, drängte sich an ihm vorbei und schob die Bilder zusammen, ließ sie in einer Schublade verschwinden. »Das ist schreckliches Zeug. Ich spiele nur so ein bisschen herum.«

»Die Bilder sind gut«, redete Alex ihr zu. »Sie sind interessant. Du solltest sie Zach zeigen, er versteht etwas davon. Er kennt Leute, die Kunst kaufen.«

»Ich will sie niemandem zeigen.«

»Mir gefällt die Leere, das Abwesende darauf.«

»Das liegt nur daran, dass ich keine Menschen zeichnen kann. Das will ich noch lernen. Ich habe mich zu einem Kurs in Aktzeichnen angemeldet.«

»Lass die Menschen weg. Menschen verderben alles nur.«

»Ach! Also darum handeln deine Gedichte immer von Möbelstücken.«

Alex lachte. Er hatte nicht gewusst, dass sie seine Gedichte gelesen hatte. Zum ersten Mal nahm er dieses Mädchen richtig wahr: ihre Steifheit und Magerkeit, ihren ausweichenden Blick, ihre dunkelblütigen Lippen mit dem asymmetrischen Lächeln, so skeptisch und verschlossen. Er verzieh ihr die Vorliebe für Gedichte mit Reimen.

Lydia traf Alex an einem dämmrigen Winterabend zufällig auf ihrem Weg zur Arbeit in der Malet Street. Die Nebelluft roch nach Teer von den Abgasen, Autos krochen auf der nassen Straße eintönig vorüber, Fassaden aus dem 18. Jahrhundert ragten vor dem letzten Licht auf. Weil Lydia ständig an Alex dachte, war es verstörend, ihn plötzlich leibhaftig vor sich zu sehen; in Wintermantel und langem Schal, vor der Kälte zusammengekrümmt, trat er ihr in den Weg. Sie fragte beinahe vorwurfsvoll: »Was machst du denn hier?«

Er kam von einer Lehrveranstaltung, Bücher und Arbeiten von Studenten in der abgeschabten Aktentasche, die er von seinem Vater geerbt hatte. Weil er nicht nach Hause gehen wollte – an solch dunklen Abenden vermisste er die alte Häuslichkeit mit seiner Frau und seinem Kind –, lud er sie auf einen Kaffee ein. Wenn Lydia nicht spielte, nicht flirtete, gefiel sie ihm besser; sie war verwirrt, weil sie nicht mit dieser Begegnung gerechnet hatte. Sie gingen in ein Studentenlokal, fanden einen Tisch in einer Ecke. Lydia war noch nie mit Alex allein gewesen und wünschte fast, sie wären sich nicht begegnet, sorgte sich, dass sie sich nicht die Haare gewaschen hatte, sich nicht von ihrer besten Seite zeigen konnte. Dabei war dies eine Gelegenheit, von der sie in ihren Phantasien geträumt hatte.

Alex hatte viel zu erzählen, was noch von seiner Lehrveranstaltung übrig geblieben war. Man hatte ihm jetzt zu dem Französischkurs noch einige Literaturseminare für Studenten im ersten Studienjahr übertragen. Während er über französische Romane des 19. Jahrhunderts sprach, erlaubte er sich zu bemerken, wie Lydias blonde Haare im elektrischen Licht aufschimmerten und wie zierlich ihr Kinn wirkte, wenn sie sich eine Zigarette anzündete; sie hatte den Mantel aufgeknöpft, und unter dem Pullover zeichneten sich ihre Brüste ab. Er dachte, das weiße Fleisch ihres Gesichts sei vor Müdigkeit blau unterlaufen und gedellt. »Arbeitest du zu viel?«, fragte er freundlich.

Lydia sah ihn mit weit aufgerissenen Augen an. »Die traurige Wahrheit ist, Alex, dass ich eben erst aufgestanden bin, ich bin noch halb im Schlaf. Weißt du nicht, dass ich entsetzlich faul bin?«

Er war schockiert. »Aber es ist bereits dunkel! Du hast den ganzen Tag verschlafen.«

»Habe ich was verpasst? Der Tag sieht nicht sonderlich gut aus.«

»Darum geht es nicht.«

Lydia konnte nichts dagegen tun, die Bekenntnisse strömten nur so aus ihr heraus. Wenigstens schenkte sie ihm reinen Wein ein, dachte sie, und dann würde Alex ihr wahres Wesen kennen. »Ich lasse mich offenbar treiben, verschwende meine Intelligenz. Vermutlich kann ich nicht ewig in einer Bar arbeiten. Das hat schon etwas Ironisches, weil meine Eltern einen Pub betreiben, und mein einziges Ziel im Leben war, davon wegzukommen. Du kannst dir nicht vorstellen, wie mein Zuhause war, wie konventionell und erdrückend. Übrigens sind meine

Eltern begeisterte Anhänger von Mrs Thatcher. Ich weiß, dass dein Vater Schriftsteller war – tja, die einzigen Bücher, die mein Vater je gelesen hat, sind Racecards für Pferderennen. Er gewinnt Geld bei Pferdewetten.«

»Ehrlich gesagt ist es ein Vorteil im Leben«, sagte Alex ernst, »wenn du keinen Schriftsteller als Vater hast.«

Lydia begriff mit jäher Anteilnahme, dass er die Bürde der Leistungen seines Vaters mit sich herumschleppte und das seine eigene Arbeit blockierte. Natürlich konnte er sich selbst nicht so sehen, wie sie ihn sah, so perfekt in seiner Lässigkeit, seiner attraktiven jugendlichen Traurigkeit, wie er im Rauch seiner Zigarette blinzelte, das blasse Gesicht scharf von seinem dunklen Mantel mit dem aufgestellten Kragen abgehoben. »Ich könnte mich ändern, Alex«, sagte sie, »wenn du mir helfen würdest. Was soll ich deiner Meinung nach tun? Vielleicht kann ich ganz edel und aufopferungsvoll werden, wenn du mir etwas zu tun gibst. Ich würde es wirklich versuchen.«

»Du solltest mehr lesen«, sagte er.

Sie war enttäuscht, sie hatte auf einen unmöglichen Auftrag gehofft, der sie Überwindung kosten würde: Arbeit für eine Wohltätigkeitsorganisation oder Reisen in eine Elendsregion. »Ist das alles? Das genügt mir nicht.«

Er lieh ihr ein Buch, das er aus seiner Aktentasche nahm: Foucaults *Wahnsinn und Gesellschaft*. »Ich weiß nicht, ob das das Richtige ist«, sagte er. »Aber du solltest dich auf dem Laufenden halten.«

Lydia nahm es ohne Begeisterung entgegen. »Das verstehe ich bestimmt nicht. Ich bin nicht so klug, wie du denkst.«

Als Alex sich nach Christine erkundigte, sagte Lydia,

es gehe ihr gut, sie arbeite fleißig. Chris sei die wirklich Kluge von ihnen beiden, erklärte Lydia. »Sie hat echt was drauf. Warum? Magst du sie? Ja, es überrascht mich nicht, dass du sie magst. Sie hat eigene Ideen, sie ist nicht so wie ich, sie hält sich nicht einfach an das, was alle anderen denken.«

Christine und Zachary Samuels gingen tatsächlich eine Zeit lang miteinander aus. Sie verstanden sich wirklich gut. Sie liefen stundenlang in der National Gallery und der Tate herum, zeigten einander alle ihre Lieblingsbilder und erörterten sie eingehend. Sie mochten dieselben Filme und Bücher, hatten dieselben politischen Ansichten, sprachen unbefangen miteinander. Wenn sie miteinander schliefen, war es der reinste Genuss: Zachary war locker und freizügig, hatte aufrichtige Freude an ihrem Liebesspiel, löste etwas Verknotetes und Wachsames in Christine. Doch wenn sie später an ihre glückliche Gemeinschaft zurückdachte, bezeichnete sie sich und Zachary eigentlich nie als ein Liebespaar, nicht einmal in Gedanken. Es steckte zu viel Ausschweifung in diesem Wort, es konnte nicht vermitteln, wie unaufwendig und reibungslos sie zusammengekommen waren. Sexuelle Liebe sollte doch etwas Gewaltsames haben, das die Menschen im Abenteuer des Herzens hinwegfegte; wenn sie mit Zachary zusammen war, hatte sie kaum einen Aufruhr ihrer Empfindungen verspürt.

Einmal trafen sie sich nachmittags zum Tee in der Louis Patisserie, um all der verpassten Gelegenheiten in der Kindheit zu gedenken, an denen sie sich dort nicht begegnet waren. Sie hatte ihm ihre Zeichnungen und ein paar kleine Malereien zur Ansicht gegeben, Arbeiten aus ihrem Aktzeichenkurs, wo sie lernte, den menschlichen Motiven dieselbe zugespitzte Präsenz zu verleihen wie den Büchern und Kleidungsstücken auf den alten Schabkartons. Sie komprimierte und verdichtete die menschlichen Formen und schob sie stärker in den Vordergrund, um den Bildrahmen zu füllen. Zachary besprach eine Arbeit nach der anderen, er war begeistert und fand die Bilder hochinteressant. Sie hatte noch nie mit jemandem über ihre Kunst gesprochen. Er sagte, sie solle das sehr ernst nehmen. Sie solle die Dissertation aufgeben und sich voll und ganz der Kunst widmen.

Christine war ängstlich und beglückt. »Aber wenn ich versage?«

»Du wirst nicht versagen.«

Sie senkte den Kopf, starrte auf den braunen Tee hinunter, der in ihrer geblümten Tasse kreiste, und spürte, wie ihr Freudentränen in die Augen traten. Seine Zuversicht hatte für sie die Bedeutsamkeit einer Verkündigung. Er sagte, es sei nur gut, dass sie nie auf einer Kunstakademie gewesen sei, diese Art Kunst sei nicht in Mode, sie wäre damit auf Ablehnung gestoßen, und man hätte versucht, sie in eine andere Richtung zu drängen. Aber sie solle an ihrem Stil festhalten. Hinterher, als sie aus dem Café in einen feinen Regen traten, hatte keiner von beiden einen Schirm. »Ich könnte dich mit nach Hause nehmen«, schlug sie plötzlich vor, obwohl ihr das vorher nie in den Sinn gekommen war: Ihre Beziehung war nicht so weit gediehen, dass man die Eltern kennenlernen musste. »Ich meine in mein richtiges Zuhause. Da, wo ich aufgewachsen bin.«

»Sehr gerne«, sagte Zachary.

Christine hatte im Geldbeutel noch einen Schlüssel zu ihrer alten Haustür, dem schlichten breiten Eingang zu einem unscheinbaren, wohlproportionierten Bau aus dem 18. Jahrhundert. Sie war stolz darauf, dass sie einen richtigen Mann – von fast dreißig Jahren – mit nach Hause brachte, der geistreich Konversation machen und dieselbe Art Menschen kennen würde wie ihre Familie. Die Jungen, die sie früher mitgebracht hatte, waren einfach unmöglich gewesen. Christines Mutter Barbara war klein, sanft und hübsch, wusste subtile Unterscheidungen zu treffen und achtete sehr genau auf ihre Kleidung, bei der sie einen französischen Look in künstlerisch angehauchten Erdtönen anstrebte; Christine schlug ihrem großen, dünnen Vater nach, einem Experten für Gesundheitssysteme, der für die UNO arbeitete. Ab und zu meinten sie und ihr Vater, Barbara sei leichtfertig, während die zwei stämmigen Brüder sich auf die Seite der Mutter schlugen.

Wie sich herausstellte, hatten die Drinkwaters und die Samuels tatsächlich gemeinsame Freunde, sie bewegten sich annähernd in denselben Kreisen. Zachary fühlte sich in dem terrakottafarben gestrichenen Wohnzimmer voller interessanter Objekte im ersten Stock umgehend, raumgreifend zu Hause. Er warf Mantel und Schal auf einen Stuhl, streckte sich auf dem gemütlichen Sofa aus und trank bereitwillig noch mehr Tee, obwohl sie schon im Café nachbestellt hatten. Barbara fragte, woher sie sich kannten, und Zachary sagte, durch Lydia. »Oh, wir lieben Lydia über alles«, sagte Barbara. »Wir kennen sie seit ewigen Zeiten. Wie drollig sie mit elf Jahren war in ihrem gerüschten Festtagskleid. Ein richtiges kleines Klößchen, damals. Eine Naturgewalt! Heute plaudere ich mit ihr über läppische Themen wie Make-up und Frisuren – mit Christine kann ich darüber nicht reden, sie ist viel zu intelligent.«

»Mum, das klingt ja, als wäre Intelligenz nicht auszuhalten.«

»Aber es stimmt doch, Liebes! Du interessierst dich nicht für Make-up.«

Zachary hatte versprochen, nicht von Christines Bildern zu reden. »Ihre Tochter ist ein Genie«, sagte er. »Sie ist so begabt.«

»Ist sie nicht wunderbar? Aber sie kann einem auch Angst machen. Sie ist furchtbar streng mit ihrer armen alten Mutter, die nicht mit ihr mithalten kann.«

»Also, zu mir ist sie sehr nett«, verteidigte er sie tapfer. »Und mir macht sie kein bisschen Angst. Lydia schon eher.«

Christine war überrascht. »Wirklich? Lydia? Das hast du mir nie gesagt.«

»Nein?«

Sein strahlendes rosa Gesicht wirkte leicht bekümmert. »Sie erdrückt mich ein wenig. Ich glaube, für sie bin ich so etwas wie ein Möbelstück, über das man stolpert. Bei solchen Mädchen bekomme ich weiche Knie.«

»Sie ist sehr attraktiv.« Jetzt war Barbara hellhörig geworden. »Meinen Sie das?«

»O ja, sie ist phantastisch. Prachtvoll. Also, wie …« Er war sichtlich verlegen. »Wie eine Schauspielerin. Wie eine Göttin auf einem Gemälde.«

Christine sah ihn groß an. »So denkst du über sie?«

»Eine Göttin, die sterbliche Männer bestraft, wenn sie ihr zu nahe kommen. Bei ihr denke ich immer, ich werde in einen Hirsch verwandelt und von meinen eigenen Hunden gefressen oder etwas in der Art. Aber es ist nicht unangenehm.«

Barbara schaute lächelnd zwischen ihrer Tochter und Zachary hin und her.

Dann fragte sie, wie Christine mit ihren Recherchen vorankomme, und Christine berichtete kurz, dass ihr Doktorvater meine, sie sei auf dem richtigen Weg – es war ihr selbst langweilig, wenn sie jemals mit ihrer Mutter über ihre wissenschaftliche Arbeit sprach. Sie sagte nichts davon, dass sie erwog, das alles aufzugeben: Sie behielt ihre Freude darüber, was Zachary über ihre Bilder gesagt hatte, für sich. Barbara wollte wissen, ob Zachary sich auch so für die Viktorianer begeistere, und er antwortete, er sei verrückt nach ihnen, sie seien schwer im Kommen. Barbara meinte seufzend, ihr sei das 18. Jahrhundert lieber.

»Guter Geschmack ist total passé«, sagte Zachary. »Jetzt verlangt alles nach Gefühl.«

»O je, mit gutem Geschmack kenne ich mich viel besser aus.«

Sie schäkerten schon miteinander, sie verstanden sich prächtig. Christine dachte stirnrunzelnd, dass ihre Mutter eigentlich gar nichts über das 18. Jahrhundert wisse, ihr gefalle nur das Bild, das sie sich davon gemacht habe. Anfangs saßen sie im Dämmerlicht. Dann, während Zachary und Barbara sich unterhielten, stand Christine auf, ging umher und schaltete die Lampen ein, drückte sich am schattigen Rand des Zimmers herum, nahm Gegenstände aus den Regalen und stellte sie wieder zurück. Sie hatte sich schon als Kind angewöhnt, ihre Gedanken schweifen zu lassen, während ihre Mutter sprach, ihren Worten nicht zu folgen, sich nur vom Klang ihrer Stimme einhüllen zu lassen, vertraut und beruhigend wie eine Wolldecke. Zachary passte so perfekt hierher, dass sie sich seinetwegen nicht zu bemühen brauchte. Jetzt ging es um einen topaktuellen Schriftsteller, den er gelesen hatte und der der Sohn von Freunden ihrer Mutter war. Barbara rümpfte verschwörerisch die Nase.

»Aber war sein Buch nicht langweilig? Wie schade, so ein netter Kerl.«

Zachary war begeistert. Natürlich war das Buch langweilig, sie habe ganz recht. Und dann sprachen sie über einen wunderbaren französischen Film, den sie beide gesehen hatten. Christine hatte ihn auch gesehen, aber sie sagte nichts. Schließlich lud Barbara sie beide ein, zum Abendessen zu bleiben – Zachary war untröstlich, er habe schon etwas anderes vor. Unten im Flur küsste er Christine zärtlich. Sie winkte ihm zum Abschied an der Haustür nach, dann ging sie langsam wieder nach oben, zögerte kurz auf dem Treppenabsatz, ehe sie ins Wohnzimmer trat, wo ihre Mutter noch keine Anstalten gemacht hatte, die Vorhänge vorzuziehen. Das Lampenlicht wirkte schwach, es ergoss sich nach draußen in die ruhelose Regennacht. Barbara legte ihr Buch weg.

»Dein neuer Freund gefällt mir, Liebes«, sagte sie. »So ein netter Kerl. Sehr liebenswürdig.«

»Was soll das heißen? Du verschweigst mir doch etwas.«

»Ich verschweige nichts. Ich fand ihn ganz reizend. Aber er ist nur ein Freund, ja?«

Christine wusste, dass ihr Gesicht verräterisch glühte. »Ja sicher, nur ein Freund.«

»Weil er nicht der Richtige für dich ist. Ich meine, wenn doch mehr daran gewesen wäre. Ich weiß schon, das hätte kein gutes Ende genommen.«

Es war nicht das erste Mal, dass Christine in diesem Zimmer aus der Haut fuhr. Als Kind war sie für ihre Tobsuchtsanfälle bekannt gewesen – gezackte Kerben an einer antiken italienischen Kommode waren nie vollständig wegpoliert worden; die hatte sie in einem blindwütigen Racheakt mit einem Federmesser eingeritzt, das einem ihrer Brüder gehörte. Sie hatte immer liebevolles Verständnis, großzügige Vergebung gefunden. »Weil er Jude ist, ja?«, schrie sie. »Es ist nicht zu fassen. Was würde Daddy dazu sagen? Ich schäme mich für dich.«

»Meine Güte! Sei nicht albern«, erwiderte ihre Mutter ruhig. »Natürlich ist es nicht deswegen. Wie idiotisch. Das ist nicht das Problem. Bist du in ihn verliebt? Es würde mich nicht wundern, er ist sehr nett. Er hat dich gern. Ich glaube, er hat dich *gern*, Chris, er hat dich furchtbar gern. Aber das Problem ist Lydia, nicht wahr?«

Als sie abends nach Hause kam – obwohl ihre Mutter sie gedrängt hatte, in ihrem alten Zimmer zu übernachten –, war Lydia, anders als Christine gehofft hatte, noch wach und saß lesend in der Küche. Sie hatte den elektrischen Heizstrahler eingeschaltet und ließ ihn auf höchster Stufe brennen, egal, was es kostete. Nur wenn Christine aus Hampstead zurückkam, nahm sie den muffigen Geruch nach Feuchtigkeit, Gas und nicht mehr ganz frischem Gemüse in ihrem angemieteten Haus wahr.

Lydia hatte sich schon bettfertig gemacht und trug ein Vintage-Nachthemd aus Satin mit einem Tupfenmuster aus pfirsichfarbenen Rosen, das zerknautscht auf ihrer glatten Haut lag, weil sie nie etwas bügelte. Christine war sich in ihrem tropfnassen dunklen Mantel, mit dem in der plötzlichen Hitze roten Kopf und dem vor Feuchtigkeit schlaffen Haar schmerzlich bewusst, dass sie nicht hübsch war. Lydias Haare, die von Natur aus honigblonde Strähnchen hatten, waren zu einem lockeren Knoten aufgesteckt, und ihre nackten Füße, die sie auf dem Stuhl unter sich gezogen hatte, ließen rosige Fersen sehen.

»Der Fußboden ist ganz klebrig«, bemerkte sie mit verwunderter Abscheu, als wäre sie noch nie auf die Idee gekommen, dass ihn jemand wischen sollte. Alex' Foucault lag aufgeschlagen vor ihr auf dem Tisch, daneben stand ein Teller mit einem in dünne Scheiben geschnittenen Mars-Riegel – sie bewahrte ihn so im Kühlschrank auf und gestattete sich ein Scheibchen pro Abend. Sie ernährte sich von sorgsam eingeteilten Kuchenhäppchen und Knabberzeug und war eine miserable Köchin; zu schnell gelangweilt, um ein Rezept zu befolgen, erfand sie Gerichte aus wunderlichen Kombinationen von Zutaten – Grillbanane mit Thunfisch oder kalten Pastasalat mit Dosenpfirsichen und Maiskörnern – und warf die katastrophalen Ergebnisse dann beinahe triumphierend weg, als hätte sie ihren eigenen Appetit überlistet. Sie sagte, sie quäle sich mit diesem Buch herum, dessen leidenschaftliche Polemik so abseitig sei, dass sie nicht daraus schlau werde: wie eine ferne Explosion unter den Sternen. Und mit einem Blick auf den Mars-Riegel gestand sie, dass sie ihr Scheibchen bereits gegessen habe, aber noch eins wolle. »Ich will es jetzt, aber wenn ich es esse, werde ich es in der nächsten Minute bereuen. Also, läuft alles gut? Ist Zachary nicht ein furchtbar netter Kerl? Habe ich das nicht gut für dich eingefädelt?«

Christine blickte sie schicksalsergeben an. »Hast du das nicht gemerkt, Lydia? Zachary will eigentlich gar nicht mich.«

»Ihr seid füreinander geschaffen!«

»Äh nein, eben nicht. Er will dich, das ist offensichtlich. Er kann einfach nicht anders – zum Beispiel muss er bei jeder Gelegenheit von dir reden.«

»Was sagst du da?«

»Ich wollte es nur nicht wahrhaben.«

Zachary sei in Lydia vernarrt, erklärte Christine, glaube aber nicht, dass er bei ihr Chancen habe, er sehe ja, dass sie nur Augen für Alex habe. Und überhaupt halte er sie für eine Göttin und sei so entzückend bescheiden, dass er nicht zu hoffen wage, diese Göttin könne sich zu ihm herablassen. Er glaube nicht, dass er gut mit Frauen umgehen könne, jedenfalls nicht so. Dabei sei das ein Irrtum, er könne jede Frau sehr glücklich machen. Lydias Gesicht war ausnahmsweise ganz schlaff und leer vor Verwunderung, als sie begriff, was ihre Freundin da sagte. Dann breitete sich allmählich eine neue Erkenntnis auf ihrer Miene aus – die nicht einmal hintergründig frohlockend war, sondern nur verstört und ernst. »Aber bist du dir ganz sicher?«, fragte sie nach.

»Bist du dir nicht auch sicher, wenn du es recht bedenkst?«

Langsam griff Lydia sich mit ihren abgebrochenen,

blau lackierten Fingernägeln ein Mars-Scheibchen nach dem anderen und verspeiste den ganzen Rest. Christine wollte sich nicht zu ihr an den Tisch setzen oder auch nur den Mantel ausziehen. »Du kannst jetzt das ganze Paket haben, wenn du willst, Lyd«, sagte sie. »Ich meine das Geld und die schönen Häuser, das süße Nichtstun und alles andere, was du mir unbedingt schmackhaft machen wolltest. Du kannst ruhig zugreifen, weil ich glaube, dass Alex an dir kein Interesse hat.«

Sie sah, dass Lydia ihr sehr aufmerksam zuhörte.

Alex kam mit Juliet zur Hochzeit von Lydia und Zachary, und beide tranken zu viel Champagner. Offenbar waren sie wieder zusammen, aber es lief nicht gut, und Alex' Rede als Trauzeuge war so sarkastisch, dass niemand wusste, ob er lachen sollte. Sandy war unausstehlich, er rannte außer Rand und Band herum und stieß wie aus Versehen die Weingläser der Gäste um. Christine hatte Lydia vor der Hochzeit gefragt, was sie jetzt für Alex empfinde. Lydia gab sich über diese Frage erhaben, war ungehalten, als ob Christine uralte Geschichten aufwärmte. »Ach nein, das ist alles aus und vorbei. Es war nur ein albernes Spiel. Du hattest recht damals, du hast immer recht. Ich habe mich auf etwas kapriziert, was ich nicht haben konnte, obwohl ich wusste, dass es nicht gut für mich war. Eben *weil* ich wusste, dass es nicht gut für mich war.«

Es war eine standesamtliche Trauung mit anschließendem Empfang im Garten der Samuels in Hampstead – an einem regnerischen Herbsttag mit sporadischem Sonnenschein; feiner Regen schwebte im goldenen Schimmer wie zarter Staub, Wolken zerflossen im Licht, Regentropfen glitzerten auf dicken Spinnweben in der Hecke. Zacharys Eltern hatten sich als wunderbar weltgewandt erwiesen mit einem Haus voller moderner Kunst. Wenn es insgeheim eine gewisse Konsternation gegeben hatte wegen der Frau, die er sich ausgesucht hatte, so wurde sie an diesem Tag dem Sohn zuliebe großmütig beiseitegeschoben. Sie hatten Zacharys leidenschaftliche Liebe zu Lydia ebenso hingenommen wie deren lässiges Auftreten, ihre seltsam ironische Art, ihren weißen Hosenanzug und die Tatsache, dass sie keine Jüdin war, ohne auch nur ein Fünkchen von etwas anderem als herzlichem Willkommen und Interesse erkennen zu lassen. Lydias Familie dagegen wahrte Zurückhaltung, skeptisch, auf was ihre Tochter sich da einließ. Tibs und Pam würden erst dann auftauen und in Partylaune kommen, wie Lydia düster vorhersagte, wenn die anderen Gäste sich bereits verabschiedeten und alle ins Bett wollten. Zachary behauptete, dann würden seine Eltern sich freuen, die Sessel zu einem gemütlichen Plausch zusammenrücken und Cognac und Zigarren herausholen. »Gemütlich wird das nicht«, sagte Lydia. »Meine Mutter wird immer noch auf dem hohen Ross sitzen und gar nicht mehr wissen, warum. Im Grunde aus Angst. Übrigens, sie trinkt ihren Cognac mit Babycham.«

»Vertrau mir«, sagte Zachary. »Das wird schon.«

Christine ging Alex aus dem Weg, obwohl er anscheinend das Gespräch mit ihr suchte; je mehr Champagner sie trank, desto benommener, schwerfälliger und verlassener fühlte sie sich. Am Ende erwischte er sie am Büfett, wo sie, viel zu spät gekommen für das Dessert, unentschieden vor dem schmuddeligen weißen Damasttischtuch und den schäbigen Resten von Schokoladenkuchen und Obstsalat stand, die sie alle nicht verlockend fand. Sie hatte Alex noch nie im Anzug gesehen: Der Anzug wirkte billig und schien ihm zu eng zu sein; der glänzende graue Stoff war an Ellbogen und Schultern verknittert, das Jackett aufgeknöpft und das Hemd bekleckert.

»Du bist zu dünn«, sagte er, schöpfte ihr Weincreme in die Schüssel und steckte großzügig Löffelbiskuits hinein. »Wir müssen dich aufpäppeln.«

»Ich weiß gar nicht, ob ich das mag«, protestierte sie und schob die Schüssel zu ihm zurück.

»Du musst ordentlich essen, damit du mehr Zeichnungen machen kannst. Wie ich höre, ist Zachary sehr angetan von deinen Zeichnungen.«

»Ich möchte nicht darüber reden.«

»Er will doch diese Freundin fragen, stimmt's? Ob sie die Zeichnungen in ihrem Restaurant aufhängt, wo sie Ausstellungen veranstaltet. Ziemlich große Sache, sagt er.«

Christine erwiderte beklommen, sie habe nicht genug vorzuweisen, sie könne nicht einfach auf Bestellung arbeiten. Und überhaupt zögen Zachary und Lydia nach New York, also sei es sinnlos, etwas in die Wege zu leiten. »Ich könnte mich um dich kümmern«, sagte Alex.

»Du – dich um mich kümmern? O je.«

»Was ist daran so lustig?«

»Du hast zu viel getrunken, Alex. Wie war das mit deiner Rede? Die sollte eigentlich witzig sein. Sie sollte sich nicht so anhören, als wäre diese Hochzeit ein katastrophaler Fehler.«

»Sie ist ein Fehler. Er hat sich die falsche Frau ausgesucht. Sie ist hübsch, aber ich dachte, er würde jemanden mit mehr Tiefgang brauchen.«

»Du kennst Lydia doch kaum«, erwiderte Christine empört. »Du weißt nicht, was alles in ihr steckt.«

Juliet kam durch die Menge der Gäste auf sie zu, zielstrebig, aber unsicher auf ihren hohen Absätzen. Erleichtert, weil sie annahm, Juliet wolle Alex nach Hause bringen, trat Christine einen Schritt zurück, um ihr nicht im Weg zu stehen; da zischte ihr eine hässlich verwandelte Juliet plötzlich mit aufgestauter Rachsucht ins Gesicht: »Denk ja nicht, ich hätte nicht gewusst, was du vorhattest. Du kleine Kuh. Hast dich bei mir eingeschlichen und meinem Mann schöne Augen gemacht, hast dir wohl eingebildet, ihr könntet es hinter meinem Rücken miteinander treiben.«

»Herrgott, Juliet«, sagte Alex. »Du erniedrigst dich selbst.«

»Ich glaube, du hast da was missverstanden«, sagte Christine verwundert – wenngleich nicht ohne ein gewisses Unbehagen beim Gedanken an den Abend, an dem sie Juliets Schränke durchwühlt und ihre Briefe gelesen hatten. Da holte Juliet aus und schlug sie so heftig ins Gesicht, dass es ihren Kopf herumriss. Alex fiel seiner Frau in den Arm, packte sie an den erhobenen Handgelenken und beschimpfte sie. Andere Hochzeitsgäste drehten sich nach ihnen um. Juliet trat ihrem Mann mit den Absätzen ans Schienbein und wollte auch Christine treten, die schnell zurücksprang. Eine Bekannte von Juliet fasste sie am Arm und brachte sie dazu, sich im Haus hinzusetzen. »Wir sind noch nicht fertig miteinander«, rief Juliet über die Schulter zurück. Christine hob ihre Hand ans Gesicht; der Schock und der brennende Schmerz trieben ihr die Tränen in die Augen – sie hatte sich doch nichts zuschulden kommen lassen, und nun war ihr so ein Unrecht geschehen. »Ich kann's nicht fassen, was sie da getan hat«, sagte Alex entsetzt. »Sie war betrunken. Wie kann man nur so dumm sein? Hat sie dir wehgetan? Es tut mir furchtbar leid. Sind da Spuren geblieben? Zeig mal her.«

Er berührte ihr Gesicht sanft mit den Fingern, hob es zu sich hoch, betrachtete es zärtlich und aus nächster Nähe, mit gerunzelter Stirn; sie nahm seine Zuwendung willig an. Dann legte er seine kühle Hand auf die heißen Flecken an ihrer Wange.

Noch lange nachdem Alex ihr seine Gefühle für sie gestanden hatte, erlaubte Christine sich nicht, daran zu glauben. Sie hatte es nicht eilig, ihn ihren Eltern vorzustellen.

»Warum hast du mich gewählt? Warum solltest du jemanden wie mich wählen?«

Sie wollte sich nicht überwältigen lassen, fürchtete sich vor seiner Vollständigkeit, seinem energischen Auftreten, seinem Wissen und seinem gnadenlos kritischen Urteil. Er sagte Sachen, die sie verwirrten und bestürzten: dass England von groß gewordenen cleveren Privatschulzöglingen beherrscht werde, die ihrem Kindermädchen am Rockzipfel hingen, als wäre das Leben ein Spiel. »Ich kann ihnen ihre verklemmte, verkrüppelte Sexualität nicht verzeihen. Und ihre geistige Blindheit.«

»Aber ich bin auch Engländerin.«

»Du bist anders.«

»Meine Brüder sind Engländer, und die sind nicht so.«

Doch sie spürte auch den Glanz, das goldene Glück, erwählt zu sein. Zuerst mochte sie ihn am liebsten, wenn er mit anderen Menschen zusammen war und sie ihn verstohlen, scheu und indirekt betrachten konnte, als würde sie ihn nicht kennen. Wenn sie versuchte, ihn zu necken und zu zerstreuen, wie sie es bei ihren Brüdern tat, wollte er das nicht zulassen, er war zu ernsthaft. Christine zermarterte sich den Kopf, ob Lydia sich wohl verraten fühlte. »Es spielt keine Rolle, was Lydia denkt«, sagte er. »Sie ist zu jung, sie schläft bis vier Uhr nachmittags. Sie ist albern, sie ist noch ein Kind.«

Christine starrte ihn an. »Dann bin ich das auch«, sagte sie. »Wir sind genau gleich. Du kennst mich gar nicht.«

»Du kennst dich selbst nicht«, sagte er.

Als er schließlich mit ihr ins Bett ging – sie hatte immer noch Angst vor ihm, wollte aber nicht prüde wirken –, schienen seine sengenden, nikotinfleckigen Finger, die im Dunkeln Schicht um Schicht von ihr streiften, sie wie vor einem Fremden bloßzulegen; zuerst wollte sie auf der Hut bleiben, wollte ihn nicht merken lassen, ob sie sich mitreißen ließ. Sie musste an sein altes Arbeitszimmer in Kensal Rise denken, an die schwere Schreibmaschine und die kaputte Jalousie, die Regale voller Bücher in unbekannten Sprachen.

3

Sie beschlossen, Zachary in der Garret's Lane Galerie aufzubahren, seinem Lebenswerk. Die Idee kam von Grace. »Das war schon immer eine heilige Stätte«, sagte sie. Die Kunstgalerie war eine umgebaute Kirche aus dem 18. Jahrhundert, und der Architekt hatte für diesen Umbau Preise gewonnen. Die luftige Klarheit des ursprünglichen Innenraums war erhalten geblieben, die irrgartenähnlichen Ausstellungsbereiche bestanden aus einer Reihe weißer Faltwände, die sich verschieden kombinieren ließen. Zachary war in dem lichtdurchfluteten Büro mit den rosa Backsteinwänden, dem modernistischen Mobiliar und dem Bogenfenster mit Blick auf eine Akazie im Hofgarten gestorben. In der Woche vor der Trauerfeier gingen der Galerie verbundene Künstler hier ein und aus und brachten Leihgaben für diesen besonderen Anlass: einige berühmte Namen, die mit Zachary angefangen hatten oder von Beginn an von ihm vertreten worden waren – Jane Ogden, Hari Rostami, Martin Shield –, andere nicht ganz so erfolgreiche, für deren Arbeiten er sich eingesetzt hatte, und die jungen Absolventen der Kunstakademie, die eins der begehrten Stipendien des Garret's Lane Trust gewonnen und Ateliers in den Nebengebäuden bekommen hatten. Der Einfall mit der Stiftung war typisch für Zachary. Er hatte sich überlegt, dass einige seiner alten Freunde aus der Kunstszene zu viel Geld verdienten und von dieser Last befreit werden mussten. Neben den Stipendien unterstützte der Trust auch das Programm der Galerie, Kunst in Londoner Schulen zu tragen und Schüler in die Galerie zu führen, sowie die Kunstprojekte mit Flüchtlingen und Folteropfern. Zwei der gegenwärtigen Stipendiaten stammten aus der Flüchtlingsgruppe.

Es war Grace' Idee gewesen, den Leichnam ihres Vaters in die Galerie heimzuholen, aber organisiert wurde alles von der tüchtigen, umsichtigen Hannah – einer gedrungenen und vollbusigen Frau mit rot gefärbten, vor ihren Augen baumelnden Haaren –, die mal schmeichelnd, mal energisch in ihr Telefon sprach und bei jedem Problem den kürzesten Weg zu einer Lösung fand. Die Galerie wurde für Besucher geschlossen, aber Café und Buchladen blieben geöffnet. Das Team, das mit Zachary und Hannah gearbeitet hatte, war zu jeder Tages- und Nachtzeit da, die Leute waren praktisch pausenlos im Einsatz, halfen beim Abbau der laufenden Ausstellung, hängten die jetzt hereinkommenden Werke immer wieder neu, fanden eine Lösung für die Präsentation der zerbrechlichen Objekte, die im Gedränge zu Schaden kommen könnten. Zachary hatte immer ein Gemälde von Christine in seinem Büro gehabt, vor dem Schreibtisch, an dem er arbeitete – eins aus der Serie von Selbstporträts, die sie gemacht hatte, als sie mit Isobel schwanger war. Das wurde zu diesem Anlass nach unten gebracht, wo es bei den anderen hängen sollte.

Lydia und Grace zogen wieder in die Wohnung neben der Galerie; Alex, Christine und Isobel wollten ihnen zumindest in den ersten Nächten Gesellschaft leisten.

Alex und Christine nahmen das große vordere Schlafzimmer, weil Lydia sagte, sie könne da nicht schlafen, noch nicht. Isobel legte sich eine Matratze auf den Boden neben das Bett, in dem Grace nackt auf dem Bauch schlief; ihr Arm hing herunter, die Hand war eingebogen, wie um etwas festzuhalten. Isobel schob ihre Finger in die ihrer Freundin, fand dort aber nichts. Sie wusste nicht, ob Grace das im Schlaf wahrnahm; vielleicht zog sich ihre Hand um Isobels zusammen – aber das konnte auch nur ein Zucken der surrenden, manischen, überhitzten Maschine sein, die Grace spürbar antrieb, unablässig weiter in den Schmerz hinein. Immerhin hatte sie die Idee mit der Totenmaske aufgegeben. Dafür steigerte sie sich jetzt in das Vorhaben hinein, ihren Vater in seinem Sarg zu fotografieren. Sie hatte sich in den Kopf gesetzt, dass das Bild selbst die emotionale Schwierigkeit dieser Aufnahme wiedergeben müsse, und hatte sich mit einem Freund der Familie zusammengetan, einem Fotografen, der mit dem Kollodium-Nassplatten-Verfahren arbeitete. Er würde die Glasplatten für sie präparieren und eine provisorische Dunkelkammer in der Galerie einrichten, weil die Glasplatten umgehend entwickelt werden mussten. Grace recherchierte stundenlang und rief Isobel zu sich an den Laptop, damit sie die trauervollen alten Fotografien mit ihrer großartigen Tiefenwirkung, ihrer haarfeinen Zeichnung und den in moosigem Dunkel zergehenden Rändern bewunderte.

Christine zog das Bett ab, in dem Zachary und Lydia zuletzt geschlafen hatten, und steckte die Laken in die Waschmaschine. Sie machte das Fenster weit auf, schlug die frische Bettwäsche beim Ausbreiten durch die Luft, was Staub aufwirbelte, aber der Szene ihre Bedeutungsschwere austreiben sollte. Sie setzte sich auf Zacharys Bettseite und nahm nacheinander alle seine Sachen in die Hand, froh, damit allein zu sein: das Buch mit dem Lesezeichen im ersten Drittel, das Glas mit abgestandenem Wasser und pelzigen Bläschen an den Wänden, den Fitness-Tracker, den er nie getragen hatte – er konnte keinem elektronischen Gerät widerstehen. Hausschuhe aus Saffianleder, hinten nachlässig heruntergetreten, lagen noch da, wo er sie zuletzt abgestreift hatte, bewahrten die Form seiner Füße, waren von seinem Schweiß gedunkelt; sie hob sie liebevoll hoch und richtete sie nebeneinander aus. Er war daheim gern in Hausschuhen herumgeschlurft, schwerfüßig und entspannt, leger, häuslich, und hatte eine Spur von halb vollen Tassen mit starkem schwarzem Kaffee hinter sich gelassen. All diese Gegenstände sollten ihn in sich schließen – sie versprachen Stabilität und Beständigkeit, es schien ihr unglaublich, dass er zwischen ihnen davongeschlüpft sein konnte. Sie schlug sein Buch an der Stelle mit dem Lesezeichen auf und blickte unverwandt auf die Seite – waren das die letzten Worte, die Zachary gelesen hatte? Es ging um die Strafgerichtsbarkeit in Baltimore: Christine erinnerte sich, mit welcher Empörung er Statistiken über schwarze junge Männer im Strafvollzug der USA vorgetragen hatte. Aber das Buch war verstaubt, das Lesezeichen steckte im ersten Drittel, er brachte nichts zu Ende. Sie konnte in den Worten keine Botschaft von ihm entdecken.

Lydias Haare waren zerzaust, sie hatte sich seit Tagen nicht mehr geschminkt, ihr langes Gesicht war fleckig und nackt. Das Zimmer, in dem sie schlief, schien nach ihrem Kummer zu stinken wie eine Höhle, in der sich ein Tier herumtrieb; die Daunendecke war auf dem Bett zu einem Wust zusammengetreten, das Laken wild herausgerissen worden, sodass es sich als dicker Strang über die nackte Matratze schlängelte.

»Ach, du liest«, sagte Christine erstaunt und hob ein Taschenbuch auf, einen skandinavischen Thriller, der umgedreht und mit rissigem Buchrücken auf einem Kissen lag.

»Ist das schlimm?«, fragte Lydia. »Ich meine, eigentlich sollte ich Tolstoi oder Keats lesen.«

»Du musst dich ablenken, das ist ganz natürlich.«

»Ich weiß, Alex hält mich für feige. Aber ich habe doch nie etwas anderes behauptet – oder?«

»Niemand hält dich für feige.«

»Wie soll ich nur die Stunden rumbringen, Chris? Alle denken sich etwas Schönes und Würdiges für Zachary aus; die Trauerfeier wird selbst ein Kunstwerk sein. Aber ohne ihn bin ich wirklich ein ganz gewöhnlicher Mensch, ich habe keinerlei Begabung für irgendwas. Ich bin nicht wie du.«

»Im Moment fühle ich mich nicht sehr begabt. Ich fühle mich nutzlos.«

Lydia schüttelte den Kopf über sich selbst. »Wenn jemand nutzlos ist, dann ich. Ich habe die Hausarbeit noch nie selbst erledigt und nie kochen gelernt – und als Grace klein war, hatte ich ein Kindermädchen. Jetzt weiß ich nicht, womit ich meine Zeit ausfüllen soll! Ich kann nicht so weitermachen, wie wir früher gelebt haben. Was soll ich denn an all den aufregenden Orten, wo ich diesen wunderbaren Menschen begegne – allein, ohne Zachs nie ermüdenden Enthusiasmus? Sein Enthusiasmus schien mir immer so gewagt, als forderte er die Enttäuschung geradezu heraus – dabei wurde er nie enttäuscht. Die Welt hat ihm ständig großartige Menschen zugeschickt, die großartige Beiträge geleistet haben: Es ist viel Gutes entstanden, um seine Erwartungen zu erfüllen. Für mich wird das nicht entstehen, so viel ist klar.«

»Auch für dich wird etwas entstehen. Das weiß ich so sicher wie nur was.«

»Ich kann hier nicht bleiben. Ich kann nicht in diesen Räumen bleiben.«

»Du musst hier nicht bleiben. Du kannst mit zu uns kommen und bei uns wohnen, so lange du willst.«

Der schwere Sarg wurde hereingetragen, als träfe ein einzigartiges und umstrittenes Werk für eine Ausstellung ein. In der Galerie hatte sich eine ganze Schar von Menschen eingefunden: Angehörige, Freunde und Helfer drückten sich im Hintergrund herum. Als die Leute vom Bestattungsinstitut gegangen waren, trat Isobel tapfer als Erste vor, um einen Blick auf Zachary zu werfen: Sie tat es Grace zuliebe. Schon als kleines Mädchen hatte sie dieses großherzige Pflichtbewusstsein gehabt und sich aller unglücklichen, einsamen Kinder in ihrer Klasse angenommen. »Ach, es ist nicht so schlimm«, berichtete sie erleichtert. »Er ist es, aber irgendwie auch nicht.«

»Ich bin so froh, dass ich noch einmal sein Gesicht sehen kann«, sagte Grace, als sie an den Sarg trat. »Jetzt geht es mir besser.«

Die beiden Mädchen hielten sich aneinander fest,

Grace weinte an Isobels Schulter, Isobel streichelte ihren kurz geschorenen Kopf. Hannah brachte aus dem Büro Blumen herunter, Vasen voll hohem weißen Fingerhut, Rittersporn, Stockrosen und dicken Päonien. Doch Christine grauste es beim Anblick von Zacharys Leichnam, dem Dunkel in seinen Nasenlöchern, dem verschlossenen Gesicht. Er sah wie eine ausgestopfte Puppe aus, die Hand mit den kurzen, dicken Fingern in einer rhetorischen Geste über das Herz gelegt, der Ehering ostentativ zur Schau gestellt. Lydia hatte den Bestattern einen der leichten Wollanzüge gegeben, die Zachary sich in Hongkong hatte machen lassen – ein clowneskes tabakbraunes Karomuster.

Dann hörten sie Lydias Schritte in hochhackigen Schuhen auf der Treppe hallen, die den Wohnbereich mit der Galerie verband; sie ging durch das Büro im Zwischengeschoss. Als sie über ihnen im Eingang zum Büro auftauchte, war klar zu erkennen, dass sie sich für diesen Anlass herausgeputzt hatte – sie trug ein eng anliegendes zinnoberrotes Satinkleid, hatte ein gemustertes Tuch wie einen Turban um die Haare geschlungen. In der Stille, die sich bei ihrem Eintreten ausgebreitet hatte, schritt sie auf ihren schwankenden Absätzen resolut herunter, eindrucksvoll wie eine Königin auf Staatsbesuch oder ein herabschwebender tropischer Vogel. Ihr Lächeln verriet einen Anflug von Trotz – so hatte sie gelächelt, dachte Christine, als sie einmal in der Schule gescholten wurde, weil sie ihre Hausaufgaben vergessen hatte. Die Geographielehrerin hatte Lydia nicht ausstehen können, hatte sie hasserfüllt fauchend an den Schultern gepackt und brutal geschüttelt, sodass ihre Zöpfe flogen: *Lydia – Smith – du –*

widerliches – Miststück. Jetzt blickte Lydia in den Sarg, klammerte sich am hölzernen Rand fest. Dann sprach sie ein paar Worte, dankte allen für ihre Hilfe, für den Beistand, den sie der Familie geleistet hatten. Ihre schwache, trockene Stimme klang verloren ohne Zacharys laute Ungezwungenheit, seinen dröhnenden, gebieterischen Bass.

Grace machte sich daran, ihr Foto aufzunehmen. Die wunderliche alte Kamera war speziell für das Einlegen von Glasplatten eingerichtet. Ihre Fehler und Defekte, sagte Gilby, der Fotograf, trügen zur Schönheit des Ergebnisses bei; zwischen den Schichten des Objektivs löse sich Kitt ab, was eine effektvolle Streuung des einfallenden Lichts bewirke. Weil sie nicht näher herangehen konnten und die Kamera während der Belichtungszeit von dreißig Sekunden still gehalten werden musste, hatten sie eine Art Podest – zwei zwischen zwei Trittleitern ausgelegte Bretter – errichtet, wo Grace unter das schwarze Tuch kriechen und auf ihren aufgebahrten Vater herunterschauen konnte. Aus der Vorratskammer, die ihnen als provisorische Dunkelkammer diente, wehte ein Ätherhauch, und die sirupartige Kollodiummischung tropfte aus der Kamera auf den Boden. Lydia wollte sich diese Prozedur nicht ansehen. Grace hielt das Objektiv mit der Hand zu, zog sie fort, zählte bis dreißig und deckte es dann wieder ab. Sie führten den ganzen Vorgang mit zwei verschiedenen Platten durch für den Fall, dass beim ersten Mal etwas schiefgegangen war. Noch konnte sich niemand die Bilder anschauen. Sie mussten gefirnisst werden, die Rückseiten der Platten mussten übermalt und das Ganze in einem Schutzrahmen versiegelt werden.

Alex hielt die ganze Nacht bei Zachary Wache. Sie stellten an beiden Enden des Sargs Scheinwerfer aus Edelstahl auf und schalteten alle anderen Lampen aus; für kurze Zeit erglühte die Kirche im Licht des Sonnenuntergangs, und die hohen rosa Wände wirkten durchscheinend wie Muscheln. Der golden angestrahlte Sarg sah so unwirklich aus wie ein szenisches Tableau oder ein kitschiges Kunstwerk. Christine ging früh mit Lydia nach oben, um sie ins Bett zu begleiten; Grace wollte unbedingt bleiben und setzte sich dicht neben ihren Vater auf einen Plastikstuhl – die Arme um die langen Beine geschlungen, das Kinn auf die Knie gelegt, starrte sie düster vor sich hin. Dann nickte sie in dieser unbequemen Stellung ein, und Alex bedeutete Isobel, sie solle Grace in ihr Zimmer hinaufbringen. Als sie Grace weckte, schaute die ihre Freundin mit großen Augen verständnislos an und wusste nicht, wo sie war, wie ein Kind, das auf einer Erwachsenenparty eingeschlafen ist: Sie ließ sich willig wegführen. Hannah lief auf Strümpfen mit der Teekanne und der Whiskyflasche zwischen den verbliebenen Trauergästen herum; dann brachte ihre Frau Jenny sie nach Hause, damit sie sich ausruhte.

Alex musste eingeschlafen sein, denn als er erwachte, hatte er einen bitteren Geschmack im Mund, als hätte er etwas Ekliges getrunken. Er sah Zacharys totes Gesicht an und fand es teigig und schlaff. War Zachary wirklich so dick geworden? Als er noch lebte, war Alex das nicht aufgefallen. In der Schulzeit war Zachary ein so hoffnungsvoller Junge gewesen, mit frischen rosa Wangen und einem unbändigen Lachen, das selbst dann hervorsprudelte, wenn es ihm Ärger einbrachte und er sich ducken musste, um Schlägen auszuweichen, schluchzend und lachend zugleich, rotznäsig, flennend und kichernd, weil auch die Strafe lächerlich war. Und nun war er ausgelöscht, so leicht erloschen wie eine Kerze.

Es war ein schöner Abschied für Zachary in der Galerie, das sagten alle. Am Morgen kamen die Leute vom Bestattungsinstitut, um den Sarg zu schließen. Der Platz reichte nicht für alle, die Gäste standen auch draußen im Buchladen und im Café, verfielen in die Tradition von so vielen anderen geselligen Zusammenkünften an genau derselben Stelle und in nahezu derselben Runde, mit dem gleichen Wein und den gleichen Blumen und interessanten Dingen zum Anschauen an den Wänden. Die Kunstwerke waren selbst starke Statements: Eine wütende Jane Ogden blickte finster auf die Versammlung herab, aus einer Kruste schmutziger Farbe quoll Müll hervor. Kinder schlängelten sich taktvoll durch den feierlichen Ernst der Erwachsenen; Sonnenflecken erblühten und vergingen auf den Bodenfliesen wie zaghafte Beschwichtigungen. Dann schlug eine Regenböe gegen die Fenster, und Nachzügler hasteten, ihre Regenschirme schüttelnd, unter Entschuldigungen herein. Viele Freunde brachten Blumen mit, die sie auf den Sarg häuften. Ein riesiger Kranz trug einen Abschiedsgruß in Schwefelgelb auf leuchtendem Rot. Niemand wusste, wer den geschickt hatte. Eine andere, missgünstige Galerie, meinte Hannah.

Nacheinander traten Freunde und Angehörige an das Rednerpult. Gina Brennan spielte eine Sarabande aus einer Cello-Suite von Bach, Alex las ein Gedicht, Nathan Kearney trug Auszüge aus einem Satiremagazin vor, das er als Student mit Zachary herausgegeben hatte. Junge Leute aus dem Art Club spielten Steeldrums, dann stellte Tomo Okamoto, in Kostüm und Maske des Nō-Theaters als Krieger verkleidet, tänzerisch die Szene seines eigenen Todes dar. Hannah, in einem engen schwarzen Kleid und mit einem schmalen Strich von glänzendem Lippenstift, konnte nicht zu Ende lesen, was sie sich aufgeschrieben hatte, und Jenny musste es für sie tun; Martin Shield brachte alle zum Lachen. Christine saß mit ihrer Mutter, Isobel und Sandy zusammen, kämpfte mit den Tränen, presste in ihrem blauen Kleid die Knie zusammen und krallte die Faust um ihr zerknülltes Papiertaschentuch. Sie beneidete ihre Mutter um deren beherrschtes, trockenes Gesicht, sorgfältig geschminkt und das traurige kleine Lächeln des Bedauerns dem Rednerpult oder dem Tanz zugewandt – mit achtzig war man eher an Trauerfeiern gewöhnt. Sie schaute finster auf ihren Schoß hinunter und versuchte, jeden wirklichen Gedanken an Zachary von sich fernzuhalten, indem sie sich Banalitäten vorsagte. Wenn Lydia bei ihnen bliebe, müsste sie neue Schlüssel machen lassen. Hatte sie daran gedacht, für heute eine Betreuung für die Katze zu organisieren? Sie heftete den Blick auf ein Gemälde an einer Seitenwand und regte sich über die hieroglyphische Kleckserei, die dämliche Wichtigtuerei des Bildes auf. Der Unmut war eine Erleichterung für sie, er trocknete ihre Augen. Zachary hatte auch Gefallen an Kunst gefunden, die schauderhaft war.

Sandy war allein gekommen, weil er zurzeit keine Freundin hatte. Er war blass – aber er war ja immer blass, als sähe er nicht oft Tageslicht. Überraschenderweise war er in einem Anzug erschienen, was lieb von ihm war, und natürlich sah er darin mit seiner zerzausten Schönheit phantastisch aus. Und er spielte sogar etwas auf der Gitarre vor, mit einer Schlichtheit, die er nur hatte, wenn er vor Publikum auftrat: ein kleines Instrumentalstück, das er vor Jahren für Zachary geschrieben hatte, der ihn als Erster zum Spielen ermuntert hatte. Es war sehr bewegend. Max hatte Hannah wissen lassen, dass er nichts sagen wolle, doch im letzten Moment stand er unvermittelt auf und sprach das Kaddisch, stockend und die Hälfte vergessend, dann zerriss er sein Baumwolljackett geräuschvoll von den Revers nach unten. Lydia und Grace wechselten rasche Blicke; sie saßen kerzengerade nebeneinander in der Mitte der ersten Reihe. Typisch Max, dachten sie beide – seit seiner Bar-Mizwa hatte er keine Synagoge mehr betreten, und heute verblüffte er alle durch eine dramatische Geste. War das sein bestes Jackett oder hatte er extra ein altes angezogen? Von vorne betrachtet, sahen sich Grace und Lydia so wenig ähnlich, dass niemand sie für Mutter und Tochter gehalten hätte: die eine klein, selbstbeherrscht und blond, die andere groß und dunkelhaarig, sportlich und unbekümmert wie ein Junge. Von hinten dagegen war in ihren gespannten Schultern eine Ähnlichkeit zu erkennen. Beide verfolgten mit starrer Aufmerksamkeit die Huldigungen, die vor ihnen dargebracht wurden, und hielten den Kopf steif erhoben, als erwarteten sie weitere Nackenschläge.

»Der arme alte Max, als Einziger noch übrig«, flüsterte Lydias Mutter Pam. Pam hatte zahlreiche Operationen hinter sich und klagte über Schmerzen im ganzen Körper, sah aber immer noch gut aus; sie hatte sich bronzefarbene Strähnchen ins Haar machen lassen und trug gute Hüte. »Ein Glück, dass Zachs Eltern es nicht mehr erleben mussten, ihren Sohn zu verlieren«, fügte sie salbungsvoll hinzu. »Ich frage mich, ob du es je zu würdigen wusstest, Lydia, dass du so einen prachtvollen Mann hattest.«

Lydia lächelte gezwungen und tätschelte ihrer Mutter die Hand. »Du kennst mich doch«, sagte sie. »Ich weiß bekanntlich gar nichts zu würdigen.«

»Wie kannst du in so einem Moment Scherze machen? Du herzloses Geschöpf.«

»Herzlos? Von wem ich das wohl habe?«

Tibs und Pam hatten den japanischen Tanz mit unbewegter Miene verfolgt, verstanden aber wenigstens die Notwendigkeit von Gedichten bei einer Trauerfeier. Der elegant verblasste Tibs saß neben Grace und hielt ihre Hand, ratlos, aber gütig. Als Grace klein war, war sie im Gewusel des großelterlichen Pubs aufgeblüht, hatte bei den Stammgästen Furore gemacht, wenn sie ohne Scheu zu den Spice Girls tanzte, mit den Hüften wackelte, die Lippen vorschob und den Hintern herausstreckte. »Das ist beunruhigend, Ma«, hatte Zachary Pam gegenüber sanft protestiert, lachend und hellauf entzückt.

Der ganze Zeitplan geriet durcheinander, obwohl Hannah ihr Möglichstes tat: Der Leichenwagen kam und die Bestattungshelfer mussten warten, wobei sie diskret und teilnahmsvoll auf die Uhr schauten. Dann trugen Max, Alex, Sandy und mehrere Cousins von Zachary den Sarg hinaus, vor Anstrengung angespannt und verkrampft; die Familie und einige enge Freunde folgten dem Leichenwagen zum Krematorium, wo eine letzte kurze Zeremonie stattfand. Christine war dankbar für diese Verlagerung auf ein fremdes Territorium mit seiner abgenutzten, erschöpften, neutralen Frömmelei. Seidige rosa Vorhänge, die auf einer Schiene herumruckelten, erinnerten sie an ein Kino. Endlich konnte sie sich entziehen, abwesend sein, an nichts mehr denken.

Hinterher hatte Grace kaum eine Erinnerung an diesen Tag.

»Aber ich wollte doch alles hier oben aufbewahren«, rief sie Isobel in ihrem Zimmer bestürzt zu, wobei sie die Hände an ihre Schläfen legte. »Jetzt wünschte ich, ich hätte es auf Video aufgenommen. Das hätte ich machen sollen.«

»Du hast ja dann deine Fotos«, beruhigte Isobel sie. »Und überhaupt, es kommt alles wieder. Im Moment ist dein armer Kopf überlastet. Er braucht Ruhe.«

»Immerhin erinnere ich mich an Sandys Instrumentalstück. War er nicht großartig?«

»Er war großartig.«

»Meinst du, er nimmt mich jetzt eher ernst, weil ich in Trauer bin? Nicht dass ich auf einen Mitleidsfick oder so aus wäre. Obwohl, vielleicht doch. Ich hätte nichts dagegen.«

»Leg dich jetzt hin. Hör auf zu denken.«

Sie sollten ein letztes Mal in den kirchlichen Räumen übernachten, ehe Lydia sich bei Christine und Alex einquartierte und Grace bei Isobel unterkam. Grace wusste noch nicht, ob sie zu ihrem vierten Studienjahr nach Glasgow zurückkehren würde. Sie konnte sich nicht vorstellen, was jetzt werden sollte, konnte sich nicht vorstellen, ihr Leben da wieder aufzunehmen, wo es stehen geblieben war. Alle Frauen legten sich am späten Nachmittag ins Bett und fielen in einen tiefen Schlaf, dann erwachten sie in einem honigfarbenen Abendlicht, bei leeren Räumen, süßem Vogelsang. Nun, da die Bestattung vorüber war, die für sie einen Endpunkt dargestellt hatte, wussten sie nicht mehr weiter. Diese Last war von ihnen genommen, sie waren schwerelos; Hannahs Team hatte die Galerie aufgeräumt und für eine Woche geschlossen. Alex war fortgegangen, niemand wusste wohin. Manchmal lief er meilenweit durch die Straßen der Stadt. Christine schnitt Schinken auf und stellte ihn mit Pickles und Tomatensalat auf dem Küchentisch bereit, kochte neue Kartoffeln und strich Butter darauf, pflückte Petersilie im Hof, wo Zachary in allen Töpfen Kräuter gezogen hatte. Lydia hatte sich wunderbar gehalten, das sagten alle, sie hatte liebenswürdig gelächelt und mit allen Freunden gesprochen, die gekommen waren. Sie nahm eine von den Tabletten, die der Arzt ihr verschrieben hatte.

Nach dem Essen stellte Lydia den Fernseher an und fand die Soap-Opera, die sie alle regelmäßig schauten, weil Juliet darin mitspielte. Christine sah Juliet inzwischen nur selten persönlich, da sie sich nicht mehr wegen Sandy absprechen mussten; zur Trauerfeier hatte sie nicht kommen können, weil sie zu Dreharbeiten irgendwo auf dem Kontinent war. Aber im Fernsehen hielten sich Christine und Lydia gewissenhaft über sie auf dem Laufenden, nahmen regen Anteil an der Figur, die sie verkörperte – eine abgehetzte Landärztin mittleren Alters. Lydia sagte, sie vergesse schon, was dabei die wahre Juliet sei und was zu ihrer Rolle gehöre. Dieser dubiose Akzent, zum Beispiel. Der war doch nicht echt? Aber bei einer richtig schlechten Schauspielerin konnte vielleicht auch die eigene Stimme wie aufgesetzt klingen. Sie war immer noch schlank und voller Energie, aber das zigeunerhafte Aussehen der jungen Juliet war hinter der Ärztin mit dem versteinerten Gesicht und dem pragmatischen Kurzhaarschnitt, dem Repertoire eines entnervten Mienenspiels von angespannter Hektik bis verbissenem Ärger nur noch schwer zu erkennen. Offenbar hatte sie viele Fans unter den jüngeren Leuten, wegen Sandy.

Der Wohnbereich zog sich über zwei Ebenen hin. Christine stieg später im Dämmerlicht auf der Suche nach dem Telefon – sie sollte ihre Mutter anrufen und auch Alex' Mutter, die wegen ihrer Füße nicht auf Beerdigungen ging – die Treppe ins Zwischengeschoss hoch, wo sich Bücherregale an den Wänden entlangzogen. Ihr fiel ein Band ins Auge, der ein wenig aus dem Regal herausgezogen oder nicht ganz zurückgeschoben worden war, weiß leuchtend im Halbdunkel, lockend, wohlbekannt. Mehr als bekannt: Es war die Sammlung von Alex' Gedichten, vor langer Zeit erschienen, als sie beide noch kein Paar waren. Die Seiten waren an den Rändern vergilbt, und das Buch hatte seine Frische verloren; der Umschlag, dessen nüchterne Schlichtheit damals die Blicke auf sich gezogen hatte, wirkte jetzt wie aus der Zeit gefallen, die lila Schnörkelschrift antiquiert. Alex' Buch löste vielschichtige Gefühle in ihr aus, sie betrachtete es mit einer Mischung von fürsorglicher Zärtlichkeit und leichtem Spott. Da sie eben Juliet im Fernsehen gesehen hatte, fiel ihr ein, dass in diesem Buch auch Gedichte über Juliet standen – nicht direkt Liebesgedichte, obwohl es in einigen um Sex ging. Zögernd zog sie das Buch etwas heraus, um einen Blick hineinzuwerfen, was sie seit Jahren nicht mehr getan hatte; doch dann hielt sie inne. Das ist alles vorbei, dachte sie ungeduldig. Sie kam jetzt besser mit Alex aus, weil so vieles zwischen ihnen beigelegt war und ihrer beider Leben sich äußerlich ohne große Mühe zusammenfügten. Außerdem war es zum Lesen sowieso nicht hell genug, und sie wollte kein Licht anschalten. Das Halbdunkel war erholsam.

Wer könnte sein Buch aus dem Regal geholt haben? Alex selbst würde es nie anschauen. Hatte Zachary womöglich an den Tagen vor seinem Tod Alex' Gedichte gelesen? Das würde Alex vielleicht berühren, wenn er es wüsste. Doch Christine würde bestimmt nicht versuchen, es ihm zu sagen: Er würde sich nur ärgern über ihre – nach seinem Empfinden – plumpen Bemühungen, ihn zu trösten, und über die bloße Erwähnung dieser Gedichte. Sie schob das Buch wieder ins Regal, wo es zwischen den vielen anderen gar nicht auffiel. Sie und Alex hatten schon seit Jahren nicht mehr über seine schriftstellerische Arbeit gesprochen oder darüber, dass er sie aufgegeben hatte. Vor langer Zeit, ganz am Anfang ihrer Beziehung, hatte sie ihn ein, zwei Mal gedrängt, sich Zeit für weitere Gedichte zu nehmen, weil sie dachte, das würde ihn glücklicher machen. Er hatte sie gereizt angefahren: Was verstehe sie schon davon, ob er nun schrieb oder nicht?

Christine sagte Alex nicht, dass sie Lydia eingeladen hatte, bei ihnen zu wohnen, so lange sie wollte. Aber er beschwerte sich nicht, als sie nach der Trauerfeier erkennbar erleichtert die eigene Wohnung abschloss und ihr Lager wieder in ihrem Gästezimmer aufschlug. Diesmal packte Lydia ihre Taschen aus und verstaute ihre Sachen in den Schubladen, die Christine für sie leer geräumt hatte, oder hängte sie im Schrank auf, wo Christine Platz dafür geschaffen hatte. Neben ihren luxuriösen, interessanten Kleidern, Röcken und Jacken sahen Christines Sachen schäbig und abgetragen aus. Lydia wollte ihr ein paar Teile schenken, sagte, sie dürfe sich alles nehmen, was ihr gefalle, und Christine fand die schweren, seidenartigen Stoffe, die feine Näharbeit und die guten Schnitte durchaus verlockend. Ihre Mutter war von Lydias Kleidern entzückt und ließ immer wieder durchblicken, Christine solle sich farbenfroher und aparter kleiden. »Damit deine wunderbare Figur zur Geltung kommt, Liebes«, sagte sie.

Christine hielt ihrer Mutter vor Augen, dass sie nicht so viel Geld hatten wie die Samuels. Es war aber nicht nur eine Frage des Geldes; sie hätte sich lächerlich gemacht, wenn sie versucht hätte, Lydias Stil zu übernehmen. Jetzt breitete Lydia ihre Bürsten und Spiegel und alle ihre Utensilien für Make-up und Hautpflege auf der Kommode aus: Cremedosen und -tuben, Lippenstifte und Lidschatten quollen aus Behältnissen hervor, die selbst schön und kostbar waren – bestickte und gemusterte Taschen mit Reißverschluss und Beutel mit seidenen Kordeln und Quasten. Sie hängte ihren Schmuck und ihre Tücher über den Spiegel und die Stuhllehnen, und der ganze Raum roch nach ihrem Parfüm. Bald lagen ihre Sachen auf sämtlichen Flächen und auf dem Fußboden herum. Lydia war schon immer unordentlich gewesen und daran gewöhnt, dass andere für sie putzten.

Morgens stand sie erst auf, nachdem Alex längst zur Schule aufgebrochen war. Wenn Christine ihr Kaffee ins Zimmer brachte, lag sie unter der Bettdecke und las ihre Thriller, und die getigerte Katze hatte sich auf ihren Beinen ausgestreckt oder neben ihr zusammengerollt. Christine war dann schon seit Stunden aufgestanden, angezogen und erledigte die Hausarbeit, räumte auf oder wusch das Geschirr ab, füllte die Waschmaschine oder hängte die Wäsche auf, besorgte rasch Milch im Laden an der Ecke, Kuchen in der algerischen Bäckerei, Minze und Mangos bei dem chaotischen Gemüsehändler, wo die Kunden um den Preis einer Jamswurzel oder einer Handvoll Chilis feilschten. Abends kochte sie aufwendige Mahlzeiten, probierte neue Rezepte aus. Sie war sich bewusst, dass sie Lydias Anwesenheit in ihrem Haus benutzte, um diese vergeudeten, entrückten, seltsamen Tage zu rechtfertigen, an denen sie sich jeden Gedanken daran verbot, ihr verschlossenes Atelier zu betreten. Den Schlüssel dazu trug sie noch immer mit sich herum, im hinteren Fach ihrer Handtasche versteckt. Alex ärgerte sich, dass er an bestimmte Bücher im Atelier nicht herankam, aber sie wich seinen Fragen nach dem verlorenen Schlüssel hartnäckig aus.

Die Galerie war wieder geöffnet, Hannah arbeitete mit Jane Ogden weiter und ging davon aus, dass deren Ausstellung wie geplant stattfinden werde. Aber vielleicht sollte sie sich nach einem anderen Job umschauen? Lydia wehrte Alex' Fragen nach ihren weiteren Plänen ab, hielt sich die Ohren zu und bat ihn, sie nicht zu quälen. Es tue ihr wirklich leid, sie wisse, dass sie sich unmöglich benehme, aber sie sei noch nicht imstande, darüber zu reden, was nun werden solle. Er sagte, er würde ihr jederzeit behilflich sein, Zacharys Sachen auszusortieren, aber den Gedanken daran konnte sie auch nicht ertragen, und am Ende erledigte er das mit Grace und Isobel. Grace brachte einen schwarzen Sack mit Zacharys Anzügen, Hemden und Krawatten zurück, leerte alles auf dem Boden von Christines Wohnzimmer aus und schlug vor, die Sachen zu zerschneiden, zu einem Quilt zu verarbeiten und zum Andenken an Zachary seinen Namen darin einzunähen. Zuerst konnte Christine es nicht mit ansehen, wie Grace mit ihrer scharfen Schere auf die kostbaren Kleidungsstücke losging. Aber das Nähen gab ihnen allen etwas zu tun. Christine hatte ein Händchen für so eine Pusselei, sie hatte schon als Kind Patchworkarbeiten gemacht; Lydia fehlte die Geduld dazu, sie gab rasch auf. Der Quilt nahm unter Grace' Regie Gestalt an, in der Mitte entfaltete sich eine Spirale in leuchtendem Orange und Scharlachrot vor einem trüberen Hintergrund aus Teilen seiner dunklen Anzüge.

Eines Nachmittags brachte Grace ihre Fotos von Zachary vorbei, in braunes Papier eingeschlagen, und reichte sie mit gequälter Miene ihrer Mutter. »Ehrlich gesagt habe ich sie mir nicht angesehen. Ich kann sie nicht auspacken. Gilby hat mir so nett geholfen, dass ich mich schäme, ihm zu sagen, dass ich sie noch nicht gesehen habe. Er meint, sie seien wunderschön, aber meine Nerven spielen nicht mehr mit. Bis jetzt habe ich die Nerven behalten, aber das ist vorbei.«

Lydia wies das Päckchen entsetzt von sich. »Grace, ich kann das nicht. Ich habe dir doch gesagt, Liebling, ich will sie nicht sehen. Du musst sie dir auch nicht anschauen. Wir können sie einfach irgendwo weglegen und dann vergessen.«

Grace rief erbittert, das sei mal wieder typisch für ihre Mutter. Sie bot die Aufnahmen Christine an, die nur den Kopf schüttelte und sich tiefer über ihre Näharbeit beugte. Als Alex aus der Schule nach Hause kam, fand er sie alle in Tränen aufgelöst. Er redete so ruhig und behutsam auf Grace ein, als wäre sie ein aufgebrachtes Kind aus seiner Klasse, führte sie in sein Arbeitszimmer und legte den Arm um sie, während sie beklommen das sorgfältig in Noppenfolie gehüllte Päckchen auswickelte und die Bilder herausnahm. Es war, als hätte Zachary sich in der seit den Aufnahmen vergangenen Zeit von dem Gesicht entfernt, das sie vor sich sahen. Sie kannten ihn nicht mehr, seine lebendige Persönlichkeit war nicht mehr hinter den dunklen, wohlgeformten Lidern zu finden, die mit solch strenger Endgültigkeit geschlossen waren. Grace packte die Fotos wieder ein und gab sie Alex, damit der sie versteckte; sie wolle sie jetzt lange nicht mehr sehen. »Er macht mir Angst«, sagte sie. »Er ist nicht mehr lustig, stimmt's?«

Alex sah über den Rand seines Buches hinweg zu, wie seine Frau sich im Schlafzimmer auszog. Die geraden Augenbrauen, die sich über der Nasenwurzel trafen, waren noch dunkel, auch ihr verschleierter, rascher, indirekter Blick hatte sich seit ihrer Jugend nicht verändert, aber das hellbraune, zu einem kurzen Bob geschnittene Haar war von Grau durchsetzt. Von dem schlaffen runden Bäuchlein abgesehen, wies kaum etwas darauf hin, dass Christine je Isobel zur Welt gebracht hatte: Sie war noch immer mädchenhaft, aber ein alterndes Mädchen. Ihr ungeschminktes, erschöpftes Gesicht und der dünne nackte Körper erinnerten ihn an das Herbe und Kantige von Farmersfrauen aus dem Dust Bowl, die er auf Fotos gesehen hatte, mit ihren skulpturalen mageren Wangen- und Hüftknochen – obwohl diese Frauen wahrscheinlich zwanzig Jahre jünger waren als Chris, durch Arbeit und Armut frühzeitig gealtert. Seine Frau konnte in Ruhe und in Bewegung wie zwei verschiedene Menschen wirken. Mit ihm allein, in ihre Gedanken vertieft – der lange dunkle Mund mit der tiefen Mulde darunter verschlossen, als hielte er aus Skepsis oder Zögerlichkeit etwas zurück – war sie reizvoll, unergründlich. Doch in Gesellschaft anderer Leute redete sie allzu eifrig und wedelte ohne jede Anmut mit den Händen, wie es für gebildete englische Frauen ihrer Klasse und Generation typisch war. Seit Zacharys Tod hatte sie ihn ständig abgewehrt, dachte Alex, war zurückgezuckt, wenn er sie an der Brust oder der Taille berührte, hatte das Gesicht von seinen Küssen abgewandt. Jetzt zog sie ihren jungenhaften Schlafanzug an und band mit Entschiedenheit die Kordel zu. »Du sollst mich nicht beobachten, Alex«, protestierte sie. »Das ist mir unangenehm.«

»Wie lange will Lydia noch hier bleiben?«, fragte er streng. »Ich weiß nämlich nicht, ob das gut ist. Sie muss ins Leben zurückfinden.«

»Aber in welches Leben?«

»Entschlossenheit zeigen, Verantwortung übernehmen.«

»Das sind so kalte, harte Worte. Du gebrauchst sie nur

als Strafe für sie. Kannst du dir vorstellen, dass sie in Garret's Lane ganz allein zurechtkommt? Was soll sie da den ganzen Tag machen?«

»Tja, was macht sie denn hier?«

»Sie wartet. Sie ist noch nicht bereit. Wir können sie nicht im Stich lassen.«

»Aber sie hält dich von der Arbeit ab.«

Christine scheute vor jeder Diskussion über ihre Arbeit zurück. »O nein, das liegt nicht an Lydia. Ihr wäre es lieber, wenn ich arbeiten würde. Ich glaube, sie fühlt sich sogar verpflichtet, mich zu unterhalten. Schau mal, sie hat mir die Nägel lackiert.«

Alex warf nur einen flüchtigen Blick auf ihre purpurroten Fingernägel und runzelte die Stirn. Was Lydia auch anfasste, sie hinterließ immer ihre Spuren darauf. Er war voller Mitgefühl für sie, vermied es aber, mit ihr allein in einem Raum zu sein – sie war zu übermächtig präsent mit ihrer blauweißen Haut und ihrer maskenhaften Schönheit auf ihrem ewigen Platz in seiner Sofaecke. Bei ihrer Schauspielerei musste er an eine grässliche tragische Kunst aus uralten Zeiten denken. Ohne Zachary war sie hilflos, versank im Chaos, und Alex dachte, er müsse sich vor dem Chaos schützen. Als Christine ihr Buch weglegte und neben ihm einschlief, mit dem Rücken zu ihm und die Knie an die Brust gezogen wie ein Kind, leise schnarchend, stellte er sich vor, dass Lydia im Gästezimmer ebenfalls wach lag und wusste, dass auch er wach war; in ihnen beiden herrschten Panik und Verwirrung, eine gedämpfte Gewalt in der Dunkelheit ihrer still liegenden Körper.

Grace stürzte sich ins Partyleben, sie trank zu viel und vertraute sich Fremden an, erzählte ihnen all ihre Sorgen, ließ ihrem Kummer freien Lauf, brachte Männer mit in das Gästebett in Isobels Wohnung.

»Ich muss das Leben voll auskosten«, sagte sie. »Dad hat das auch getan.«

Für Isobel war das schwierig. Sie konnte nicht schlafen, und ihre Arbeit litt darunter, dass sie immer horchte, ob Grace nach Hause kam – oder wegzuhören versuchte, wenn sie dann kam. Wenn sie morgens auf dem Weg ins Bad durch ihr Wohnzimmer gehen musste, vermied sie den Blick auf die schlafenden Gestalten auf ihrer Bettcouch. Sie wollte sich mit diesem Problem nicht an Lydia oder ihre eigene Mutter wenden, die ohnehin schon vor Traurigkeit benommen waren und kaum klar denken konnten. Sie glaubte sowieso nicht, dass die beiden Mitgefühl mit Grace haben würden. Stattdessen vertraute sie sich ihrer Großmutter Margita an, der tschechischen Oma, wie sie genannt wurde, um sie von der englischen zu unterscheiden. Margita hatte geschwollene Knöchel und Alex' schöne Augen; dickes rosafarbenes Make-up hatte sich in ihre Falten eingegraben, ihr trockenes, steif gespraytes Haar war echt, sah aber wie eine billige Perücke aus, und die halb aufgerauchten Zigaretten, die sich im Aschenbecher häuften, waren mit Lippenstift verschmiert. Ihre Augen waren so klar, dass sie beinahe gläsern wirkten; es löste allgemeine Überraschung aus, als sie für ihr Kreuzworträtsel eine Brille aufsetzen musste – sie machte täglich das extra knifflige im *Telegraph*, obwohl ihr Englisch noch immer einen starken Akzent hatte, ihr falsch im Mund lag wie ihr allzu weißes

Gebiss. Margitas Vasen mit Seidenblumen auf Häkeldeckchen und ihre schmierigen Schnapsflaschen mit Etiketten in einer unbekannten Sprache auf einem Tablett aus angemaltem Blech waren für Isobel immer Zeichen von Fremdheit und Andersartigkeit gewesen.

»Arme kleine Grace«, sagte Margita. »Soll sie sich doch abreagieren.«

»Es sind entsetzliche Männer dabei, Granny. Ich weiß das natürlich nicht sicher, weil ich ihnen nicht begegne. Aber ich kann sie hören, sie klingen entsetzlich. Ich glaube, bis jetzt waren es drei verschiedene, vielleicht war einer auch zweimal da. Und du weißt ja, meine Wohnung ist winzig.«

Ihre Großmutter zuckte die Achseln. »Solange sie nicht schwanger wird oder sich eine ansteckende Krankheit holt. Es bringt sie auf andere Gedanken.«

»Aber ist das *richtig*?«

»Wen kümmert das? Sie ist verrückt, weil sie ihren Vater geliebt hat. Meiner war ein Schweinehund, ich habe getanzt, als ich von seinem Tod erfuhr, vielleicht ist es so besser.«

Margitas Ansichten waren erstaunlich vorurteilsfrei und modern. Sie sah stundenlang fern, verachtete aber die Leichtgläubigen, die auf diesen Schwindel hereinfielen. Früher, in einem anderen Leben, war sie in Bratislava Literaturlehrerin gewesen, aber inzwischen nahm sie die Bücher ihres verstorbenen Gatten nur noch zum Abstauben in die Hand, und auch das nicht sehr oft. Isobel stellte sich immer vor, dass das Leben im Kommunismus – was für Isobel so viel wie in mythischer Vorzeit bedeutete, da sie in dem Jahr geboren war, in dem es mit dem Kommunismus mehr oder weniger zu Ende ging – ihrer Großmutter jeden Aberglauben und jede Rührseligkeit ausgetrieben hatte. Sie war ziemlich einsam: Unter den Engländern hatte sie nie Freunde gefunden, und für die geschrumpfte, hoffnungslose Gemeinschaft der Exilanten hatte sie noch weniger übrig. Ihr Mann hatte viel von ihrer Aufmerksamkeit absorbiert: erst mit seinen Ambitionen, dann mit seiner Enttäuschung und seinen Affären, dann mit seiner Abwesenheit.

Margita hatte gelernt, ihre Einkäufe auf dem Computer zu erledigen – der, wie die Vasen, auf einem gehäkelten Deckchen auf dem Buffet stand –, darum verließ sie kaum noch die Wohnung, außer sonntags, wenn Alex und Christine sie zum Mittagessen zu sich holten. Dort saß sie dann in ihren zu engen weißen Lackschuhen mit Kitten Heels steif am Tisch; beleidigt, wenn auch nur halbherzig, weil sie ihr nicht anboten, bei ihnen zu wohnen, obwohl sie das eigentlich gar nicht wollte. Zwar war sie sich ihrer überlegenen Intelligenz im Vergleich zu der englischen Oma bewusst, sah aber auch, dass ihr Barbaras besänftigende gesellschaftliche Leichtigkeit und gönnerhafter Charme fehlten. Margita beklagte sich, dass Alex nie mit ihr telefoniere. Er wünsche nur, sie wäre tot und aus dem Weg, es sei immer Christine, die anrufe.

Eine Hand, deren schlaffes Fleisch den Ehering umschloss, hielt Isobels umklammert, während die andere in der Zigarettenschachtel mit den aufgedruckten Bildern von Krebslungen wühlte.

»Und was ist mit dir, he, Isabelka Schätzchen? Was macht dein Liebesleben?«

»Granny, es gibt keins. Was soll ich nur machen? Niemand will mich! Bin ich so abscheulich?«

»Du bist zu nett«, beschwichtigte Margita. »Hab nur Geduld. Diese selbstsüchtigen Jungen, die haben dich nicht verdient. Etwas Gutes wartet auf dich, du wirst sehen.«

»Grace geht wenigstens hin und nimmt sich, was sie kriegen kann!«

Sie sahen sich auf Isobels Smartphone die Profile von Männern auf Tinder an. Nicht dass Isobel je so weit ging, Tinder tatsächlich zu nutzen – für sie seien die *Guardian* Soulmates schon schlimm genug, sagte sie.

»Wie wär's mit dem hier?«, ermunterte Margita sie. »Er ist schon reifer. Vielleicht ein Rechtsanwalt: sportlich, schönes Auto.«

Doch Isobel konnte sich nicht für sein Haifischlächeln erwärmen.

Eines Nachts, als Alex nicht schlafen konnte und nach unten ging, fand er im Wohnzimmer Lydia im Nachthemd vor, mit untergeschlagenen Beinen auf dem Sofa sitzend. Er schloss leise die Tür hinter sich, um Christine nicht zu wecken. »Du liest ja nicht mal«, sagte er mitfühlend und setzte sich zu ihr, dicht, aber ohne sie zu berühren. »Was tust du hier? Ist dir nicht kalt?«

Die Jalousien an den Fenstern waren heruntergezogen, aber die Straßenlaterne draußen gab so viel Licht, dass sie einander sehen konnten. »Ich bin einfach da, ich tue nichts.«

»Soll ich dir einen Drink holen? Oder eine Tasse Tee?«

»Bleib eine Weile hier sitzen, Alex«, sagte sie. »Vielleicht hilft das. Geh nicht weg. Rede über irgendwas Abstraktes und sehr Kluges.«

»Jetzt bringst du mich in Verlegenheit.«

»Lass nur, du brauchst nicht mit mir zu reden. Leiste mir einfach Gesellschaft.«

Alex schenkte sich einen Wodka ein, und als er sich wieder setzte, nahm Lydia ihm das Glas ab und trank daraus, sie teilten es sich und spürten beide, wie sich die Wärme des Wodkas in ihnen ausbreitete. Es irritierte sie, so nah bei ihm zu sitzen; in dem T-Shirt und den Baumwoll-Stretch-Shorts, die er im Bett trug, wirkte sein Körper verstörend jugendlich: Sie kannte ihn sonst nur mit Jackett und Krawatte, wie er zur Schule ging. Jetzt sah sie Alex wieder mit der alten Intensität – die gefährliche federnde Spannung in seiner Körperhaltung, die ausgeprägten Gesichtszüge. Ihr Interesse an ihm war wie ein Zugdraht. Er erzählte ihr, er lese gerade eine vergleichende Untersuchung von Bildungssystemen in aller Welt, die zeige, dass jedes System aus der Kultur und Ideologie des jeweiligen Landes hervorgegangen sei und davon geprägt werde. »Aber ich langweile dich«, sagte er. »Das interessiert dich doch nicht.«

»Du denkst immer, es würde mich nicht interessieren. Ich habe aufmerksam zugehört.«

»Die Stärke des Buches liegt in seiner Fülle an Details, und dem kann ich nicht gerecht werden.«

Wenige Stunden zuvor hatten sie sich in diesem Zimmer alle zusammen einen Film, einen Thriller, im Fernsehen angesehen – auch Christines Mutter Barbara, die mit ihnen zu Abend gegessen hatte, war dabei gewesen. Die Stühle standen noch um den Apparat herum, auf einem niedrigen Tisch waren Weingläser und Kaffeetassen zurückgeblieben, in denen sich Reste abgesetzt hatten; Christine hatte beim Zuschauen Teile von Zacharys Quilt zusammengenäht. Hinterher waren sie genüsslich über den Film hergezogen; den ganzen Abend lang war ihre häusliche Gemeinschaft freundschaftlich und unausweichlich erschienen, fast schon alltäglich. Doch jetzt, mitten in der Nacht, kam sie Lydia zu ungewöhnlich und forciert vor, um von Dauer zu sein. »Ich sollte wieder nach Hause gehen, Alex«, sagte sie. »Ich weiß nicht, was ich hier mache. Ich weiß, es ist schwierig für euch zwei.«

In dem Moment war sie unschuldsvoll und hilflos, hatte die Hände zwischen den Knien verschränkt, die nackten Schultern hochgezogen. »Wir müssen zusammenhalten«, sagte er.

»Bist du dir sicher? Ich nicht.«

Sie zitterte vor Kälte in ihrem knappen Nachthemd. Christine hatte ihre Strickjacke auf einer Stuhllehne hängen lassen, und ehe er wieder nach oben ging, nahm er sie und legte sie um Lydias nackte Schultern.

Isobel bat Sandy, mit Grace auszugehen, nur um sie zu beruhigen. Er lud sie zum Essen in ein teures, angesagtes Restaurant ein, erleichtert, dass ein Tisch den Abstand zwischen ihnen wahrte, und schenkte ihr immer nur ganz wenig Wein ein, damit sie einen kühlen Kopf behielt. Doch wenn Grace mit Sandy allein war, fiel alles Draufgängerische von ihr ab; sie saß in ihrem kecken T-Shirt brav da und bestellte alles, was er empfahl, verschüchtert, als wäre sie es nicht von klein auf gewohnt, in guten Restaurants zu essen. Sie wurde rot, als ihre Gabel scheppernd zu Boden fiel, fragte Sandy eifrig nach seiner Band aus, verwandelte sich wieder in die anbetungsvolle kleine Cousine, die ihm hinterhertrottete wie ein treues Hündchen, wenn ihre Familien zusammen Urlaub machten. Sandy hatte Grace gern gequält, hatte sie Zottelkopf genannt, ihr mit dem eigenen Springseil die Hände hinter dem Rücken zusammengebunden und verlangt, dass sie ruhig stehen blieb, während er mit seiner Kartoffelpistole auf sie schoss. Einmal war er mit ihr im Schlauchboot auf einen Teich hinausgefahren und dann zurückgeschwommen und hatte sie ohne Paddel alleingelassen; sie hatte sich an die Bootswände geklammert und lange nicht um Hilfe gerufen – sie konnte nicht schwimmen und Sandy wusste das. Das hatte ihm mächtig Ärger eingebracht.

Grace erinnerte sich noch, wie sie an dem schwülen, summenden, schnarrenden Nachmittag unter einer Wolkendecke auf ihn gewartet hatte – Wasserläufer flitzten zwischen dicken Seerosenblättern über das Wasser, unsichtbare Fische brachten zerlaufende Ringe hervor, und nach einer Weile ließ ein Regenschauer das Wasser ringsum prickelnd aufplatzen, geheimnisvoll und foppend, als käme der Regen aus der Tiefe des Teichs und nicht von oben. Jetzt war Sandy natürlich netter zu ihr. Grace hatte allen Grund, für den Schutzfilm von erwachsenem Anstand dankbar zu sein: Seine neue Rücksichtnahme hatte auch etwas Reumütiges. Ihre unkritische Zuwendung tat ihm so wohl, dass er sogar ein wenig aus sich herausging, es hörte ja sonst niemand zu – er brüstete sich unbekümmert mit Andeutungen über eine bevorstehende Tournee durch die USA. Im Restaurant legte er den Auftritt hin, den sein Publikum von ihm erwartete – weltgewandter Star kombiniert mit rebellischer Jugend. Er behandelte das Personal mit ausgesuchter Höflichkeit, gab umstandslos ein Autogramm und aß nichts von dem auf, was er bestellt hatte; unruhig um sich blickend, rutschte er auf seinem Stuhl herum und schlug immer wieder die langen Beine übereinander. Grace aß alles auf, was er nicht mehr wollte. »Du kennst mich ja, ich bin gierig wie nur was«, sagte sie mit Schokolade an der Wange, worauf er sich wortlos vorbeugte, seine Serviette ins Wasserglas tunkte und die Schokolade wegwischte.

Erst in allerletzter Minute, vor dem Restaurant, als er sie schon in ein Taxi für die Rückfahrt zu Isobels Wohnung setzen wollte – wobei er beim Abschied zwei nagelneue Zwanzigpfundnoten aus der Brieftasche zog und zwischen seinen Fingern zusammenfaltete, um sie dem Fahrer unauffällig zuzustecken –, warf sie ihm die Arme um den Hals und küsste ihn, roch einen rauschhaften Moment lang zusammen mit Kaffee und Amaretto auch seine reine junge Haut und das salzige Haar. »Nimm mich mit zu dir, ja, Sandy? Bitte, nur dieses eine Mal. Du weißt, ich würde hinterher nie wieder etwas von dir verlangen. Findest du mich nicht hübsch? Bin ich dir nicht hübsch genug? Nur für eine Nacht?«

Sandy machte sich los, schlüpfte unter ihrem Arm durch und beugte sich in das Taxifenster, reichte das Geld hinein und gab dem Fahrer Isobels Adresse. »Grace, du bist sehr hübsch. Du weißt, wie sehr ich dich mag. Du bist ein wunderbares Mädchen. Aber ich respektiere dich zu sehr, um dich jemals auszunutzen.«

»O bitte, respektier mich nicht«, rief sie überlaut auf der Straße. »Bitte nutz mich aus.«

Doch sein Respekt war unerbittlich.

Christine legte sich manchmal nachmittags, bevor Alex von der Schule nach Hause kam, schuldbewusst wieder ins Bett, um zu lesen oder ein bisschen zu dösen. Als sie einmal nach einem Nickerchen aufwachte und auf leisen Sohlen nach unten ging, weil sie dachte, Lydia schlafe vielleicht auch, sah sie durch die offene Tür ihre Freundin im Wohnzimmer auf dem Sofa sitzen und lesen. Etwas hielt sie davon ab, über diese Schwelle zu treten, Tee anzubieten, den Bann von Lydias stiller Einsamkeit zu brechen. Sie war so sehr, beinahe angestrengt auf ihr Buch konzentriert – stirnrunzelnd, kerzengerade, die Lesebrille aufgesetzt, von den Sofakissen abgerückt, das Gesicht untypisch schlaff und unscheinbar, weil sie sich unbeobachtet glaubte. Lydia las Alex' Gedichte. Ihr Haar, im Nacken mit einem Clip zusammengehalten, schimmerte im durch das Fenster einfallenden Sonnenlicht wie Bronze, und sie wand sich wieder und wieder eine lose Strähne um den Finger.

Ein Luftzug fächelte die Zeitung auf dem Tisch auf, durch das offene Fenster wehten die Gerüche einer sommerlichen Stadt herein: Teer und Autoabgase, das bittere Grün der blühenden Ligusterhecke. Auf der breiten Straße kamen Polizeipferde vorbei, ihre Hufe klapperten wie plaudernd mit den Stimmen der Reiterinnen; die Ställe lagen nicht weit entfernt. Im harten Licht sah Christine, dass Lydias Gesicht um die Augen schon leicht aufgedunsen wirkte und die Wangen nach unten hingen. Doch diese späte Reife hatte ihren eigenen Reiz, auch das konnte sie sehen, sie ließ Lydias hochmütige Schönheit weicher werden, füllte sie mit Charakter und Erfahrung auf. Lydia musste, nun, da sie allein geblieben war, große Angst davor haben, dieses späte Aufflammen ihrer Macht an niemanden, an die Leere zu verschwenden. In wenigen Jahren würden sie alte Frauen sein: sechzig! Es blieb nicht mehr viel Zeit.

Christine trat von der Tür zurück und setzte sich im Dämmerlicht auf die Treppe, um an einem kühlen Ort nachzudenken. Lydia schien Alex zu studieren, sich die Frage zu stellen, was er eigentlich war. Vor langer Zeit, als Isobel noch ein Baby war, hatte Christine mit Alex gekämpft, als gälte es ihr Leben – er sollte anerkennen, dass sie sich geistig ebenbürtig waren, eigenständig und ebenbürtig. Jetzt wusste sie nicht mehr, warum ihr das so wichtig gewesen war und woher ihr Verlangen nach diesen langen nächtlichen Sitzungen gekommen war, in denen Abwehr und Unaufrichtigkeit Schicht um Schicht aufgebrochen wurden, Geständnis auf Gegengeständnis traf. Der Sex, mit dem das meistens endete, hatte beide manchmal erstaunt und versöhnt, aber manchmal auch wie eine Fortsetzung des Streits mit anderen Mitteln gewirkt. Wenn Isobel sie frühmorgens weckte, taten ihnen vor Schlafmangel die Augen weh und sie liefen von den Bloßstellungen benommen herum.

Sie hatte sich, damals, so brennend dafür interessiert, was Alex dachte. Doch nach einiger Zeit war alles gar nicht mehr so schwierig gewesen, und sie wusste nie so recht, wie viel das mit diesen stundenlangen Verhören zu tun hatte. Auf jeden Fall dachte sie sich die Wahrheit jetzt nicht mehr so wie damals: als einen inneren Kern unter einer Reihe von Vernebelungen und Verschleierungen. Waren die Verschleierungen letztlich nicht ebenso interessant, waren sie nicht ebenfalls real? Im Grunde waren sie und Alex doch sehr verschieden: verbunden durch einen Zufall in der Jugend – den Zufall, dass er sie erwählt hatte, weil er sich ein bestimmtes Bild von ihr gemacht hatte. Seit diesem Anfang hatten sie sich beide doch oft gehäutet. Die Ehe bedeutete einfach nur, dass man trotz all dieser Metamorphosen aneinander festhielt. Oder eben nicht.

Lydia musste Christines Anwesenheit in der Tür genau in dem Augenblick gespürt oder die Lichtveränderung wahrgenommen haben, als Christine sich zurückzog. Nach einem Moment hörte Christine, wie Lydia vom Sofa aufstand und an die Tür ging; sie blieb unten an der Treppe stehen, schaute hinauf, ihre Augen mussten sich erst an das veränderte Licht gewöhnen. Sie hatte Alex' Buch noch locker in der Hand, hielt es mit einem Finger auf einer bestimmten Seite offen – sie versuchte gar nicht zu verbergen, was sie gelesen hatte. Warum sollte sie auch?

»Chris, was machst du da?«

»Ich denke nur nach«, sagte Christine. »Ich habe über uns vier nachgedacht.«

»Was soll mit uns sein?«

»Nun ja, unsere ganze gemeinsame Geschichte, wie wir einmal waren.«

»Ach, verstehe.«

Lydia klang enttäuscht, als hätte sie etwas anderes erwartet.

»Geht es damit zu Ende – was meinst du? Unsere gutbürgerliche Sensibilität. Unsere ganze Traurigkeit und unsere Feinsinnigkeit, unsere komplizierten Arrangements. Unser Vorrecht auf Feinsinn und Ironie ist am Ende. Wie heißt es in dem polnischen Gedicht, das Alex zitiert? Irgendwas darüber, dass die Barbaren nichts gegen Ironie haben. Sie zermahlen sie und benutzen sie als ihr Salz.«

»Also ist es aus mit uns, den Lilien auf dem Felde.«

»Die Lilie bist du. Ich war nie eine Lilie.«

Lydia stieg die Treppe hoch und setzte sich neben Christine, das Buch auf dem Schoß. »Wer will schon eine dämliche Lilie sein? Obwohl ich sagen muss, schau nur, wie hübsch ich mal war, auf deinem Bild. Wie viel Spaß wir damals hatten.«

Eins von Christines Acrylbildern, ein Bild von Lydia aus längst vergangener Zeit, hing an der Wand gegenüber. Lydia hielt einen Fächer in der Hand und hatte ein schwarzes Spitzentuch auf den Haaren, wie eine spanische Maja; sie war mit dichten Pinselstrichen und viel Schwarz gemalt, der Raum hinter ihr aus einer übersteigerten kindlichen Perspektive dargestellt und mit Symbolen geschmückt, die bewusst eindeutig waren – ein Stieglitz, Kirschen. Christine hatte sich ihre Werke damals als Bühnenbilder für Stücke vorgestellt, die nie aufgeführt oder auch nur geschrieben wurden. Dieses Bild stammte etwa aus der Zeit, als sie den Whitechapel Prize gewonnen hatte und alle sich gewundert hatten – Malerei galt noch als altmodisch, und es hatte sowieso niemand gedacht, dass der Preis an eine Frau gehen würde –, dass er ihre Karriere nicht so beflügelt hatte wie erwartet.

»Kann ich es haben, wenn du es dir übergesehen hast?«, fragte Lydia. »Es bedeutet mir sehr viel, es ist wunderschön. Es ist meine Vergangenheit.«

»Du kannst es jetzt gleich haben. Es gehört dir.«

»Warum malst du nicht, Chris? Liegt es daran, dass ich hier bin?«

»Du beziehst immer alles auf dich. Es hat nichts mit dir zu tun, Lydia.«

»Dann mit Zachary. Ich glaube, es hat mit ihm zu tun.«

Lydia merkte, wie Christine sich abweisend gegen sie versteifte. Sie sagte, sie wolle nicht über ihre Arbeit sprechen – sie lege eine Pause ein, mehr nicht. Warum machten alle so ein Theater darum? Ihr Gesicht verschloss sich störrisch.

»Rede mit mir über Zachary«, sagte Lydia. »Ich muss über ihn nachdenken. Im Leben war er so durchschaubar und jetzt im Tod ist er mir ein Rätsel, ich komme nicht an ihn heran. Erzähl mir Sachen, die du über ihn weißt und ich nicht.«

»Ich kann nicht, Lydia. Das geht über meine Kräfte. Jetzt nicht, tut mir leid.«

Grace wollte zu ihren Freunden in Glasgow zurück. »Es ist nicht gut für mich, hier unten zu sein«, sagte sie zu Isobel. »Meine Gedanken sind immer nur bei Dad. Ich will endlich wieder etwas mit den Händen tun, ohne mit dem Verstand dabei zu sein.«

»Ich werde dich furchtbar vermissen, ich werde sehr einsam sein. Bleib nicht zu lange weg.«

»Ich will zurück zu meinen Meißeln und meine aufgestauten Gefühle an ein paar Steinen auslassen. So aufgestaut sind die gar nicht, denkst du jetzt, Iz. Aber egal, ich muss etwas mit dem Rest meines Lebens anfangen.«

Die vier Frauen saßen eines Abends noch spät beisammen und stellten den Quilt fertig – selbst Lydia beteiligte sich und nähte mit einem stirnrunzelnden Bemühen, das in keinem Verhältnis zu ihren winzigen Fortschritten stand. Als sie schließlich den Quilt in die Höhe hielten, sahen sie gerührt, was sie gemeinsam geschaffen hatten. Am Ende hatten sie doch nicht Zacharys vollständigen Namen appliziert, sondern nur ein riesiges Z in ihr Spiralmotiv eingefügt, aus dem leuchtend roten Flanell ausgeschnitten, der aus seiner früheren Weste stammte. Christine wollte das Stützgewebe mit der Baumwollwattierung später auf ihrer Maschine annähen.

»Und wer darf ihn dann haben?«, fragte Grace. »Und darunter schlafen.«

Christine hatte gedacht, sie würden ihn irgendwo aufhängen. »Vor einer weißen Wand würde er umwerfend aussehen.«

»Nein, wir müssen ihn benutzen«, beharrte Grace. »Nicht nur anschauen. Wir müssen ihn jeden Tag berühren und lieben und auch mal etwas darauf verschütten. Er muss ein Teil des Lebens sein. Mum sollte ihn haben, nicht wahr? Sie kann unter Dads Namen schlafen, vielleicht muntert sie das auf.«

»Wir sollten darauf anstoßen, dass der Quilt fertig ist«, rief Christine. »Wo ist die Flasche mit diesem tschechischen Weinbrand, den Zach so gern mochte? Die Sorte, die Václav Havel getrunken hat, als er sich im Harz mit polnischen Dissidenten getroffen hat.«

»Nicht im Harz, Mum«, sagte Isobel. »Der liegt in Deutschland.«

»Ist sie nicht genau wie ihr Vater?«, wollte Christine von den anderen wissen. »Bei den beiden hat man immer das Gefühl, in einem lebenslangen Wissenstest festzustecken. Könnt ihr euch vorstellen, wie das ist, ständig *korrigiert* zu werden?«

»Mir ist übrigens was Komisches passiert«, sagte Isobel mit einem Lächeln in die Runde. »Das wollte ich euch unbedingt erzählen. Ich hatte ausnahmsweise mal ein Date – jemand im Büro hatte es für mich arrangiert, der Freund von einem Freund.«

Isobel ist auf so ungekünstelte Weise attraktiv, dachte Christine mit plötzlich aufwallender Liebe, in ihrem adretten blauen Baumwollrock und der gemusterten Bluse, mit den stämmigen nackten braunen Beinen und den vernünftigen Schnürschuhen. Ihre Erscheinung ließ an zeremonielle Vorbereitungen, an Baden, Pflegen und Bügeln denken; die markante scharfe Falte unter ihren grünen Augen hatte einen so dichten und präzisen dunklen Wimpernrand, als wäre er mit einem Stift gezogen. »Wann war das?«, fragte sie besorgt. »Ich möchte das wissen, mein Schatz, nur zur Sicherheit.«

»Am Wochenende, Mum, sei nicht albern. Das war völlig in Ordnung, Sonntag um die Mittagszeit. Aber ihr glaubt nicht, was für ein Pech ich hatte, das war wieder mal typisch. Er war wirklich ganz nett, wir sind nach Henley gefahren, zu einem Lokal am Fluss, und wir hatten beide Durst. Er hat uns zwei Bier geholt, wir sind beide aufgestanden, wir haben angestoßen. Vielleicht war ich nervös, aber wir haben wirklich nicht zu fest angestoßen. Und mein Glas ist zerbrochen! Mittendurch, sodass mir der untere Teil direkt auf die Füße fiel, und das ganze Bier ergoss sich über uns, von der Taille abwärts war alles nass. Ich meine, ich kannte ihn doch kaum! Das war nicht gerade ein verheißungsvoller Anfang.«

»Es war eine Taufe, Iz«, verkündete Lydia. »Ich glaube, er ist der Richtige für dich.«

»Er hat es sehr nett aufgenommen«, sagte Isobel. »Aber seitdem habe ich nichts mehr von ihm gehört.«

Alex brachte Grace nach Glasgow zurück. Er putzte die Küche in dem Haus über dem Laden, legte einen Vorrat an Brot, Käse, Pasta und Obst an und packte den Teekuchen aus, den Christine für sie gebacken hatte. Zwei ihrer Mitbewohner waren zu Hause, und er wusste nicht, ob es an Grace' schmerzlichem Verlust lag, dass sie so kleinlaut herumschlichen, schier platzten vor unterdrücktem Mitgefühl, oder an seiner einschüchternden Anwesenheit und seinem Furcht einflößenden Alter. Er übernachtete dort, in einem Schlafsack auf einem klammen Sofa mit kaputten Sprungfedern, und am nächsten Tag begleitete er Grace zur Kunstakademie. In einem feuchtkalten, von Steinstaub verdreckten Atelier voller sich schemenhaft abzeichnender ungeborener oder halb geborener Gebilde zwischen durchweichten Sandsäcken sah er zu, wie Grace Schutzbrille und Staubmaske aufsetzte und wie eine Furie über den zur Hälfte bearbeiteten Kalksteinbrocken herfiel, den sie in einem anderen Leben zurückgelassen hatte. Alex hatte das Gefühl, sie wolle nur jede Spur ihrer alten Vorhaben auslöschen, ihr Kunstwerk in die Präexistenz zurückversetzen. Er erbot sich, eine weitere Nacht zu bleiben, um sicherzugehen, dass bei ihr alles in Ordnung war, aber das wollte sie nicht. Er nützte ihr nichts, er war der falsche Mensch, er war nicht Zachary. Er rief Christine an und sagte ihr, dass er jetzt nach Hause fahre.

»Alex ist unterwegs«, rief Christine Lydia zu und rappelte sich gähnend auf, ganz die gute Ehefrau. Sie sollte etwas kochen, Milch holen, aufräumen. Dann sagte Lydia leichthin, nicht ganz ernst gemeint, es sei wohl an der Zeit, dass sie in die Garret's Lane zurückkehrte. Alex habe schon genug von ihr, sie sollte die beiden allein lassen, könne sich doch nicht für den Rest ihres Lebens wie ein Schmarotzer bei ihren Freunden einnisten. In Alex' Abwesenheit waren die beiden Frauen in einen Trott von stundenlangem Lesen und ziellosem, nicht unbedingt vertrautem Geplauder verfallen, während überall schmutzige Kaffeetassen und Weingläser, mit Krümeln bedeckte Teller herumstanden.

»Bleib doch!«

Christine erhob Einspruch, wusste aber im selben Moment, dass ihre Unterhaltungen womöglich schal werden würden, wenn sie noch länger andauerten. Sie fielen in alte, aus ihrer Vergangenheit ererbte Muster zurück und könnten das Miteinander ihrer Gegenwart überstrapazieren. Jetzt war es, als habe mit Alex' bevorstehender Rückkehr eine Glocke geschlagen; sie sahen sich blinzelnd um, überrascht, wie viel Zeit vergangen war. Alex gab ihrer Formlosigkeit eine Form, strukturierte sie durch Notwendigkeit. Lydia blieb hartnäckig, ihre Idee setzte sich fest. »Im Ernst, mir ist jetzt danach. Alex wird nach der langen Fahrt erschöpft sein. Da bin ich ihm nur im Weg. Ich rufe Grace an und rede mit ihr, so habe ich auch jemanden zur Gesellschaft.«

»Wieso im Weg? Sei nicht albern. Aber vielleicht nur für eine Nacht. Wenn du willst, findest du hier immer ein Zuhause. Du sollst keine Angst haben und nicht traurig sein, so ganz allein dort, ja?«

»Ich werde traurig sein«, sagte Lydia. »Aber ich muss mich wohl daran gewöhnen.«

Sie rief ein Taxi und packte eine Tasche, die beiden Frauen umarmten sich rasch an der Tür. Sie sagten sich liebevolle Worte, aber Christine nahm beim Abschied auch eine untergründige Eile wahr, als müssten sie sich beide plötzlich und dringend von der Gesellschaft der anderen befreien. Als Lydia fort war, fühlte Christine sich mit Energie geladen, riss die Fenster auf, schaute auf die breite verschlafene Straße hinaus, auf die Doppelhäuser aus Backstein, die mit ihren weiß gestrichenen, reich verzierten Veranden – einige fein herausgeputzt, andere mit abblätternder Farbe und zerrissenen Vorhängen – in das gelbe Licht des Sommerabends getaucht waren. Die Platanen warfen blauen Schatten; Sittiche durchschnitten die Stille mit höhnischem Kreischen. Sie stellte Gläser und Teller in die Geschirrspülmaschine, wischte im Wohnzimmer Staub und saugte den Boden, bezog das Bett im oberen Stock neu, legte saubere Handtücher und frische, duftende Seife ins Bad. Es würde spät werden, bis Alex nach Hause kam, er würde nichts Schweres mehr essen wollen. Darum ging sie in den Co-op, kaufte Eier und Paprikaschoten für eine Frittata, die auch kalt schmecken würde; als die Frittata fertig war und mit Meersalz und Zitrone bestreut auf einer Platte in der Küche stand, ging Christine unter die Dusche, wusch sich die Haare und zog dann ihr marineblaues Kleid an, sprühte Parfüm auf, schenkte sich ein Glas Wein ein und setzte sich mit ihrem Buch unter eine einzelne eingeschaltete Lampe ins Wohnzimmer, um dort zu warten.

Ihre Sinne waren wie eine straff gespannte Haut, die kribbelnd auf jede Lichtveränderung draußen reagierte, während sich am Ende der Straße in einer vergoldeten rosa Wolkenmasse das Drama des Sonnenuntergangs abspielte. Als schließlich die Blutbuche nur noch als Schattenbild vor dem Blau des letzten Lichts stand, zog Christine die Jalousien herunter, schaltete alle Lampen ein und richtete ihre Aufmerksamkeit nach innen. Ab halb elf dachte sie immer wieder, sie höre draußen Alex' Wagen vorfahren: Jedes Mal stellte sie sich auf seine Ankunft ein. Je mehr man eine Heimkehr vorwegnimmt, desto befremdlicher kann die Realität ausfallen, das wusste sie: Der Ankömmling tritt in eine Form ein, die für ihn vorbereitet wurde, aber nicht wirklich die seine ist. Schon weil sie erleichtert war, nun von Lydia befreit zu sein, und sich auf Alex freute, würde seine reale Erscheinung einen Affront bedeuten: Er würde sich nicht in ihre Vorbereitungen einfügen oder sie überhaupt bemerken, würde mit seinen eigenen Absichten beladen ankommen, in die Spannung ihres Wartens einbrechen. Männer machten sich sowieso nichts aus sauberer Bettwäsche und duftender Seife. Es wäre wirklich besser, wenn sie den Fernseher einschalten und vergessen würde, dass sie wartete.

Doch in dieser Sommernacht war der Zauber ihrer Erwartung zu stark. Sie vertiefte sich in kurze Abschnitte ihres Romans und musste dann innehalten, weil das Gelesene sie zu sehr bewegte – sie ließ das Buch sinken und blickte sich unruhig um, füllte ihr Glas wieder auf. Erst als Mitternacht vorbei war, stieg Panik in Christines Brust auf wie ein großer Vogel, zwischen einem Moment, in dem es ihr nicht eingefallen wäre, sich Sorgen zu machen, und dem nächsten, als sie überzeugt war, dass etwas passiert sein musste. Er hatte doch gesagt, er werde gegen zehn zu Hause sein, nicht wahr? Bestimmt herrschte starker Verkehr. Und Alex würde nicht anrufen und ihr Bescheid sagen, weil er sein Telefon während der Fahrt nie benutzte – außerdem verachtete er diese ganze infantile Manie, ständig zum Telefon zu greifen, dieses Bedürfnis, jederzeit in Verbindung zu sein. Dennoch ging die Phantasie mit ihr durch und beschwor Katastrophen herauf, deren Unbestimmtheit sie nur noch schlimmer machte. Die gelassene Perfektion ihrer Szene war verdorben, eine Farce. Und doch konnte sie unmöglich ins Bett gehen, dort schlaflos zu liegen wäre noch schlimmer. Überhaupt würde er sicher jede Minute ankommen, und ihre Ängste wären letztlich unbegründet gewesen. Wenn er erst da wäre, würde sie ihm nie verzeihen, dachte sie, dass er ihr das angetan hatte.

Wenn eine Atempause eintrat, zwang sie sich, ihre Aufmerksamkeit auf ihren Roman zu richten, und erwachte dann wieder mit ängstlich klopfendem Herzen aus diesem Traum. Seit dem Kuchen zur Mittagszeit hatte sie nichts mehr zu sich genommen, hatte gewartet, um dann mit Alex zu essen, darum verursachte der viele Weißwein ihr Kopfschmerzen. Sie konnte nur an das Schlimmste denken. Lange verbot sie sich, ihn auf dem

Handy anzurufen, dann versuchte sie es doch und stellte fest, dass es abgeschaltet war. Ihre hilflose Angst war lähmend, höhlte sie aus und war vielleicht doch absurd. Immer wieder hörte sie einen Wagen, dessen Geräusch ihr bekannt vorkam und der dann vorbeirauschte. Oder ein Auto wurde draußen auf der Straße geparkt, eine Wagentür zugeschlagen, ihr Herz machte vor Erleichterung einen Sprung – aber Alex kam nicht. Sie überlegte, ob sie Grace anrufen sollte, um sich zu vergewissern, dass er zur geplanten Zeit abgefahren war. Aber wäre es nicht unverzeihlich, das arme, ohnehin schon belastete Mädchen mit ihrer törichten Sorge weiter zu belasten? Es hatte auch keinen Sinn, Isobel in Angst und Schrecken zu versetzen. Diesen Ängstlichkeitswahn musste sie allein ertragen; und Alex würde jeden Moment auftauchen, dann wäre die ganze Aufregung umsonst gewesen. Sie dachte daran, wie Mary Shelley in der Nacht, in der Shelley auf dem Meer verschollen war, von Haus zu Haus lief. *Ha visto Shelley?*

Um zwei Uhr hielt sie es nicht mehr aus und rief Lydia an. Sie sagte sich, Lydia bleibe oft lange wach und lese – und tatsächlich, sie war beinahe sofort am Apparat und sprach vorsichtig in den Hörer. Christine wusste, dass in Garret's Lane ein Mobilteil auf dem Nachttisch lag. Sie redete sich ihren Kummer von der Seele, froh, endlich mit jemandem sprechen zu können. »Lyd, es tut mir furchtbar, furchtbar leid, dass ich mitten in der Nacht anrufe. Ich weiß, es ist total egoistisch von mir, aber ich bin völlig fertig, ich weiß nicht, was ich machen soll, ich weiß nicht, wen ich sonst anrufen soll. Ich will die Kinder nicht beunruhigen. Es geht um Alex. Er ist noch nicht zurück, ich weiß nicht, wo er steckt, er hat gesagt, er ist um zehn zurück, und er ist nicht da, und sein Telefon ist abgeschaltet. Ich bin völlig aufgelöst, stelle mir alle möglichen Katastrophen vor. Meinst du, er hat einen Unfall gehabt?«

Lydias Stimme klang zögerlich, aber nicht so, als wäre sie aus dem Schlaf gerissen worden. »Ach, Chris«, sagte sie. »Mach dir keine Sorgen, ihm ist nichts passiert.«

»Ich weiß, es ist dumm, bestimmt ist alles in Ordnung. Aber ich mache mir Sorgen.«

»Brauchst du aber nicht, wirklich. Alex ist hier.«

Zuerst konnte sie kaum erfassen, was sie jetzt hörte. »Wie meinst du das, er ist hier? Was macht er da? Warum hat er nicht angerufen?«

»Ich weiß nicht, was ich sagen soll. Ich weiß nicht, wie ich es dir beibringen soll.«

Es war, als drängten sich plötzlich dunkle Gestalten um Christine, so brutal war die Erkenntnis; im Spiegel zeigte sich ein starres und totenbleiches Gesicht – für einen Moment erkannte sie sich selbst nicht wieder. Lydia redete weiter, wie in einem Wunder befangen. »Es ist alles so seltsam, Chris. Es tut mir so leid.«

Alex war gegen elf am Stadtrand von London angekommen, und obwohl er von der Fahrt erschöpft war, wollte er nicht direkt nach Hause. Er hatte sich angewöhnt, in Garret's Lane vorbeizuschauen, er redete sich ein, er wolle nur nachsehen, ob dort alles sicher, alles in Ordnung sei. Der Ort hatte etwas Tröstliches für ihn, es besänftigte seine Ruhelosigkeit, dort zu sein, in Zacharys Büchern zu stöbern oder einfach nur dazusitzen. Wenn er nach Hause führe, würde er nur in Christines tagelange Gespräche mit Lydia hineinplatzen. Die Luft wäre von ihren Vertraulichkeiten erfüllt; er wusste genau, wie sie sich bei seinem Eintreten umdrehen und ihn anschauen würden, mit wissender Miene, als ob sie ihn kennten.

Er hatte die Schlüssel für die Garret's Lane an seinem Schlüsselbund. Als er den Wagen auf dem kopfsteingepflasterten Parkplatz der Galerie abstellte – neben Zachs alten pflaumenfarbenen Jaguar, den Lydia nicht wollte, weil sie so ungern fuhr –, war sein Körper von der Klimaanlage ausgekühlt und wie taub von der langen Fahrt; es tat gut, auszusteigen und die warme Nacht einzuatmen, die nach Fleisch und Bier riechende und von Abgasen verpestete Luft. Zwei Stufen auf einmal nehmend, stieg er die Steintreppe hinauf, drehte den Schlüssel im Schloss, freute sich auf den Frieden der verlassenen Räume, wo sich seit dem letzten Besuch der Putzhilfe schon ein Staubschleier auf den Designermöbeln abgesetzt hätte. Die Leere in ihm brauchte Ruhe und Stille. Doch noch ehe er die Tür aufgestoßen hatte, brach ein Schwall von Musik über ihn herein, unfassbar und skandalös: Beethoven, Fischer-Dieskau mit *An die ferne Geliebte*, eins von Zacharys ewigen Lieblingsstücken, dröhnte aus der voll aufgedrehten Stereoanlage. Zachary hatte mit seiner gewaltigen, unmelodischen Stimme immer mitgesungen, entzückt von sich selbst und ganz ergriffen, aus vollem Herzen und mit Tränen in den Augen; sein großer Bart wackelte, wenn er mit wedelnden Armen anfeuernd zu seinem imaginären Begleiter hin dirigierte und dabei selbst keinen einzigen Ton traf.

Für Alex schrie das beinahe nach Rache; er kam nicht

auf den logischen Schluss, dass es Lydia gewesen sein musste, die diese Musik aufgelegt hatte und in ihrem eigenen Haus auch jedes Recht dazu besaß. Er zog überhaupt keine Schlüsse, er lief nur mit großen Schritten wütend, verwirrt vom Eingang durch das Wohnzimmer und Arbeitszimmer in die Küche, ließ die Türen geräuschvoll gegen die Wand knallen. Dann rannte er auf der Suche nach einer Erklärung die Treppe hoch. Die Musik konnte nicht von allein spielen. Und auch Lydia, die im Morgenmantel am Frisiertisch saß, noch warm von der Dusche, zog keine logischen Schlüsse: Sie hörte nur, wie die Haustür zuschlug und dann unten die Türen krachend aufgerissen wurden, wie jemand mit schweren Schritten nach oben kam. Sie saß in der Falle. Als Alex in der Schlafzimmertür stand, war sie ebenso erschrocken wie er, saß da in ihrem Morgenmantel und starrte ihn an, den ausgeschalteten Haartrockner in einer Hand, die andere auf ihrem Herzen. Ihr iPod – wahrscheinlich eher Zacharys, denn er gab ständig Geld für neue Geräte aus, auf denen er seine Musik spielen konnte – stand in der Basisstation auf einer Kommode, der unscheinbare kleine Quell von so viel großartigem, zärtlichem Drama. *Auf dem Hügel sitz ich spähend / In das blaue Nebelland.* Alex machte einen Schritt ins Zimmer, und als Lydia aufstand, fiel ein antiker Handspiegel aus Ebenholz aus ihrem Schoß und zerbrach auf dem Holzfußboden.

»Mein Gott, Alex«, rief sie mit bebender Stimme, den Tränen nahe. »Ich wusste nicht, wer du bist.«

Zuerst nahm er sie in die Arme, weil es ihm leidtat, dass er sie erschreckt hatte. Sie beruhigten einander nur, zuerst; jeder wollte dem anderen den inneren Frieden wiedergeben. Dann wurde aus dem Beruhigen etwas anderes, Alex' Besänftigungen stießen auf die Überraschung – die gar keine Überraschung war, eher etwas längst Geahntes, Vorhergesehenes – von Lydias warmer Nacktheit unter ihrem offenen Morgenmantel, dann von ihrem schneller gehenden Atem, dem eifrigen, zitternden Darbieten ihrer selbst, das sich an ihn drückte, ihn tiefer hinabzog, verwirrte und verschlang. Alex bemühte sich kaum, irgendwie mit seinem Schicksal zu feilschen: dass alles, was jetzt geschah, in diesem Moment verschlossen, ohne Folgen bleiben möge. Es war, als wäre er nicht er selbst, der feilschende Mensch, den er kannte, sondern ein anderer, der zu dem hier fähig war. Und hinterher – als sie still lagen, gestrandet und nackt in dem Chaos von weißen Laken auf dem Bett, als das Monströse ihrer Tat schon über sie hereingebrochen war und seine Bedeutsamkeit hinterlassen hatte wie eine zurückweichende Flutwelle – rief Christine an, und Lydia sprach mit ihr, und es war zu spät.

4

Grace war drei Jahre alt, als Zachary und Lydia von New York nach London zurück zogen, Mitte der neunziger Jahre. In den Jahren dazwischen hatten sich die beiden Paare natürlich besucht, waren zusammen in die Ferien gefahren, Isobel hatte bereits ihre Rolle als Grace' Beschützerin und Dolmetscherin gefunden. Grace war ein schwieriges Baby gewesen: Sie schrie, sie wollte sich nicht stillen lassen, sie schlief nicht, sie war mäkelig beim Essen. Wenn Isobel in Manhattan zu Besuch war, hatte sie zusammen mit Zachary viele Stunden darauf verwendet, das finster dreinblickende kleine Mädchen zum Laufen, Sprechen und Glücklichsein zu bewegen. Isobel zeigte Grace, wie man die Teile ihres Puzzlespiels in die richtigen Löcher steckt, das viereckige in das viereckige Loch, das dreieckige in das dreieckige. »Warum konnte ich nicht so ein süßes Kind haben wie du?«, beklagte sich Lydia bei Christine. Sie engagierte ein Kindermädchen nach dem anderen und war mit keinem zufrieden. Insgeheim dachte Christine selbstgerecht, sie könne das nicht gutheißen. Sicher waren die Kindermädchen schuld, dass Grace so schwierig war.

Zacharys Eltern waren innerhalb weniger Monate gestorben, erst seine Mutter und dann sein Vater. Als sie krank wurden, musste er häufig nach London kommen – er liebte sie innig und trauerte ungemein um sie – und später dann, um mit Max die Familienangelegenheiten zu regeln. Diese Angelegenheiten waren sehr umfangreich, es war viel Geld da. Eines Abends saß Zachary noch spät mit Alex und Christine zusammen, sie tranken Wodka und überlegten, was er mit seinem Erbe anfangen sollte. Ihre Ideen wurden immer aberwitziger – kauf dir einen Picasso, kauf dir ein Orchester, gründe eine Stiftung zur Förderung erneuerbarer Energien. »Aber du verstehst doch gar nichts von erneuerbaren Energien«, wandte Alex vernünftig ein. Christine meinte, er solle das Geld für einen verfallenen Palazzo in Italien ausgeben, wo sie alle zusammen wie die Aristokraten leben, Wein anbauen und Ziegen halten, ihren eigenen Wein und Käse produzieren könnten. Zachary fand die italienische Idee großartig. Vielleicht sollte er aber auch einfach alles zu Bargeld machen und von der Tower Bridge in den Wind werfen.

»Kauf dir ein Grundstück im East End«, schlug Alex vor. »Zieh zurück nach London. Mach eine Kunstgalerie auf.«

»Was meint denn Lydia?«, fragte Christine. »Was will sie?«

Für Zachary und Christine war es schon fast zur Tradition geworden, Lydia zu analysieren. Er sprach liebend gern mit ihr über seine Frau, wobei er sich aufgeregt mit den Fingern durch den glänzend schwarzen Bart fuhr, den er sich vor Kurzem hatte wachsen lassen, sein individuelles Markenzeichen in jenen Tagen, bevor alle jungen Männer in der Kunstszene Bärte trugen. Er stand ihm gut und gab seinem weichen Gesicht Kontur; selbst Lydia hatte sich damit abgefunden.

»Man würde meinen, sie wäre materialistisch eingestellt«, sagte er versonnen. »Ich meine, das ist sie ja auch. Sie ist entsetzlich bequem, und sie liebt schöne Sachen. Aber ich glaube, alles, was mit richtigem Geld zu tun hat, langweilt sie. Ich meine die Art von Geld, mit der man etwas anfangen muss. Das sieht zu sehr nach harter Arbeit aus. Am liebsten würde sie alles so lassen, wie es ist – meine Arbeit in der Gagosian Gallery, die tollen Partys, die Einkaufstouren.«

»Das heißt, sie ist eine recht asketische Materialistin.«

»Also ja, das stimmt«, bestätigte Zachary. »Ich glaube, sie interessiert sich wirklich nicht für die Macht, die das Geld verleiht. Oder für Macht überhaupt. Im Grunde ist sie ziemlich weltfremd, obwohl man ihr das nicht ansieht. Die einzige weltfremde Materialistin der Welt.«

»Und interessiert sie dich, Zach, die Macht, die das Geld verleiht?«

»Ah! Sie macht mir Angst. Aber aufregend ist sie schon, nicht wahr?«

Alex wollte sich auf keine Diskussion über irgendwelche Kommunen in Italien einlassen, nicht einmal zum Spaß. Er arbeitete damals halbtags als Briefträger und unterrichtete außerdem Englisch als Fremdsprache; er und Christine wohnten äußerst beengt in einer kleinen Wohnung in Streatham, hinter dem Gefängnis von Brixton, und verdienten zusammen kaum genug, um die Miete, die laufenden Rechnungen und Lebensmittel zu bezahlen. Christine half an drei Tagen die Woche in einem Schulsekretariat aus; es war nicht dieselbe Schule, auf die Isobel ging, und am Ende dieser Nachmittage tat sich immer eine entsetzliche Kluft auf, vor allem bei

Regenwetter, wenn Christine sich auf ihrem Fahrrad wie verrückt abhetzen musste, um Isobel rechtzeitig abzuholen. An den beiden anderen Tagen malte – oder zeichnete oder schabte – sie in dem zum Atelier umfunktionierten Abstellraum auf dem Treppenabsatz. Wenn Zachary zu Besuch war, musste er zwischen ihren Farben schlafen und behauptete, im Dunkeln komme die segensreiche Wirkung ihrer Kunst über ihn und tue ihm gut. Wollte Zachary ihnen mit Geld aushelfen, rannte Alex in kalter Wut wortlos aus dem Haus, und Christine schluchzte in Zacharys Armen, an seiner einladenden breiten Brust, seinem guten weichen Hemd.

»Warum hat er dein großzügiges, herzensgutes Angebot nicht einfach mit freundlichen Worten abgelehnt, wie jeder normale Mensch? Er ist unausstehlich, Zach!«

»... oder angenommen.«

»Nein, wir lehnen es selbstverständlich ab. Trotzdem danke, du bist ein Schatz, du bist so gütig.«

Das hatte ebenfalls Tradition: Sie warf Alex Uneinsichtigkeit und Unduldsamkeit und überzogene moralische Prinzipien vor, und Zachary – verlegen und ihretwegen bestürzt – schaffte es, sie zu trösten, ohne seinen Freund zu verraten. »Ich war taktlos, und er ist empfindsam«, sagte er, wütend auf sich selbst. »Ich bin ein Trampeltier, ich sollte erst denken und dann reden.«

Christine richtete sich auf und wischte sich mit einem Papiertaschentuch über die Augen, putzte sich die Nase. »Warum muss jeder auf Zehenspitzen herumschleichen, wenn Alex seine Launen hat? Ich darf ihn ja niemals kritisieren. Ich muss einen wahren Eiertanz aufführen, immer aufpassen, dass ich nichts Falsches sage, weil es ehrlich gesagt zu sehr nervt, wenn wir wieder einmal Streit haben, und dann schmollt er und spricht tagelang nicht mit mir, also muss am Ende ich mir einen Ruck geben und ihm Honig um den Mund schmieren, und er *merkt* es nicht mal. Ich will, dass alles gut ist, Zach, ich will, dass wir ein glückliches Heim haben. Das muss doch möglich sein? Ist es nicht besser, wenn man nett miteinander umgeht? Du und Lydia, ihr seid doch auch nicht so!«

Zachary überlegte sorgfältig. »Alex fühlt sich bestimmt ständig von uns beobachtet. Das muss furchtbar sein. Als ob wir warten, dass er endlich das macht, was er eigentlich sollte. Uns wundern, warum er sein ganzes Talent auf Dinge verwendet, die zu klein für ihn sind. Er weiß doch, dass wir uns alle fragen, warum er nicht mehr schreibt.«

Dann kam Christine sich nachlässig vor und fragte sich, ob es ihr egal war, dass Alex nichts schrieb. Sie machte sich nicht allzu viele Gedanken darüber. Anscheinend gefielen seine Gedichte den Leuten ja. Am Anfang wurden sie zwar nicht viel besprochen, aber in den Jahren seit ihrem Erscheinen hatten sie eine gewisse Fangemeinde gefunden. Trotzdem fand sie es verbohrt und verschroben, dass er zu seinen Sprachkursen noch die Saisonarbeit bei der Post angenommen hatte, sodass er in der eiskalten Wohnung aufstehen musste, wenn es draußen noch dunkel, nicht einmal andeutungsweise Morgen war. Warum suchte er sich nicht einen Job, der ihm gefiel? Sein Verharren in der Opferrolle hatte etwas Theatralisches, obwohl er sich stoisch mit keinem Wort beklagte.

Es war immer eine Erleichterung, ihre gesammelten Kümmernisse vor Zachary auszubreiten. Und doch schämte sie sich hinterher auch ein bisschen, weil das nicht die ganze Wahrheit war – obwohl Alex sich wirklich unmöglich benahm und sie sich manchmal wirklich vor ihm fürchtete, vor dem kalten Blick, mit dem er ihr seine Zuneigung entzog. In der ersten Zeit – als seine Zuneigung ungebeten über sie gekommen war wie Jupiters Goldregen und Isobel noch nicht auf der Welt war – hatte sie gedacht, sie könne ihn ohne Weiteres verlassen, falls es zum Streit käme oder sie es sich anders überlegte. Sie war ein freier Mensch! Die Liebe war seine Idee gewesen, nicht ihre. Im Laufe der Zeit hatte Alex' Kraft dann etwas Widerstrebendes in ihrem Inneren zum Schmelzen gebracht, sodass sie eine neue Gestalt angenommen hatte, die an seine angepasst war. Aber es war nicht immer seine Schuld, wenn es Schwierigkeiten gab. Unter der Oberfläche ihrer Beziehung kämpfte sie oft gegen ihn an: gegen seine Autorität, die er für selbstverständlich hielt. Manchmal war er verwirrt, dachte sie, von den Drehungen und Wendungen ihrer Unzufriedenheit und von ihren Manövern, um sich selbst ins Recht zu setzen. Manchmal benutzten Frauen ihre Nettigkeit als Waffe, ein Messer der subtilen Art.

Zachary steckte ihr dann heimlich kleine Geldbeträge zu, und sie bezahlte eine andere Mutter dafür, dass sie Isobel an den Maltagen von der Schule abholte, damit sie zwei kostbare Extrastunden lang weiterarbeiten konnte, während Alex unterrichtete. Zach nannte das eine Investition in ihre Karriere. Es bereitete ihr sogar Genuss, eine heiße Genugtuung, Geheimnisse vor ihrem Mann zu haben. Sie wusste, dass Alex sich nicht wirklich um ihre Ansichten kümmerte oder sie gegen die eigenen abwog. Er sprach gern mit Männern und hatte Frauen gern als Zuhörerinnen; in Gesellschaft war er überrascht, wenn die Frauen zu viel und zu beharrlich Lärm machten – er zog sich dann in sein eigenes Reich, in seine Ironie zurück. Christine rannte innerlich gegen seine Gleichgültigkeit an. Ihre Stimmungen und Gefühle waren ihm nicht gleichgültig, nur ihre Ideen. Wenn er sie liebte, dann für das, was sie unbewusst war. Er hatte nichts dagegen, dass sie Ansichten hatte, aber das hieß nicht, dass er diesen Ansichten wirklich Beachtung schenkte – wie er es zum Beispiel dann tat, wenn er sich gründlich mit einem Buch befasste, das ihn zum Umdenken bewog. Diese wahre, zum Umdenken bewegende Aufmerksamkeit verlangte sie von ihm, für ihre Gedanken, für ihre Arbeit. War das nur Zickigkeit oder reiner Egoismus? Aber sonst würde ihr Mann sie nicht wirklich kennen. Liebte sie ihn denn nicht für den Gehalt seiner Gedanken? Übernahm sie nicht so viel ihrer Wahrheit von ihm?

Es hatte immer nahegelegen, dass Zachary eine eigene Kunstgalerie aufmachen musste. Und kaum hatte er mit der Suche nach geeigneten Räumlichkeiten begonnen, fand er eine von den Hugenotten errichtete Backsteinkirche in einer unscheinbaren Seitenstraße von Clerkenwell mit kleinen Reihenhäusern aus dem 18. Jahrhundert. Der Haupteingang und die Reihe seitlicher Bogenfenster gingen direkt auf die Straße hinaus: In den Fenstern waren noch die originalen dicken, schlierigen Scheiben aus grünlichem Glas. Der Bau wirkte wohnlich, freundlich in seinen Proportionen – der Innenraum mit den von den durchziehenden Menschen zu einem flachen Landschaftsrelief abgetretenen Bodenplatten, dem träumerischen Unterwasserlicht, der anmutig gewölbten und von eisernen Säulen getragenen oberen Galerie. Nach den Hugenotten war die Kirche von den Wesleyanern übernommen worden, und die Wesleys selbst hatten dort gepredigt; dann wurde sie vorübergehend eine Schule, dann wieder eine Kirche – Bethesda, bis in die siebziger Jahre. Ein Bogentor, breit genug für ein Fuhrwerk, die Wellblechtüren inzwischen phantastisch verrostet, führte in einen kopfsteingepflasterten Hof, der von Buddleja und Nesseln überwuchert und mit Gerümpel vollgestellt war – alten Kirchenbänken, die herausgerissen wurden, als die Kirche von einem Baustoffhändler als Lager genutzt wurde, Haufen von verrotteten Teppichläufern, Plastiksäcken mit hart gewordenem Zement, herrenlosen Gerüststangen und Bolzen, einem uralten Gurney-Ofen, Gesangbüchern, die zu einer breiigen Masse vermodert waren.

Der Ort entsprach Zacharys Vorstellungen bis ins kleinste Detail und übertraf sie sogar, denn hier konnte er auch seiner Familie ein Zuhause geben, in dem Gemeindehaus, das im 19. Jahrhundert angebaut worden war und mit zum Objekt gehörte. Und das Gefühl, hier in eine Enklave der Stille und Abkehr einzutauchen – manchmal kam in der kleinen Sackgasse eine halbe Stunde lang kein Mensch vorbei –, hatte maßgeblich mit dem tosenden Verkehr und der dreckigen Luft auf der Hauptstraße um die Ecke zu tun. Die Kirche hätte ihm nicht halb so gut gefallen, erklärte Zachary, wenn man nicht in kaum einer Minute bei den lärmenden Autowerkstätten und Kebabbuden gewesen wäre, bei den Druckereien, Stoffgroßhandlungen, einem Bestattungsunternehmen mit Pferdeköpfen aus Ebenholz auf himmelblauem Satin im Fenster, einem schäbigen Pub mit gelbem Flaschenglas in Pseudo-Tudorfenstern, wo ein aus fluoreszierender Pappe ausgeschnittener Stern, per Hand mit Filzstift beschrieben, *Oben ohne Bedinnung* versprach.

Lydia kam mit Grace von New York herübergeflogen, um sich das Ganze anzusehen. »Das ist total verrückt«, sagte sie. »Ich glaube, du bist verrückt geworden. Wir können doch nicht in einer Kirche wohnen! Da werden Gespenster umgehen. Überleg mal, wie diese Leute uns gehasst hätten.«

»Jetzt hassen sie uns nicht mehr«, sagte Zachary. »Sie sind tot, sie haben die irdischen Vorurteile hinter sich gelassen. Wenn sie uns zuschauen, werden sie unsere Idee verstehen, sie wird ihnen gefallen. Wir pflanzen einen Baum mitten in den Hof.«

Als Lydia in den Hof schaute, war sie entsetzt über die Generationen von verrottetem Unrat, der sich dort angesammelt hatte und bis auf Fensterhöhe stapelte: Dieses Chaos schien ihr unveränderlich, wie etwas Feststehendes und Grausames. Sie selbst hätte das nicht in Angriff nehmen können, aber sie vertraute Zachary. Verträge wurden unterzeichnet, er bekam die Schlüssel ausgehändigt, und sie luden Christine und Alex – wen sonst? – noch am selben Nachmittag auf ein Glas Champagner in die Kirche ein, um diese für ihr neues Leben in der Kunst zu weihen. Zachary küsste draußen auf der Straße – wo immer noch, was vielleicht beunruhigend war, niemand vorbeikam – feierlich die Schlüssel. Ob jemals irgendwer in die Galerie kommen würde? Die Schlüssel selbst waren auf jeden Fall wunderschön mit ihren schmucklosen schlanken Eisenhalmen und elliptischen Reiten, fein ziseliert wie mit kalligraphischen Schnörkeln. Es war das reinste Wunder, dass man nach fast dreihundert Jahren denselben Schlüssel in dasselbe Loch stecken und umdrehen konnte und der Mechanismus prompt reagierte; sie hatten WD-40 mitgebracht, brauchten den Rostlöser aber gar nicht. Die in den Angeln zurückschwingende Tür ließ sie ins Innere, wo sie natürlich bereits gewesen waren, aber nur unter der hinderlichen Aufsicht des Immobilienmaklers. Jetzt gehörte der muffige, staubige, leere, leise widerhallende hohe Raum ihnen – sie konnten damit machen, was sie wollten. Blasses Oktoberlicht sickerte durch vorhangdicke Spinnweben an den Fenstern.

»Was man mit Geld alles kaufen kann«, staunte Alex, als er sich umblickte. Wenn das als Kritik gemeint war, dann würde Zachary sich jedenfalls niemals, nicht einmal bei Alex, für das entschuldigen, was er beharrlich einen riesigen Glücksfall nannte. Es war ein Glücksfall für jeden hier, für alle, für die Kunst, oder etwa nicht? Und die Kirche wurde vor dem Verfall bewahrt. Die kleinen Mädchen rannten los, die Treppe zur Galerie auf und ab, stießen im Freiheitstaumel laute Schreie aus, schwindelig von der Leere, ließen ihre harten Schuhe auf die nackten Holzdielen schlagen; Isobel hielt verantwortungsbewusst Grace' Hand fest, Grace wehrte sich, wollte ihre Hand wegziehen und allein herumrennen. Sandy, der die Wochenenden bei Alex und Christine verbrachte, latschte hinter den Mädchen her, wie üblich gelangweilt, die Hände in den Hosentaschen; er war dreizehn, und sein blasses, leicht sommersprossiges Gesicht mit der feinen, unruhigen Kinnpartie fand eben erst in seine Schönheit hinein. Er gelte seine bleichen Haare und ließ sie in einer dicken Welle über die Stirn fallen oder nach vorn in die Augen; sein Blick wich jeder Begegnung widerstrebend aus, besonders der mit seinem Vater. Und Alex nahm den Rückzug seines Sohns kühl auf, obwohl Christine ihn drängte, sich mehr Mühe zu geben. Er nahm es hin, als wäre es unvermeidlich, dass Sandy mit ihm fertig war und ihre Wege sich trennen mussten.

Sie entdeckten ganze Räume, deren Existenz sie vergessen hatten, seit sie das letzte Mal hier herumgeführt worden waren: Abstellkammern, Spülküchen, Vorratskammern und Schuppen; eine Küche mit einem Messinghahn, der an seinem Rohr aus einer ozeangrünen Kachelwand ragte, darunter ein Spülbecken aus Stein; die steinernen Stufen einer gewundenen Treppe, von vielen Füßen abgetreten; eine Porzellantoilette in einem separaten Thronsaal, dem »Klosett«, mit einem Wasserkasten darüber und einer Abzugskette. In einem Büro fanden sich in einem großen Schreibtisch aus verzogenem Mahagoni Kirchenbücher und Rechnungen aus Bethesda-Zeiten. Isobel fasste, atemlos vom Herumrennen, Zachary an den Händen und flehte ihn an: »Du darfst hier nie, nie etwas verändern, Zacky, ja? Du musst es immer so lassen. Ich und Grace lieben es so, wie es ist.«

Isobel war stämmig und ernsthaft, mit einem scheuen Anstandsgefühl und bereits fraulichen Zügen, zu ausdrucksvoll für ihr weiches Gesicht. »Izzy hat recht«, sagte Zachary und ging vor ihr in die Hocke. »Es ist perfekt, wie es jetzt ist. Sollen wir einfach alles so lassen bis in alle Ewigkeit und jedes Wochenende für ein Picknick herkommen?«

»Es muss sich verändern, mein Schatz«, sagte Christine, die immer schnell erfasste, wenn ihre Tochter ihr Herz an etwas hängte und womöglich enttäuscht werden würde. »Zachary macht eine Galerie mit Gemälden und Skulpturen und Installationen daraus. Das wird auch sehr schön.«

Isobel beruhigte sich. »Dann wird es eben auf neue Art schön.«

An den Wänden waren noch ein paar Kirchenbänke aufgestapelt; die rückten sie zusammen, und Zachary breitete sein Festmahl aus: Brot und Foie gras, italienischer Käse und *mostarda di frutta*, dazu Baklava, Birnen und Brownies – sie aßen von Papptellern und mussten sich ein Plastikmesser teilen. Alle ließen die Mäntel an; es gab noch keinen Strom und daher auch keine Heizung, und von den mit Zementstaub verkrusteten ziegelroten Bodenplatten stieg eine eisige Kälte auf. Die Frauen behielten ihre Handschuhe an, weil ihnen fast die Hände abfroren. Als das Licht schwächer wurde, zündete Zachary Kerzen an, und die Kinder erfanden ein Spiel, bei dem sie in die Dunkelheit hineinliefen und dann kreischend in die Sicherheit des erleuchteten Kreises zurückrannten. Nach einiger Zeit konnte selbst Sandy nicht widerstehen und machte mit, erfand neue Regeln, die das Spiel noch furchterregender machten, und die Dunkelheit verdeckte die Aufgabe seiner erwachsenen Gelassenheit.

Die Großen drängten sich Wärme suchend unter den Kerzenschatten zusammen, die sich an den Kirchenwänden entfalteten und verlängerten, Christine und Alex auf einer Bank und Lydia und Zachary auf einer anderen gegenüber, alle Knie über den Zwischenraum zusammengedrückt; das unruhige Kerzenlicht erschien wie eine Emanation ihrer jugendlichen Seelen, drängend, erwartungsvoll und sinnlich. Christines Lebhaftigkeit – ihre ungelenke Dünnheit, ihre rege Aufmerksamkeit und ihr schnelles Sprechen, ihr hellbrauner, um den Kopf gewundener, sich lösender Zopf – bildete ein Gegengewicht zu Lydias unerschütterlicher Ruhe. Lydia hatte aus New York den Glanz einer neuen Weltgewandtheit mitgebracht; sie hatte ihren trotzigen, punkigen Look abgelegt, war gepflegt und elegant und sah der Welt mit einer neuen Offenheit ins Auge. Doch Christine spürte mit Erleichterung, dass diese Offenheit nur eine weitere feine Schicht von Lydias Selbstdarstellung war. Sie hatte sich nicht vollständig in die weltläufige Frau verwandelt, deren Rolle sie jetzt spielte.

Die vier waren glücklich, dass sie wieder zusammen waren. Der Champagner stieg ihnen zu Kopf, und Zachary hatte bei Alex' Dealer Dope besorgt; Christine rauchte als Einzige nicht, ihr wurde übel davon. Sie diskutierten über Tarkowskis *Nostalghia*, den sie am Vorabend im Rahmen einer Retrospektive des British Film Institute gesehen hatten, und versuchten gar nicht erst, vor den Kindern zu verbergen, was sie da rauchten – die wussten schon, dass es so komische Zigaretten gab. Christine sagte, ihr habe nur die Szene am Anfang des Films wirklich gefallen, wenn die beiden im Nebeldunst aus dem Auto steigen und zu Fuß weitergehen, um sich das Gemälde in der kleinen Kirche anzuschauen; die Frau sagt, es sei so schön, und der Mann sagt, er habe von der Schönheit genug. »Aber dann wird es albern«, sagte sie. »Es ist nur eine Vorstellung vom Leben, die Vorstellung eines einzelnen Mannes. Danach konnte ich in jedem Moment sehen, dass das Schauspieler waren, die etwas vorspielten, und ich konnte mir den Regisseur dazu denken, der sie herumdirigierte.«

»Christine ist ein sehr nüchtern denkender Mensch«, sagte Alex. »Sie liebt die Kunst des Alltäglichen.«

»Das ist total unfair«, erwiderte sie. »Ich liebe doch Kunst aller möglichen Art, ich habe auch anderes von Tarkowski geliebt. Aber ist das nicht ein Klischee – der Mann, der dem Sinn, der Kunst und der Wahrheit nachjagt, und die Frau, die nur Liebe will und glücklich sein will? Wahrscheinlich war es doch eher andersrum, im wirklichen Leben: Der ältere Schriftsteller jagt der attraktiven jungen Frau nach, und sie wehrt ihn ab.«

»Das ist eine ganz uninteressante Sicht auf diesen Film«, protestierte Alex.

»Ich habe es jedenfalls ohne Weiteres geglaubt«, sagte Lydia. »Es gibt solche Männer.«

Zachary fragte Christine, ob sie die berühmte Einstellung nicht großartig gefunden habe, wo der Schriftsteller eine brennende Kerze durch das leere Becken der Therme trägt, und Christine stimmte aus ganzem Herzen und plötzlich sehr bewegt zu, ja, das sei sehr bedeutsam und ergreifend gewesen, es habe alles andere wieder wettgemacht. Und dann kamen die Kinder kreischend aus der Dunkelheit, brachen ungestüm in den Kreis der Erwachsenen ein, hicksten vor Angst und vor Lachen, suchten Zuflucht zwischen Christines und Zacharys Knien; die Erwachsenen küssten und umarmten sie, hielten sie geborgen, die Kinder atmeten den Dunst von Alkohol und Marihuana ein. Sie stürzten wieder davon, den im Dunkel lauernden Schrecknissen entgegen. Manchmal stürmte Zachary ihnen nach, brummte wie ein Bär, was helles Entzücken auslöste, auch wenn sie vor Furcht schrien. Er hatte zugenommen, er besaß jetzt die Autorität eines gewichtigen Mannes mit seiner dröhnenden Stimme und dem dröhnenden Lachen, seiner Ausstrahlung eines Menschen, der weiß, wo alles Gute und Begehrenswerte zu finden ist. Doch seine Miene zeigte von Kindheit an auch eine rasche Anteilnahme. Die wachsam blinzelnden Augen folgten allen mit seinen Erkundigungen nach ihrem Wohlbefinden: Ging es ihnen gut? Hatten sie alles, was sie brauchten? Sie sagten, er solle sich beruhigen, entspannen, es sei alles in Ordnung. Lydia klagte, Zachary sei immer der große Kümmerer und verstecke sich selbst hinter seiner Fürsorge für andere. »Ich weiß nicht, was ich für mich wollen soll«, gab er fröhlich zu. »Ich habe ja alles.«

Alex mit seiner aufgestauten Lebensangst war der mürrische Prinz. Er war immer noch schlank um Taille und Hüften, ließ sein dichtes Haar mit dem Bronzeschimmer immer noch so schneiden wie früher, sodass ihm der Pony in die Augen fiel. Die haselnussbraunen Katzenaugen und der geschwungene – allzu oft enttäuscht verschlossene – Mund waren sinnlich und feminin, was ihm gar nicht gefiel. Er hätte lieber nichts von sich preisgegeben. Und doch war er auch eitel, er war menschlich, er war wie alle anderen: Christine wusste, dass er zwar Spiegel zu vermeiden suchte, aber wenn er zufällig sein eigenes Spiegelbild sah, dann straffte er die Schultern und richtete sich gerader auf, belebt von dem kurzen Blick auf sein gutes Aussehen, seine Macht. Wenn sie mit anderen ausgingen, warfen die Frauen Alex verstohlene oder hungrige Blicke zu, und es erfüllte Christine mit Genugtuung, dass ein solcher Mann sie erwählt hatte. Doch wie lange würden ihn die Frauen noch bewundern, wenn er sich beharrlich weigerte, eine maßgebliche Rolle in der Welt zu übernehmen oder einen gewissen Status zu erlangen? So viel lesen und so viel wissen, und dann nichts vorweisen können.

Sie blieben weit über die Schlafenszeit der kleinen Mädchen in der Kirche; Grace war ganz aufgekratzt vor Müdigkeit. Dieser neue, fremde Ort, der Alkohol und das Marihuana nahmen ihnen alle Hemmungen. Lydia erzählte von der Therapie, die sie in New York machte. Genauer gesagt von den zwei Therapien: Sie könne sich nicht entscheiden, welche von beiden die richtigen Erkenntnisse verspreche, um ihr Problem zu entschlüsseln. Bei der einen Therapeutin gehe es nur um ihre Mutter. »Der andere Therapeut ist ein Mann«, sagte sie, »und er packt mich viel schärfer an, aber ich vertraue seinem Urteil mehr. Er meint allerdings, das sei ein Teil meines Problems, dass ich mir immer die Menschen aussuche, die hart über mich urteilen, damit ich den verhängnisvollen Zyklus der Selbstsabotage nicht durchbrechen kann und mich weiter dafür bestrafen kann, dass ich bin, wie ich bin.«

»Aber was genau ist dein Problem?«, fragte Alex streng.

Sie schaute ihn an, ihre Augen funkelten im Kerzenschein.

»Tja, ich kann einfach nicht glücklich sein.«

»Das kannst du sehr wohl!«, widersprach Christine heftig.

»Ich glaube, ich habe kein Recht darauf, glücklich zu sein«, sagte Lydia. »In der Schule zum Beispiel dachte ich immer, die anderen Mädchen seien echt und ich verstelle mich nur, ich sei eine Schwindlerin.«

»Nein, das ist nicht wahr, Lyd! Das hast du nicht gedacht! Wir haben die Schule verachtet!«

»Man würde nicht meinen, dass Lydia so schwermütig sein kann«, warf Zachary ein, als wäre das wieder eins ihrer Mysterien.

Sie hielt ihren prüfenden Blicken aufrecht und unbewegt stand; wenn sie nicht glücklich war, dann gereichte es ihr zur Ehre, dass sie den Kopf nicht hängen ließ, immer heiter und gelassen erschien. »Du solltest arbeiten«, sagte Alex. »Du solltest deine Tage mit Disziplin ausfüllen.«

»Aber Zach hat doch Geld«, erklärte sie geduldig, »darum muss ich das nicht. Als ich in Bars gearbeitet und gekellnert habe, ging es mir nicht darum, meine Zeit auszufüllen. Oder meinst du vielleicht, ich sollte einem Komitee beitreten, um die Kunst zu fördern oder Gutes zu tun oder dergleichen? Ich glaube aber, ich würde gar nicht gern Gutes tun. Meine Vorstellung sieht so aus, dass Zachary Gutes tut, in meinem Namen.«

»Hat Lydia nicht die geniale Begabung«, sagte Christine, »einfach nur zu leben, wie eine Aristokratin aus einem anderen Zeitalter? Sie selbst zu sein, während wir anderen wie blöd herumrennen, weil wir einen erbarmungslosen Puritanismus verinnerlicht haben.«

Alex sagte, so eine Therapie sei ein Schaukampf des Leidens, jeder lege die Finger in die eigenen Wunden, um zu beweisen, dass er mehr gelitten habe als alle anderen. »Das ist magisches Denken. Man glaubt, jedes beliebige Ereignis sei ein Element in einer verschlüsselten geheimen Geschichte und man müsse nur den Code knacken, dann könne man befreit werden.«

»Aber ich kann nicht befreit werden?«, jammerte Lydia selbstironisch.

»Freiheit hat nichts damit zu tun, ob man sich selbst mag«, sagte Alex. »Das ist nur ein selbstgefälliger Luxus, der von der Freiheit in der wirklichen Welt ablenkt.«

»Politik ist Alex' Trumpfkarte«, sagte Christine. »Er benutzt seine wirkliche Welt, um alle anderen Meinungen plattzumachen. Wieso ist deine wirkliche Welt immer die wirklichste, Alex?«

Sie begriff, dass er etwas verdarb, was Lydia bedeutsam und hoffnungsvoll erschienen war, dort in New York. Um ihren Streit zu beenden, versuchte Zachary, feierlich eine Kerze durch die zugige Kirche zu tragen wie der Schriftsteller in dem Film. Nach ihm mussten alle anderen es auch probieren: Alex ging zu schnell, seine Kerze erlosch, und er musste zweimal von vorn anfangen. Lydia schaffte es beim ersten Versuch, ihr würdevolles Schreiten auf den hohen Absätzen war genau richtig.

Als sie später im Bett lagen, schlug Alex Christine unerwartet vor, sie sollten nicht mehr aufpassen und noch ein Kind machen, und sie war einverstanden, sie war unbekümmert, ihre eigene Geschichte kam ihr weit und offen vor, alles war möglich. Und tatsächlich war sie bald wieder schwanger, verlor das Baby aber in der zehnten Woche, und obwohl sie um das Kind trauerte und sich eine Zeit lang beraubt und gedemütigt fühlte, war sie doch auch erleichtert. Natürlich hätte sie das Kind zutiefst geliebt, wenn es gekommen wäre – sie liebte Isobel mehr als alles auf der Welt. Aber es war ja kein Kind gewesen, nur eine Anhäufung von Zellen. Babys nahmen so viel Zeit, so viel Lebensenergie in Anspruch, und ihre Arbeit lief zurzeit gut. Sie beschäftigte sich viel mit Paula Rego und hatte eine von ihr beeinflusste neue Serie in Angriff genommen, Bilder von Männern und Frauen, die imaginäre Vögel als Botentiere oder Embleme umfingen. Die Vögel waren klein, in das Bild eingezwängt: ein Rotkehlchen, ein Phönix, ein Pelikan, der sich die eigene Brust aufreißt, um seine Jungen zu füttern, eine muntere folkloristische Krähe. Sie arbeitete zum ersten Mal in Acryl. Ein Baby konnte jeder hervorbringen. Nur wenige konnten ein Gemälde hervorbringen.

Als im November 1989 ostdeutsche Flüchtlinge zu Zehntausenden in die Tschechoslowakei strömten, hatte Alex seine Mutter zu sich in die Wohnung geholt, damit sie die Ereignisse gemeinsam im Fernsehen verfolgen konnten. Ein paar Nächte schlief Margita bei ihnen im Gästebett. Zachary hatte aus New York angerufen; Alex hatte seine Kurse in der Sprachenschule ausfallen lassen und war mit dem Radio am Ohr von einem Zimmer zum anderen gegangen, um ja nichts zu verpassen. Christine stillte Isobel, während sie zusah, wie die verlassenen Trabants die Prager Straßen versperrten, die Zeltstadt im Hof der westdeutschen Botschaft wuchs, die Polizei versuchte, die Männer und Frauen aufzuhalten, die über die Botschaftsmauern kletterten. Es gab Massendemonstrationen, die Leute rasselten mit ihren Schlüsselbunden, Alex meinte, man könne im Fernsehen die Männer von der tschechischen Staatssicherheit erkennen, die in der Menge mitliefen und Fotos machten. In Bratislava wurde Musik von Dissidenten über TV-Signale aus Wien ausgestrahlt. Alex, Margita und Christine starrten wie gebannt auf die Bilder von weiß behelmten Polizisten, die Demonstrationen auflösten, Tränengas einsetzten, friedliche Demonstranten an den Haaren zu Boden rissen, sie traten und mit ihren Knüppeln auf sie einschlugen.

Dann sprach Václav Havel im Ledermantel zu der Menge in Prag, und die Menschen tanzten in Zeitlupe und schwenkten Wunderkerzen. Havel umarmte Dubček, der von seinem Bürojob in der Forstverwaltung zurückgeholt worden war – aus irgendeinem Grund hatte man ihn nicht gehängt oder erschossen. Eine Stalinbüste wurde herumgetragen, der ein Schild um den Hals hing, auf dem *Nic Netrvá Věčně* stand, ein herrliches Motiv für die Kameras: Nichts währt ewig. Margita wandte sich zu Christine auf dem Sofa um, das Gesicht von Tränen überströmt, die sich als Rinnsale durch den rosa Puder zogen. Sie sagte, sie habe geglaubt, das würde noch hundert Jahre währen, oder auch vierhundert. Mit sechzig war sie noch immer hübsch mit ihrem durchdringenden Blick und dem dichten Haarschopf, selbst gefärbt und blond gesträhnt; sie hatte die Hand auf den schweren Busen in dem engen, wild bedruckten Kleid gepresst, als wollte sie etwas zurückdrängen, das unbedingt herauswollte, zog sich in angespannter Konzentration auf den Bildschirm die Strickjacke straff um die Brust und drückte die Faust um die Knöpfe. Sie und Alex unterhielten sich in ihrer eigenen Sprache, die Christine nicht oft von ihm gehört hatte. Zu Hause sollte Englisch gesprochen werden, das war die erste Regel, die Margita und Tomas bei der Ankunft in dem neuen Land aufstellten, um ihren Sohn zu schützen. *Stesk* bedeute Heimweh, erläuterte Margita, an Christine gewandt, das sei etwas für sentimentale Gemüter, sie habe sich aus Prinzip geweigert, das zu empfinden. Aber an einem Tag wie diesem …

Alex' mündliches Tschechisch war eingerostet, und er fühlte sich unbehaglich, als er sich darin auszudrücken versuchte. Er hatte das Exil ebenso schmerzlich erlebt wie seine Eltern, konnte jetzt aber nicht voll und ganz in den Jubel über die Befreiung einstimmen: Innerlich frohlockte er, fühlte sich aber zugleich ausgeschlossen, betrogen. Er konnte nicht mitspielen in dieser Revolution – man musste dort sein, musste dazugehören. »Meine Augen sind trocken«, zitierte er einen ungarischen Dichter. »Ich brauche sie, um zu sehen.« Und anfangs behauptete Margita felsenfest, sie wolle nicht einmal besuchsweise zurück in die Tschechoslowakei, sie habe da nichts mehr zu suchen, ihr Leben sei jetzt in London. Ihre Schwester und ihre Cousinen seien engstirnige Katholiken vom Lande; sie hätten Tomas erst gehasst, weil er Kommunist war, dann weil er ein Dissident war. Und das Regime habe es, wie sie sagte, den Angehörigen von Emigranten nicht leicht gemacht. Außerdem würden sie denken, sie sei auf einen Anteil am Wert des Bauernhofs in Galanta aus, den sie im Zuge der Restitution wiederzuerlangen suchten. Margita wollte nichts, sie hatte nichts mitgenommen und wollte nichts zurückhaben. Sie und Tomas hatten 1968 ihre Mietwohnung verlassen, ohne Koffer zu packen oder irgendwem etwas zu sagen, und hatten die Schlüssel per Post an einen lieben, inzwischen längst verstorbenen Freund geschickt, der einige ihrer Bücher und Besitztümer retten konnte. Allerdings stellte sich jetzt heraus, dass er sie auch bei den Behörden denunziert hatte. Nun ja, so war das Leben, damals in den alten Zeiten.

Als sich nach zwei, drei Jahren die Aufregung gelegt hatte, änderte Margita ihre Meinung. Mit dem Geld, das sie von ihrem Onkel Vas geerbt hatte, konnte sie sich eine Reise in die Heimat leisten. Vas hatte einen Feinkostladen besessen und sich in ihrer ersten Zeit in London um Tomas und Margita gekümmert – Margita arbeitete hinter dem Ladentisch, während Vas für Alex' Schulbildung aufkam. Jetzt dachte sie, eine Reise in die alte Heimat würde ihren Albträumen ein Ende machen. Aber sie würde nur fahren, wenn Alex sie begleitete. Eine Cousine, die netter war als die anderen, hatte eine Wohnung in Bratislava, inzwischen die Hauptstadt einer eigenen Republik. Sie konnte bei ihrer Cousine wohnen und ein Hotel für Alex bezahlen. Erst machten sie in Prag Station, wo sie zusammen ein Zimmer in einer Pension nahmen: Alex hatte keine Erinnerung an diese Stadt, obwohl er als kleines Kind ein paar Jahre dort gelebt hatte. Die Barockhäuser waren restauriert und in Bonbonfarben angestrichen worden, an jeder Ecke gab es Restaurants und Andenkenläden; er hatte keine emotionale Beziehung zu dem Ort. Margita war außer sich vor Freude, dass sie ihre eigene Sprache sprechen durfte, und plauderte ganz gegen ihre Gewohnheit mit Frauen in Geschäften und Cafés; sie schwelgte in Erinnerungen an die kleinen Hinterhoftheater und Kabaretts der sechziger Jahre, an Gelegenheiten, bei denen sie auf hügeligen Vorortstraßen Ski gelaufen war. Man habe den Duft der Kiefernwälder noch im Herzen der Stadt riechen können, behauptete sie beharrlich. Dieser Anfall von romantischer Schwärmerei hatte etwas Fieberhaftes und Aufgesetztes, dachte ihr Sohn. Die Gäste im Café guckten, als hätten sie das alles schon öfter gehört.

In Bratislava waren die Erinnerungen wiedergekommen, als er mit seiner Mutter vor ihrer alten Wohnung im zweiten Stock eines schmucklosen – inzwischen in dem unvermeidlichen Bonbonrosa neu gestrichenen – Mietshauses aus dem 19. Jahrhundert stand und später vor seiner alten Schule und in einem kleinen Park, in dem er einst auf der Schaukel gesessen hatte. Für ein paar gespenstische Minuten war es, als hätten sich zwei Epochen ihres Lebens übereinandergeschoben und wären gleichzeitig vorhanden, die Gegenwart durchsichtig und die Vergangenheit dahinter durchscheinend. Dann setzte sich die überlegene Solidität des Hier und Jetzt zwangsläufig gegen die fragile Erinnerung durch; Kinder einer anderen Generation, in eine andere politische Lage hineingeboren, strömten drängelnd und schreiend aus dem Schultor. Margitas scheue Cousine war Röntgenassistentin und las Gedichte. Ihre winzige Wohnung war noch nicht an die wohlhabendere neue Realität angepasst worden; sie wurde noch von 40-Watt-Birnen beleuchtet, war mit an die Wände genagelten Teppichfliesen und

Reliefs aus falscher Bronze von böhmischen Schlössern geschmückt. An einem Sonntag wurden die Verwandten vom Land eingeladen, um die Gäste kennenzulernen, und sie kamen voller Neugier und begrüßten sie herzlich, hatten Schüsseln mit fertig zubereitetem Essen dabei und Wein vom eigenen Hof in gelben Plastikflaschen. Sie brachten feierliche, höfliche Trinksprüche auf die Heimkehrer aus. Doch nach der ersten warmen Woge der Erinnerungen hatte man sich nicht mehr viel zu sagen. Alex konnte ihren slowakischen Gesprächen gerade noch folgen, aber er wusste, dass sich seine Ausdrucksweise für sie fremdartig und förmlich anhörte. Er und Margita wollten mehr über turbulente Ereignisse und politische Veränderungen erfahren, aber es war offensichtlich, dass ihre Fragen auf die Verwandten banal und überholt wirkten. Auch jede Leidenschaft für das Land schien sich erschöpft zu haben, selbst das Konzept der neuen Slowakei.

Das alles war nun vorbei. Und warum sollten sie sich dafür interessieren, wie Margitas und Tomas' Leben in London ausgesehen hatte? »Während wir fort waren, haben wir für sie offenbar nicht mehr existiert«, sagte Margita. Sie wurde kleinlauter und wirkte, wie Alex zu seiner Überraschung feststellte, allmählich beinahe typisch, unbeholfen englisch – geschrumpft, reserviert und schüchtern – gegenüber den förmlichen ländlichen Manieren ihrer Verwandten und deren derbem Humor. Sie kam immer wieder auf die Werke seines Vaters zu sprechen, was sie zu Hause nie tat; die anderen nahmen das mit ausweichender Verlegenheit auf. Sie hatten Tomas' Bücher ganz sicher nicht gelesen – wahrscheinlich lasen sie überhaupt keine Bücher, geschweige denn so kluge, schwierige Romane, wie sein Vater sie geschrieben hatte. Margita und Alex besuchten Tomas' älteren Bruder, der Geschichtsbücher für Schulen lektorierte und in letzter Zeit viel damit zu tun gehabt hatte, diese zu überarbeiten. Er war kleiner und gepflegter, als Tomas je gewesen war; sein silbriges Haar wehte statisch aufgeladen. Sein Schädel war glatt wie Elfenbein, er war überaus feinsinnig, und auch seine Ironie war so fein, dass sie kaum in seinem Tonfall oder seiner Miene zum Ausdruck kam. Statt über den »emsigen und bescheidenen Lenin«, erzählte er ihnen, lernten die Kinder jetzt etwas über den »skrupellosen und gerissenen Stalin«. Einst hätten sich revolutionäre Bewegungen »entfaltet«, jetzt seien es Unabhängigkeitsbewegungen.

Alex hatte den Verdacht, dass seine Mutter, soweit er die Gespräche verstehen konnte, allen seine eigene Arbeit so darstellte, als wäre er Dozent an einer Universität, statt als Teilzeitkraft Englisch an einer Sprachenschule zu unterrichten. Wahrscheinlich schämte sie sich, dass ihr Sohn es nicht weiter gebracht hatte, bei all den Möglichkeiten, die sich ihm geboten hatten. Als sie einmal allein waren, fragte er, ob sie von ihm enttäuscht sei, aber sie wimmelte ihn gereizt ab. Wovon er da rede? Das habe er völlig falsch verstanden. Was liege ihr daran, ob er eine große Karriere gemacht habe und von allen bewundert werde? Das sei allein seine Sache. Ob sie mit seinem Vater nicht schon Enttäuschung genug erlebt habe?

Wenn Alex morgens aus seinem kleinen Hotel in einer Nebenstraße trat und sich zu der Wohnung aufmachte, in der seine Mutter mit dem Frühstück auf ihn wartete, überquerte er immer eine Brücke über einen Fluss, der sich in schlammigen, steinigen Untiefen sammelte und dann an einer von Linden gesäumten Straße entlangzog. Eine neue Straße war im Bau, die mit einem Betonviadukt über die Straße führen würde, auf der er jetzt ging und die bereits zu einer auf dem Rückzug befindlichen alten Welt zu gehören schien. Auf seinem Weg lag eine kleine Kneipe, nicht mehr als eine Stube an der Straße, und er gewöhnte sich an, auf einen Kaffee und einen Sliwowitz hineinzuschauen und eine Zigarette zu rauchen. In diesen Momenten spürte er jeden Morgen eine feine Verbindung mit diesem Ort.

War es möglich, überlegte er in solchen Augenblicken des Alleinseins, dass er es unbewusst aufgeschoben hatte, sich einen Lebensweg zu wählen, bis er hierher zurückkehren konnte? Er hatte darauf gewartet, wieder an den Orten und bei den Menschen zu sein, die er als Kind zurückgelassen hatte; und jetzt, da er bei ihnen war, stellte sich natürlich heraus, dass sie ihm nichts bedeuteten. Dann konnte er nun, nachdem das Warten vorüber war, doch endlich etwas tun? Er spürte die eigene Kraft, die noch kein bisschen nachgelassen hatte, die in einem Potenzial eingeschlossen war, nur wusste er nicht, wofür sie da war. Nicht dafür, etwas in Worte zu fassen; dagegen empfand er einen heftigen Widerwillen. Als er eines Abends spät zum Hotel ging, sah er, dass seine Kneipe noch geöffnet hatte; als er eintrat, erkannte ihn der Mann hinter der Bar und streckte die Hand nach der Schnapsflasche aus. Eine junge Frau, blond, in einem Lederrock und einem weißen, eng am Busen anliegenden Rippenpulli, stand allein am Tresen und trank Kaffee, den leichten Regenmantel an diesem warmen Abend über den Arm gelegt. Der Mann hinter der Bar schien sie nicht zu kennen. Vielleicht war sie eine Prostituierte; Alex war sich nicht sicher, ob er das in diesem fremden Land erkennen konnte. Auf jeden Fall gefielen ihm ihre blasse Haut und die klaren, feinen Gesichtszüge, ein wenig grausam und unpersönlich – er musste an eine Venus auf einem Gemälde von Cranach denken. Sie bat ihn um eine Zigarette, und als er ihr Feuer gab, neigte sie den Kopf und senkte den Blick auf eine bestimmte Art – kokett und zurückhaltend zugleich –, die ihn nostalgisch stimmte, als wäre es eine Geste aus einem alten Film. Der Mann hinter dem Tresen machte schon Kasse, die Kneipe wollte schließen.

Er hatte die Frau bis zur Brücke begleitet, wo sie den unten dahineilenden Fluss hören konnten. Im Dunkeln zog Alex sie in seine Arme und begann sie zu küssen, erst zögerlich und dann drängender. Sie nahm seine Küsse passiv hin, er schmeckte Alkohol in ihrem Mund. Sie hatten kaum zehn Worte miteinander gewechselt. Während er ihren Hals, ihre Haare und dann ihre Brüste streichelte, murmelte er vor sich hin, versuchte sie zu überreden, mit ihm mitzukommen in sein Hotel. Seit seiner Heirat mit Christine war er nie ernsthaft in Versuchung gewesen, mit einer anderen Frau zu schlafen, bis zu diesem Moment. Das Mädchen wand sich lachend aus seiner Umklammerung. »Ich kenne dich doch gar nicht.«

»Wir könnten auch irgendwo anders noch etwas trinken.« Sie nahm ihm das, lächelnd, nicht übel. Aber sie wollte nicht. »Nein, nein. *Někdy jindy.* Vielleicht ein andermal.«

Lydia sagte, sie könne sich nicht genug wundern, wenn sie sehe, wie sich ihre gleichgültigen Eltern in liebevolle Großeltern verwandelten. Sie waren offenbar untröstlich gewesen, als ihr einziges Enkelkind im fernen Amerika zur Welt kam. »Woher hätte ich das wissen sollen?«, rief Lydia aus. »Als es um mich ging, fanden sie Babys todlangweilig. Mum hat keinen Zweifel daran gelassen, wie sehr sie das ganze Durcheinander störte, das ich anrichtete. Ich dachte sogar, sie wären erleichtert, dass sie nur aus der Ferne Großeltern sein mussten. Jetzt stellt sich heraus, dass sie noch einen Vorrat an innerfamiliärer Zuneigung hatten, den sie in weiser Voraussicht nicht an mich vergeuden wollten. Sie haben sich alles für Gracie aufgespart.«

Nun, da sie Grace wieder im Lande hatten, konnten Pam und Tibs nicht genug von ihr kriegen. Sie blieb tagelang in ihrem neuen Pub draußen in Epping und herrschte dort wie eine kleine Prinzessin; Pam kaufte ihr Kleidchen mit Smokarbeit im viktorianischen Stil und weiße Spitzenstrumpfhosen, schwarze Lackschuhe mit Riemchen über dem Spann, eine Wärmflaschenhülle in Form eines Plüschhunds. Sie vergötterten Grace auch deshalb, weil sie so ganz anders war als ihre stets wachsame Mutter und Großmutter: Grace war unfähig, jemandem aus Berechnung gefällig zu sein oder irgendetwas zurückzuhalten. Sie sehe aus wie eine kleine Afrikanerin, sagte Pam stolz; keine strassbesetzten Haarreifen oder Spangen konnten ihren wilden schwarzen

Wuschelkopf bändigen. Außerhalb der Öffnungszeiten durfte sie die Musikbox immer wieder denselben Titel spielen lassen; an ihrem Geburtstag luden die Großeltern die Kindergartenfreunde zu einem Fest im oberen Saal ein, dessen wild gemusterte Tapete und Stiche mit Jagdszenen sonst über die Versammlungen des örtlichen Rotary Clubs wachten.

Dieser neue Pub war Tibs' bislang anspruchsvollstes Projekt: ein Fachwerkbau aus den dreißiger Jahren, schwarz-weiß gestrichen, mit acht Gästezimmern, die oft alle belegt waren, etwas zurückgesetzt an einer breiten Straße gelegen, die einst eine Fernverkehrsstraße gewesen war, bis sie von der M25 ersetzt wurde. Pams einziger Grund zur Klage war, dass sie so früh aufstehen musste, um das Frühstück zu machen – für das Mittag- und Abendessen hatten sie jemanden eingestellt; doch selbst wenn alles gut lief, umgab sie immer eine Aura von stoisch ertragenem Ungemach. Sie war fester gepolstert und goldbehangener denn je, da sie nunmehr in höhere Kreise aufgestiegen waren; Tibs sah noch immer fesch aus mit seinen eng geschnittenen Anzügen und schmalen Krawatten, seinem unsteten Blick und seiner chronischen Rastlosigkeit. Selbst wenn er hinter der Bar bediente, schien er immer auf dem Weg hinaus zu sein, obwohl niemand wusste, wohin er ging. Etwa fünfzig Meter weiter lag ein schäbiges Einkaufszentrum – Videotheken, Friseure, China-Imbisse, Zeitungsläden –, das seine besten Zeiten hinter sich hatte; gegenüber dem Pub, auf der anderen Straßenseite, begann mysteriöserweise der Wald, graue Buchenstämme, die sich in würdevoller Ordnung auf dem verwaschenen Braun von abgefallenem Laub dahinzogen. Nachts wurde der Earl of Essex von bunten Lampen unter dem Dachvorsprung erleuchtet. »Ein Wirtshaus an der Landstraße!«, rief Zachary. »Ein Juwel aus einer luftigeren Zeit des Reisens mit dem Automobil.«

Tibs hätte am liebsten alles sofort modernisiert, Zachary beschwor ihn, das nicht zu tun. Alex und Christine brachten Isobel zu der Geburtstagsfeier und setzten sich dann unten in die leere Bar, um unter Missachtung der nachmittäglichen Sperrstunde mit Lydia zu trinken, während Zachary sich mit den Großeltern bei den Gesellschaftsspielen ins Zeug legte und nur nach unten kam, um begeistert zu berichten, dass bei »Das Päckchen geht um« alle Schichten in Seiten aus der *Sun* eingewickelt waren, inklusive der Brüste, und dass Tibs einen gruseligen Rattenfänger für seine verzückte vierjährige Gefolgschaft abgab. In der Bar wellte sich ein roter, den Geruch von abgestandenem Rauch und schalem Bier ausdünstender Teppich mit verschnörkeltem Goldblattmuster wie eine Wattlandschaft; hinter dem Tresen vervielfältigte Spiegelglas wieder und wieder, unendlichen Reichtümern gleich, das Glitzern von Flaschen, Etiketten und vielfarbigen Spirituosen, die Zitronenscheiben und Maraschinokirschen, die Erdnusstütchen in ihrem Pappständer. Es war ein höhlenartiger Raum, in gemütliche Nischen und Winkel hinter kleinen Geländern und flachen, unvermuteten Treppchen unterteilt. In dem gemauerten Kamin wurde nie ein Feuer unter der glänzenden rosa Kupferhaube angezündet, doch die Luft war von der Zentralheizung heiß und trocken, hermetisch abgeschlossen gegen jedes Wetter, das draußen herrschen mochte. Oben tobten die Kinder im Herdenrausch herum, und ein übrig gebliebener Weihnachtsschmuck aus Goldpapier, mit Reißzwecken an einem Balken befestigt, schwang einvernehmlich mit.

»Hier drinnen fällt es schwer, an den Fortschritt zu glauben«, sagte Lydia. »Wenn ich versuche, mir die Ewigkeit vorzustellen, dann denke ich sie mir wie das Gefühl in einem englischen Pub am Samstagnachmittag. Da steht die Zeit tatsächlich still, nicht wahr? Sie ist wie ein grässlicher Sirup, und wir sind alle darin eingeschlossen. Nein, sie steht nicht still, sie tickt unaufhaltsam der schicksalhaften Stunde entgegen, wenn der Pub wieder aufmacht. Ich möchte schwören, diese putzigen Teekannen stehen schon seit Anbeginn der Welt hier auf dieser Fensterbank.«

Sie stocherte mit einem Plastikstäbchen in ihrem Glas herum und versuchte, eine Kirsche aufzuspießen; sie hatte für alle drei Manhattans zusammengerührt und dabei überraschenderweise ausgesehen, als wäre sie hinter der Bar zu Hause. Es lag eine gewisse Ironie darin, dass die Tochter von Pam und Tibs – die sie, wie Lydia behauptete, so kaltherzig abgeschüttelt hatten – für so einen Pub wie geschaffen schien. War ihre üppige Erscheinung nicht perfekt für eine Bardame – wie auch die Tatsache, dass sie eine Nachteule war, gern Leute um sich hatte und trockene Bemerkungen machte? Sie habe wie ihre Mutter die Gabe, sagte Zachary, die Männer einzufangen und gleichzeitig wieder ins Wasser zu werfen.

»Zacky, du alter Schmeichler«, sagte Pam wohlgefällig. Sie behandelte Zachary mit derselben liebevollen Nachsicht wie ihre Enkelin Grace: Die beiden waren von all ihren ehernen Regeln ausgenommen.

»Für mich ist das eine exotische Welt«, sagte Alex. »In meiner Kindheit habe ich so etwas nie kennengelernt. Meine Eltern hätten gar nicht gewusst, dass es das gibt.«

»Meine auch nicht«, rief Christine begeistert aus. »Darum mag ich es ja so.«

»Ich bin ein zu schlichtes Gemüt, um diese Welt zu mögen«, sagte Lydia. »Ich finde sie grässlich. Ich möchte dann am liebsten sterben. Nur würde ich womöglich in einem Jenseits aufwachen, das ganz genauso aussieht. Wie würden wir dann überhaupt merken, dass wir tot sind?«

»Alex glaubt sowieso nicht an Fortschritt«, sagte Christine.

»Ach nein, Alex? Glaub mir, es war ein Fortschritt, als ich nicht mehr da leben musste, wo es nach dem Bier und den Zigaretten anderer Leute roch.«

Nur leicht amüsiert schlug er Tibs' Zeitung vom Vortag auf, die er zusammengelegt unter dem Tresen gefunden hatte. Er holte sich seine Nachrichten gern vom Feind. Er meinte, man könne leicht in die Banalität abgleiten, wenn man nur das lese, was die eigenen Vorurteile bestätige – allerdings enthielt Tibs' Zeitung ohnehin nicht viele Nachrichten gleich welcher Art.

»Findet ihr Alex' Pessimismus nicht total überholt?«, fragte Christine. »Total mitteleuropäisch. Er kann sich nicht anpassen. Ich aber sage, werfen wir all die entsetzlichen alten Bürden von uns! Wieso müssen wir immer das Schlimmste erwarten?«

»Weil das Schlimmste meistens eintritt?«, antwortete Alex, ohne von seiner Zeitung aufzuschauen.

»Aber doch nicht immer. Es tritt nicht immer ein. Manchmal verbessert sich auch etwas: in der Anästhesie, zum Beispiel. Oder Antibiotika oder Toiletten mit Wasserspülung. Das Ende des Kalten Krieges! Man muss etwas haben, an das man glauben kann, Alex!«

»Wieso?«

Sie zeigte triumphierend auf ihn und sagte zu Lydia: »Siehst du?«

»Irgendwas geht immer verloren. Sogar mit dem Ende des Kalten Krieges.«

»Aber nichts Gutes! Mal ehrlich, ist da etwas Gutes verloren gegangen?«

Er überlegte. »Etwas Griesgrämiges und Verstaubtes und Desillusioniertes. Diese Griesgrämigkeit habe ich an meinem Vater gehasst. Aber sie war auch höchst ambitioniert, durch und durch intellektuell. Vielleicht kommen wir eines Tages zu der Ansicht, dass diese dissidentischen mitteleuropäischen Kulturen als Letzte ein klassisches Ideal hochhielten, ein Ideal der Desillusionierung.«

Christine beobachtete ihn aufmerksam, und plötzlich klang bei ihr Anteilnahme durch. »O ja, das verstehe ich, ich verstehe, was du meinst.«

»Aber den meisten Leuten war mehr an Adidas-Turnschuhen gelegen als an klassischen Idealen«, wandte Lydia ein.

Die Frauen strahlten eine ansteckende Leichtigkeit aus, die zum Teil von der Aufregung um das Galerieprojekt herrührte. Zachary hatte Christine erzählt, dass er ihre Bilder für seine erste Ausstellung haben wollte, sie war außer sich vor Freude; Lydia schwirrte der Kopf von der Auswahl von Mustern und Möbeln für ihr neues Zuhause. Sie und Zachary hatten eine Wohnung am Fluss gemietet, während das Kirchengebäude umgestaltet wurde. Beide Frauen hatten das Gefühl, im Verhältnis zu ihren Männern sei wieder ein gewisses Gleichgewicht der Kräfte hergestellt worden, nachdem sie als junge Mütter zunächst einen Rückschlag erlitten hatten; jetzt büßten sie durch ihre Kinder nichts mehr ein, sondern hatten etwas hinzugewonnen. Christine spürte auch eine neue Stärke in ihrer Beziehung zu Alex, einen eigenen Agnostizismus wie einen Erkenntnisschatz, den sie langsam und unsichtbar angesammelt hatte. Vielleicht hatten Frauen das unerschütterliche männliche Wissen in einem gewissen Alter schon immer infrage gestellt, in der Blüte ihrer Jahre, wenn sie den Illusionen der Mädchenzeit entwachsen waren. Oder war das eine historisch neue Entwicklung, ausgelöst durch den Kulturwandel?

»Übrigens habe ich einen Plan für das nächste Jahr«, verkündete Alex beiläufig.

»Was für einen Plan?«

»Ach, nur *etwas, an das ich glauben kann*, um es mit deinen Worten zu sagen.«

Er habe gedacht, er könne eine einjährige Ausbildung machen und Lehrer werden. Sie schauten ihn ungläubig an: Das wäre nichts für ihn, das würde er niemals durchhalten. »Dir fehlt die Geduld für den Schuldienst, Alex. Du weißt nicht, wie das ist, wenn man den ganzen Tag mit Kindern zusammengesperrt ist. Und selbst wenn sie dich in die Ausbildung aufnehmen würden, du könntest es nicht ertragen, wieder Student zu sein, dir von anderen sagen zu lassen, wie man in der Klasse für Disziplin sorgt und dergleichen Blödsinn mehr. Wahrscheinlich wirst du dich gar nicht erst bewerben.«

»Tatsächlich habe ich das Vorstellungsgespräch bereits hinter mir. Sie haben mir einen Platz angeboten, ich habe ihn angenommen. Es gibt Stipendien, und ich könnte abends weiter ein paar Stunden an der Sprachenschule unterrichten.«

Christine schaute Lydia an. »Das ist genau wie damals, als er seinen Führerschein gemacht hat. Er hat mir nicht mal gesagt, dass er Fahrstunden nimmt, bis er die Prüfung bestanden hatte! Warum immer diese Geheimniskrämerei?«

Schließlich rüttelten Eltern, die ihre Kinder abholen wollten, an den verschlossenen Türen zum Pub; als Pam und Tibs in die Lounge herunterkamen, behielten sie ihre Partyhüte auf, die sie mit steifer Würde trugen. Pams Papierkrone half ihr sogar, eine majestätische Ordnung aufrechtzuerhalten – die frecheren Kinder schauten ängstlich zu ihr hinüber und beeilten sich, zu den Automaten mit den Videospielen zu kommen, die Tibs ihnen versprochen hatte und die unten wie Wachroboter an den Wänden aufgereiht waren und ihre bunten Lampen aufblitzen ließen. Die Kinder waren es in ihrer Ahnungslosigkeit zufrieden, ohne Geld einzuwerfen an Hebeln zu ziehen und auf Knöpfe zu drücken. Grace' weißes Satinkleidchen war mit Orangensaft bekleckert, auf ihren vor Energie glühenden Wangen lag Zuckerglanz; wie berauscht von so viel Aufmerksamkeit, stürzte sie sich auf Lydia, umklammerte ihre Knie und schrie: »Meine Mummy!« Lydia ließ sich abrupt auf die Polsterbank fallen, ausnahmsweise unbeholfen, betört und geschmeichelt von Grace' gebieterischer Inanspruchnahme. Unglaublich, dass dieses Kind, so wild und voller Kraft, zu ihr gehörte – und sie zu ihm! Pam kam mit Isobel an der Hand und sagte, sie sei ihr eine echte Hilfe gewesen bei den Kleinen; *so verständig und reif*. Und die phlegmatische, verlegene Isobel errötete vor Freude, obwohl Christine wusste, dass Pam meinte, Isobel habe nicht das Temperamt von Grace.

»Lydias Eltern mögen mich nicht«, sagte Christine später zu Alex, als sie zu Hause waren und Isobel schlief, im Traum unruhig murmelnd. »Sie haben mich nie gemocht. Zumindest Pam nicht. Tibs nimmt mich gar nicht erst zur Kenntnis.«

»Das ist eine Klassenfrage«, sagte Alex. »Du bist nicht ihr Typ. Sie denken, du hältst dich für etwas Besseres. Vielleicht glauben sie, du hättest Lydia ins Schlepptau genommen und ihnen abspenstig gemacht.«

Sie erwog das kurz und schuldbewusst. »Aber das können sie doch nicht ernsthaft glauben! Es ist immer Lydia, die mich ins Schlepptau nimmt. Und wenn es eine Klassenfrage ist – wieso mögen sie dann dich? Pam mag dich jedenfalls. Aber du bist ein Intellektueller, wenn jemand etwas Besseres ist, dann doch du. Ich gebe mir so viel Mühe bei ihnen!«

»Das merken sie auch. Und ich bezweifle, dass Pam sich überhaupt irgendwelche Gedanken über mich macht. Ich glaube, wir haben nie mehr als ein paar belanglose Worte gewechselt.«

»Es geht nicht um Worte, Alex. Sie beobachtet dich, das sehe ich; Frauen beobachten dich. Pam denkt, du bist an mich verschwendet, hat sie schon immer gedacht. Sie bewundert dich aus sicherer Entfernung – und ist gleichzeitig froh, dass Lydia Zachary hat, der es allen leicht macht.«

Zur Eröffnung der Garret's Lane Galerie gab es eine Vernissage mit anschließender Party, und all die richtigen Leute fanden sich in der kleinen Sackgasse ein; die Besprechungen der Eröffnungsausstellung waren gut und ermutigend, außerdem gab es hübsche Fotos von dem Umbau in einer Architekturzeitschrift. Der Anfang war gelungen. Zachary hatte inzwischen die einfallsreiche, pfiffige, scharf rechnende Hannah als Geschäftsführerin eingestellt, und sechs Monate vor der Eröffnung hatte es einen scheußlichen Vormittag gegeben, als Hannah auf ein vertrauliches Gespräch zu Christine kam. »Ich liebe deine Bilder«, hatte sie gesagt. »Ich liebe sie. Aber sie sind nicht das Richtige für Zacharys Eröffnung. Sie sind nicht groß genug. Er muss etwas Großes ins Auge fassen, von Anfang an. Du hast keinen großen Namen, noch nicht. Und er sollte sowieso nicht mit einer Gruppenausstellung anfangen: Das wirkt zu kleinmütig, ist kein kraftvolles Statement. Ich habe mit Hari Rostami gesprochen, er könnte Interesse daran haben, eine neue Schau für uns zusammenzustellen. Genau das braucht die Galerie, als Sprungbrett sozusagen – du weißt schon, den Namen, den Rummel! Später, wenn Garret's Lane etabliert ist, kann Zachary machen, was er will. Er kann dich richtig herausbringen, und dann bist du groß, eben *weil* er dich herausgebracht hat.«

In ihrer Gekränktheit ließ Christine kein gutes Haar an ihr: Sie fand es gouvernantenhaft, wie Hannah sich beflissen vorbeugte, um sie zu besänftigen, und ihre glänzend rote Tolle baumeln ließ. Das taillierte schwarze Kostüm, das wohl als Reminiszenz an einen amerikanischen Film der vierziger Jahre gedacht war, sah eher nach einer Schuluniform aus, und ihre Figur mit dem ausladenden Busen war topplastig. Christine saß da wie angewurzelt und setzte ein gleichgültiges Lächeln auf, als müsste sie sich eine Standpauke anhören, weil sie im Hockeyteam nicht genug Einsatz gezeigt hatte. »Du wirst mir ewig böse sein, dass ich das gesagt habe«, meinte Hannah entschuldigend. »Ich hasse mich ja selbst dafür. Aber es ist meine Aufgabe, Zachs Interessen und die der Galerie im Auge zu haben. Natürlich habe ich schon mit Zachary darüber gesprochen, er kennt meine Meinung, aber er lässt nicht mit sich reden, er hält dir die Treue, weil ihr befreundet seid – und weil er an deine Arbeit glaubt. Er findet meine Überlegungen falsch, und selbst wenn er sie richtig fände, würde er wohl nicht von seiner Entscheidung abgehen, weil er es dir versprochen hat, und er bringt es nicht über sich, dich zu enttäuschen. Du kennst ihn, du weißt, wie er ist. Und natürlich, wenn du meine Meinung in den Wind schlagen willst, was ich voll und ganz verstehen könnte, dann wirst du mich eben dafür hassen, und auch das werde ich verstehen, und ich werde mich auch mit Leib und Seele für deine Werke einsetzen. Ich werde alles tun, was in meiner Macht steht, um mich selbst zu widerlegen.«

Christine war zutiefst verletzt und verkroch sich, krank vor Schmach, am helllichten Tag ganz allein ins Bett, während Alex im College war und Isobel in der Schule; sie rollte sich um den eigenen Abscheu vor diesem Schmerz, dieser Schande zusammen. »Wir können immer noch ein paar Sachen von dir im Café aufhängen«, hatte Hannah gesagt, und das war das Allerschlimmste gewesen. Doch dann ging Christine zu Zachary und gestand, sie werde bis zur Ausstellung wohl nicht genügend Arbeiten fertig haben und wolle auch ganz sicher nichts von sich im Café haben. Er war furchtbar enttäuscht, fragte aber, was sie von Hari Rostami statt einer Gruppenausstellung halte, und sie sagte, das klinge einfach perfekt, obwohl sie im tiefsten Inneren glaubte, dass Rostamis Installationen nichts als hohle, clevere Konstrukte waren: hohl und hässlich. Bis zum Eröffnungsabend hatte sie sich wieder gefangen. Sie erzählte niemandem, was zwischen ihr und Hannah vorgefallen war, beide sprachen nie wieder darüber, und sie hasste Hannah dann tatsächlich für eine Weile, bis sie ihren Hass schließlich vergaß. Und später, im Laufe der Jahre, war Christine an mehreren Gruppenausstellungen in der Galerie beteiligt und hatte zwei Einzelausstellungen dort.

Natürlich kannte sie auf der Eröffnungsparty Leute, wenigstens ein paar. Als der große Tag gekommen war, fühlte sie sich unbeschwert, erleichtert, dass es nicht ihre Werke waren, die an den Wänden zur Schau gestellt wurden, ihr den Seelenfrieden raubten, sie mit ihrer Bedeutsamkeit erdrückten. Sie konnte die Geheimnisse ihrer Werke weiter in sich verschließen, ihren Schatz, der jetzt noch nicht gewogen oder für zu leicht befunden werden musste. Hannah hatte recht gehabt, dies wäre keine geeignete Gelegenheit gewesen, irgendeine feinsinnige

Kunst vorzuzeigen. Sie musste auf der Party also keine Künstlerin sein, und Zachary hatte ihr Geld gegeben, damit sie sich etwas Hübsches zum Anziehen kaufen konnte. Als Christine die zusammengefalteten Scheine entgegennahm, waren sie noch warm von seiner Hosentasche gewesen, und das Geschenk hatte ihr das Gefühl gegeben, dass zwischen ihnen Einverständnis herrschte und nichts – nicht einmal Hannahs heimlicher Besuch, von dem er vielleicht wirklich nichts wusste oder höchstens etwas ahnte – einer Erklärung bedurfte. Sie hatte sich ein langes Vintagekleid aus blauem Seidenkrepp gekauft, dessen Oberteil mit silbernen Perlen bestickt war, hatte ihre Haare hochgesteckt und sich sorgfältig geschminkt; sie war sich bewusst, dass sie einige taxierende Blicke auf sich zog. Die schwere Seide schwang befriedigend beim Herumgehen; Christine war dünn, sie hatte seit Isobels Geburt abgenommen. Und das Kleid ließ um Hals und Arme herum sehr viel Haut sehen, fiel rückenfrei bis zur Taille herab. Christine trug die silberne Kette ihrer Großmutter um den Hals und unter dem Kleid nichts als einen Slip.

Sie stach nicht hervor, es gab hier genügend prächtig gekleidete Frauen. Lydia strahlte in ihrem weißen Spitzenkleid von Helmut Lang fast schon die Souveränität einer königlichen Gemahlin aus, sie wurde zu einem ruhenden Pol, um den sich alles drehte, während Zachary grüßend und dankend durch die Menge ging. Schon in der gemeinsamen Studentenzeit hatte Lydia auf Partys in Souterrainwohnungen mit warmem Weißwein aus Plastikbechern eine Art gehabt, sich auf einer Matratze am Boden niederzulassen wie auf einem Thron, auf dem sie

Bittsteller empfing und ihnen ihre Gunst gewährte oder versagte. Christine war in ihrem Urteil ebenso herablassend wie Lydia und konnte doch nicht vermitteln, dass auch sie klug, überlegen, schnell gelangweilt war. Sie wusste ja, dass sie sich allzu eifrig entschuldigte, sich allzu schnell selbst die Schuld an jedem nachlassenden Interesse gab; vielleicht sollte sie nicht so gefügig sein, wenn sie ernst genommen werden wollte. Waren große Künstler nicht immer schwierig? Wenigstens waren die herrlichen Räume der neuen Galerie so gedrängt voll, dass man buchstäblich nicht allein herumstehen konnte. Sie schob sich an vielen interessanten Fremden vorbei auf kleine Inseln von Bekannten und bereute es sogleich, fühlte sich wie gestrandet und sah sich verstohlen nach einer Rettung um.

Ab und zu gewährten ihr im Gedränge auseinanderstrebende Körper einen flüchtigen Blick auf Alex. Sie war darauf gefasst, ihn mürrisch und verdrossen herumschleichen zu sehen. Er verabscheute Partys, und sie hatte ihn dazu gebracht, einen Anzug zu tragen, den sie in einem Oxfam-Laden für ihn aufgetrieben hatte – dunkle Wolle, perfekte Passform. Er war aber nicht mürrisch, er sprach mit Leuten, gab sich charmant, wirkte amüsiert und ganz in seinem Element. Die Ausbildung zum Lehrer tat ihm gut, dachte sie. Er musste aus sich herausgehen, musste lernen, vor anderen aufzutreten. Christine sah, wie er im Gespräch besonders die Frauen berührte, die Fingerspitzen in eine Armbeuge oder die Hand auf eine nackte Schulter legte – vielleicht sollte ihr das Angst machen, es weckte aber nur ihre Neugierde. Er sah umwerfend aus in seinem neuen

Anzug, der seinen Zweck erfüllte, dem Träger Autorität zu verleihen. Sie dachte, diesen geselligen, gewandten, eindringlichen Alex hätte sie attraktiv gefunden, wenn er ein Fremder gewesen wäre. Und hätte sie ihm gefallen, in ihrem blauen Kleid?

Dann wurde sie abgelenkt, weil Hari sie ansprach und überraschend freundlich war, ihr unbedingt ein paar Nettigkeiten über ihre Arbeit sagen musste, sodass sie sich zehn Minuten lang im Zentrum des Geschehens beschwingt über Wasser hielt. Als Hari sich abwandte, tauchte sie ganz gern wieder ab, schlängelte sich zwischen den ihr zugekehrten lebhaften Rücken hindurch, nippte an ihrem Drink, nur um etwas zu tun zu haben, wurde immer beschwipster, gab vor, Haris Installationen ihre anhaltende Aufmerksamkeit zu schenken. Allmählich lichtete sich die Menge, denn die Party hatte früh begonnen; der laute Trubel ebbte freundlich ab. Es war noch lange nicht Mitternacht, als Hannah die letzten hartnäckigen Vergnügungslustigen aus der Galerie scheuchte. »Aber wir können doch nicht ins Bett gehen!«, protestierte Zachary. »Ich bin noch nicht bettreif, ich kann noch stundenlang weiterfeiern! Ich komme gerade erst in Partystimmung.«

Ein paar alte Freunde zogen sich in Lydias und Zachs neues Haus nebenan zurück. Die beiden waren vor einigen Wochen dort eingezogen. Isobel und Grace schliefen schon im oberen Stock; die Eltern hatten für die Dauer der Party eine Babysitterin engagiert, ein nettes Mädchen im Teenageralter – Alex brachte sie nach Hause, sie wohnte gleich um die Ecke. Sie hatten sich alle noch nicht an die neuen Räumlichkeiten gewöhnt – Glas und

Stahl waren geschickt in die schönen alten Strukturen eingefügt, die hellen Parkettböden ausgebessert, eine neue Wendeltreppe eingebaut; einen besonderen Blickfang bildeten der riesige Schreibtisch aus der Kirche und der Spülstein, groß wie ein Futtertrog, mit seinem Messinghahn in der Küche. Es war, als wäre man im Haus eines anderen, das man liebend gern selbst gehabt hätte, sagte Christine: Man spielte unwillkürlich, dieser andere zu sein. Sie zogen alle eine Schau ab in dieser unvertrauten Umgebung – und plötzlich fröstelten sie auch, vom geselligen Treiben erschöpft. Christine ging nach oben, um nach den Kindern zu sehen, und hielt sich schwankend am Türpfosten fest: Die kleinen Mädchen waren in seligem Durcheinander eingeschlafen, Grace auf dem Bauch, die Arme ergeben nach oben gestreckt, Isobel schützend zusammengerollt. Nachdem Alex die Babysitterin nach Hause gebracht hatte, zündete er in dem neuen Holzofen ein Feuer an; in seinem eleganten Anzug, mit offenem Jackett und gelockerter Krawatte hockte er vor dem Ofenfenster auf den Fersen, ließ die Hände zwischen den Knien herunterhängen und beobachtete, wie sich die Flammen ausbreiteten. »Du siehst aus wie ein Höhlenmensch – Alex, der Herr des Feuers«, meinte Jane Ogden bewundernd. Er streckte ihr scherzhaft drohend die von Asche und Holzkohle verdreckten Handflächen entgegen, dann ging er sich waschen. Die Frauen streiften aufstöhnend ihre Schuhe ab. Zachary kam mit einer Auswahl von Flaschen herein. »Was darf's sein? Mehr Champagner oder Armagnac oder beides?«

Er warf Nathan Kearney seinen Beutel mit Marihuana zu, damit er Joints drehte. »Kaffee, Kaffee«, verlangten alle. Doch Zachary schenkte ihnen zum Kaffee auch einen Likör ein, ein zuckersüßes Zeug aus Rosenblüten und mit Bergamotte aromatisiert, das Alex normalerweise nie angerührt hätte, aber auch er trank davon, weil sie alle noch im Bann des großen Ereignisses standen. Sie waren ohnehin alle berauscht: vom Glanz ihres Erfolgs, Zacharys Erfolgs, ebenso wie vom Champagner. »Hari hat so viel Gutes über dich gesagt!« Zachary legte einen Arm um Christine und streckte die Füße in den purpurroten Socken zum Ofen aus; sie schob ihre nackten Füße – hübsch anzusehen mit ihrem hohen Bogen und dem aristokratisch langen zweiten Zeh – an seine. Ihre Zehennägel waren ausnahmsweise elegant lackiert, in einem Purpurrot, das zufällig zu seinen Socken passte. Alle hatten sich auf Kissen über den dicken türkischen Läufern vor dem Ofen ausgebreitet und streckten die Hände der Wärme entgegen, die sie hinterhältig und köstlich miteinander verschmolz und entknotete. Lydia, die aufrecht mit dem Rücken am Sofa saß, war als Einzige noch munter und drehte den Kopf auf ihre bedächtige Art immer demjenigen zu, der gerade sprach. Man tratschte über dieses und jenes. Doch als der Kaffee ausgetrunken war, musste sich einer nach dem anderen – selbst Jane Ogden, selbst Nathan – notgedrungen verabschieden, bis sie nur noch zu viert waren.

Zachary verteilte noch mehr von dem Rosenblütenlikör und setzte sich dann wieder mit dem Arm um Christine; Alex legte ein weiteres Holzscheit in den Ofen. Alle ließen sich nach unten gleiten, streckten sich der Länge nach auf den Kissen aus und hatten es aufgegeben, in vollständigen Sätzen zu sprechen – vielleicht übertrieben sie ihre Trunkenheit, um den Weg zu dem weiteren Geschehen freizumachen. Alex, der zwischen den beiden Frauen lag, begann Christine auf den Hals, unter die Haare zu küssen. Nach einer Weile wandte er sich Lydia zu und küsste sie ebenfalls, als wäre das nur gerecht; gleichzeitig streichelte er Christine, ließ seine Hand träge über sie gleiten. Beide Frauen gingen mit schläfrigen Lauten darauf ein, als ob sie nur halb wahrnähmen, was hier geschah. Dann drehte sich Christine zu Zachary um. Lächelnd küsste sie ihn direkt auf den Mund, schmeckte den Alkohol und das Marihuana und die ganze würzige Vertrautheit und Fremdheit dieses Mannes – als sie vor so langer Zeit miteinander geschlafen hatten, hatte er noch keinen Bart gehabt. Alex' Hand glitt oben über ihr Kleid und schob sich dann forschend darunter; seine Hände waren bald bei ihr, bald bei Lydia, dann wieder berührte er beide zugleich. Christine drehte sich um, wollte sich wieder Alex zuwenden, und Zachary schmiegte sich von hinten an sie, sie spürte seinen Bart an ihrem nackten Rücken, seine zielstrebigen Küsse, die sich an ihrer Wirbelsäule entlangbewegten, auf der bloßen Haut zwischen ihren Schulterblättern. Lydias ausgestreckter Arm fand Christines Hand. Zachary schob die Träger an Christines Kleid von ihren Schultern, und Alex tastete mit einer Hand unter dem weißen Spitzenstoff von Lydias Oberteil herum. Er schien ganz auf Lydia konzentriert, aber auch seine andere Hand war eifrig auf der Suche, machte sich zwischen Christines Knien zu schaffen, schob die üppigen Falten ihres Kleids auseinander, suchte den Weg nach oben.

Später, als sie in dem neuen Gästezimmer allein waren, nahm Christine Alex ungläubig ins Verhör: »Hättest du? Hättest du das wirklich getan?«

Sie waren schon halb ausgezogen im Lampenschein, noch immer erregt; sie kniete über ihm, der auf dem Rücken auf dem Bett lag, ohne Jackett und Schuhe, das Hemd halb aufgeknöpft. Ihr blaues Kleid war bis zu den Oberschenkeln hochgeschoben. »Hättest du das durchgezogen? Bist du jetzt enttäuscht?«

Seine haselnussbraunen Augen glänzten, die Pupillen waren erweitert. »Hättest du?«

Christine staunte, was sie da getan hatten. »Was ist nur in uns gefahren? Wir müssen wahnsinnig gewesen sein! Also wirklich, wie hätte das gehen sollen, wenn wir es noch weiter getrieben hätten? Ich meine, was …«

»Und bist *du* enttäuscht?«

Sie lachte, legte ihm aber die Hand über den Mund, um ihn am Weitersprechen zu hindern, sagte, sie könne nicht darüber nachdenken, sie dürften nicht denken. Oder sie dürften ihre Gedanken wenigstens nicht aussprechen. Ihr hochgestecktes Haar fiel herunter, das Make-up war unter den Augen verschmiert, ihr Gesicht vor Müdigkeit und vom Alkohol verschwiemelt und verschwommen; in diesem Moment ihrer ehelichen Liebe war sie durch und durch begehrenswert.

Die Gelegenheit zu einer Ausschweifung zu viert bot sich nie wieder. Es war wohl nur möglich gewesen, weil alles so arglos und ungeplant gewesen war. Jedenfalls waren sie sowieso kaum über die Präliminarien hinausgekommen und alle noch einigermaßen schicklich bekleidet, als Zachary die kleine Isobel erspähte, die im

Nachthemd wie ein Wachengel an der Wendeltreppe stand und sie verängstigt und grimmig anschaute. Alex versicherte Christine später, dass Isobel bestimmt nichts gesehen habe, zumindest würde sie sich am Morgen an nichts mehr erinnern können. Isobel vermeldete selbstgerecht, dass Grace weinte. »Sie weint schon stundenlang. Wieso habt ihr sie nicht rufen hören? Sie verlangt nach ihrer Mummy. Lydia, sie verlangt nach dir.«

5

Nachdem Christine angerufen und Lydia mit ihr gesprochen hatte, stand Alex aus dem Bett, Zacharys Bett, auf und zog sich langsam an, ohne Lydia anzusehen. Sie lehnte sich nackt in die Kissen, das weiße Laken über die Brüste gezogen, beobachtete ihn, sog sein Dasein ängstlich in sich ein. Ihre Augen waren ausnahmsweise ungeschützt, nackt wie ihr Körper – sie hatte sich vor dem Duschen abgeschminkt. Lydia wusste, dass sie Alex womöglich verloren hatte, weil sie mit Christine gesprochen hatte. Sie wartete darauf, dass er etwas sagte, das Schweigen brach. Was nun? Sie konnte nicht einmal ein Gespräch anfangen oder sich nach ihrer Tochter erkundigen, fragen, wie es Grace ging, als er in Glasgow abgefahren war. Diesen familiären Ton durfte sie einstweilen nicht anschlagen, ein Gebot, das ihr den Mund verschloss wie eine schwere Hand. Sie und Alex hatten ein verbotenes Terrain betreten, wo ihnen alle Wege versperrt waren. Und nun hatte Lydia, da sie mit Christine gesprochen hatte, ihnen auch den letzten Rettungspfad abgeschnitten; sie konnten nicht mehr dahin zurück, wie es einst gewesen war. Sie hatte Alex – wenn auch nicht absichtlich, sie hatte keinerlei Plan gehabt, als sie zum Telefon griff – die Rückkehr unmöglich gemacht.

Lydia wusste, dass Alex tief getroffen war durch das, was sie Christine erzählt hatte. Nicht weil er feige war oder irgendwelche Täuschungsmanöver im Sinn gehabt hatte, sondern weil sie das alles so unbefangen vor Christine ausgebreitet hatte – geradeheraus wie ein junges Mädchen, das sich unbedacht irgendwo einmischt und gar nicht absehen kann, welche Folgen das für die Erwachsenen nach sich zieht. Als Alex wieder zur Besinnung gekommen war, hatte er mit Schrecken festgestellt, dass er jetzt mit Lydia verstrickt war, der altvertrauten Lydia, die ihn mit ihrer Passivität und ihrem kindlichen Fatalismus zur Verzweiflung bringen konnte. Während sie mit Christine sprach, hatte er die ganze Zeit seinen schweißnassen Arm um sie gelegt und Strähnen ihres honigfarbenen Haars wie Fremdkörper an seiner Brust gespürt. Hilflos musste er Christines ahnungslose Unschuld mit anhören: ihr zuerst so langsames Begreifen und dann ihre tiefe Verletztheit und Fassungslosigkeit. In ihrem verzweifelten Bemühen, das alles zu verstehen, hatte Christine sie nicht einmal beschimpft oder sich empört – noch nicht. Wie sollte es Alex und Lydia danach nicht voreinander grauen? Als Christine das Gespräch abbrach, war er in kaltem Entsetzen von Lydia weggerückt.

Doch Lydia klammerte sich beharrlich an die Wahrheiten des Körpers, die sie als Teenager entdeckt hatte. Was sie getan hatten, konnte nicht ungeschehen gemacht werden, weil es nicht nichts war: Das Wissen darum war überall im Raum um sie her, wie ein Schattenspiel, das ihrer beider Denken vereinnahmte. Es gab keine Erlösung auf dieser Welt, nur diese eine: Teenager wussten das. Alex hatte sich verirrt, und wenn Lydia ihn jetzt gehen ließe, würde er sie hassen. Er pinkelte im Bad, drehte dann den Hahn voll auf und wusch sich das Gesicht, trocknete es mit ihrem Handtuch ab; er verließ das Zimmer, ohne sie anzusehen oder mit ihr zu sprechen, und sie hörte, wie er nach unten ging. Sie wartete regungslos, lauschte auf das endgültige Zuschlagen der Haustür hinter ihm, das sie ausschließen würde. Aber es kam nicht. Schließlich stand sie auf und zog den Morgenmantel über, warf einen Blick auf ihr Bild im Wandspiegel, fuhr sich mit den Fingern durchs Haar – das zerzaust war, weil sie es noch nicht fertig getrocknet hatte, als Alex aufgetaucht war. Sie sah nicht allzu schlimm aus.

Sie fand ihn unten auf dem Sofa vor dem kalten Ofen, mit hängendem Kopf, die Finger an die Schläfen gepresst, in einer finsteren Verzweiflung zu Boden schauend, die zu einer anderen Zeit theatralisch gewirkt hätte. Sie holte die Whiskyflasche und ein Glas, hockte sich zwischen seine Knie auf den Teppich, schenkte für sie beide ein, trank als Erste einen großen Schluck und reichte ihm dann das Glas. Die Ellbogen auf seine Knie gelegt, das Gesicht zu seinem erhoben, machte sie ihren Anspruch auf ihn geltend – ganz gleich, was zwischen ihnen war, es war noch nicht vorbei. Alex berührte mit schicksalsergebener Freundlichkeit ihr Haar. Im Druck seiner Hand, die ihren Hinterkopf umfasste, während sein ironischer Blick etwas in ihrem Gesicht zu entdecken suchte – fand er es?, fand er ihre eigene Ironie? –, spürte Lydia alle Vorwürfe, die er nicht aussprach, und alle Erklärungen, die er resignierend verwarf. Er ergab sich ihr, und das machte ihr beinahe Angst, denn ihre Leidenschaft hatte sich immer auf seinen Widerstand, seinen schwierigen Charakter bezogen. Er sagte, er müsse zu Christine, müsse mit ihr reden.

»Sie wird dich nicht sehen wollen, noch nicht. Sie wird dich nicht reinlassen.«

»Ich muss es versuchen.«

Sie nahm seine Hand und schob sie in ihren Morgenmantel, auf ihre warme Brust. »Aber du kommst zu mir zurück? Lass mich nicht einfach fallen, Alex, ich bitte dich – nicht nach dem, was heute war. Ich weiß nicht, was ich dann tun würde.«

Er fuhr durch die unbeständige, unvollkommene Dunkelheit der nächtlichen Straßen, hinterhältig mit ihrem stoßweisen Verkehr, rotäugig von ihren Lichtern, dann an dem nebelverhangenen Park von Hampstead Heath vorbei. Was war geschehen? Diese neue Realität war wie ein Streich der Finsternis: folgenschwer und dabei nur vom Zufall bestimmt. Fast wäre er nicht in die Garret's Lane gegangen. Und er hatte keine Ahnung, was als Nächstes kommen würde: viel Heulen und Zähneklappern, das war gewiss. Sie beide, er und Lydia, hatten etwas zerstört, was ein Monument des Kummers eines jeden von ihnen gewesen war – wie sollten sie dafür nicht bestraft werden? Er war über fünfzig, und womöglich war ihrer aller Leben jetzt aus den Fugen geraten; der Schmerz, den er seiner Frau angetan hatte, brannte ihm auf der Seele. Doch dann tauchte ein Gedanke auf, wie ein aus der Strömung ragender Pfosten, an den er sich halten konnte: dass er stark genug war für alles, was diese Wendung seines Schicksals mit sich bringen mochte. Er hatte immer gewusst, was in dem Abgrund lag, der sich jetzt aufgetan hatte und in seinem Eheleben bisher mehr oder weniger schicklich verschlossen gewesen war: die ozeanischen Tiefen des

Sex. Diese Möglichkeit war seit jeher in ihm angelegt gewesen, er war wie sein Vater.

Als er in seiner Straße einen Parkplatz gefunden hatte, versuchte er, die Wohnungstür mit seinem Schlüssel aufzuschließen, aber Christine hatte den Riegel vorgeschoben. Er klingelte und meinte zu spüren, dass sie ganz in seiner Nähe, auf der anderen Seite der Tür lauschte – er war sich sicher, dass er sie atmen hörte. Er rief leise ihren Namen, klopfte aber nicht, um die Nachbarn unten nicht zu wecken – das hätte Chris nur noch mehr aufgebracht. Er rief vom Auto aus an, aber ihr Handy war ausgeschaltet; sie ließ das Festnetztelefon klingeln und ging nicht dran. Im Wohnzimmer im ersten Stock brannte Licht, die Jalousien waren heruntergelassen: Er glaubte zu sehen, wie sich ihr Schatten dahinter bewegte, und dann ging das Licht aus, so endgültig wie das Schließen eines Auges, verweigerte Sehen und Gesehenwerden. Als er wegfuhr, schlug er nicht gleich den Weg in die Garret's Lane ein, sondern wählte eine andere Route durch das Stadtzentrum, hielt irgendwo an der Themse im Parkverbot an und stieg aus. Zwanzig Minuten stand er nur da und sah zu, wie der breite Strom geschäftig von einer Brücke zur anderen dahineilte, das braune Wasser im schräg fallenden schwachen Licht wie öliger Schlamm. Aber er dachte nicht daran, sich hineinzuwerfen. Etwas Grausames und Kaltes war in seinem Leben aufgetaucht, erschreckend und beglückend. Er roch den mineralischen Atem des Flusses, hörte ein rhythmisches langsames Klopfen von einem der in der Strömung verankerten Pontons.

Nachdem sie mit Lydia gesprochen hatte, steckte Christine das Telefon in die Basis zurück, verharrte mit zusammengedrückten Knien auf der Sofakante und wartete, welche Gefühle sich einstellen würden. Ihre Knie zitterten, sodass sie vielleicht nicht hätte aufstehen können, selbst wenn sie gewollt hätte. Natürlich war sie erschüttert. Aber in Gedanken schwebte sie über dieser Erschütterung, beobachtete sie sarkastisch. Das beschämte sie: Es war, als wäre sie in aller Öffentlichkeit nackt ausgezogen worden. Und jetzt würde jeder die beiden verurteilen und sich entsetzt darüber zeigen müssen, was sie getan hatten – Alex und Lydia, Lydia und Alex! Plötzlich erschien es ganz unausweichlich, dass sie zusammengekommen waren, es hatte einfach passieren müssen. Und Christine war es schon im Voraus zuwider, wie viel Mitleid sie einheimsen und welche Empörung herrschen würde – sie war außer sich vor Abscheu, dass sie ihr das antaten, die beiden, und diese misslichen Emotionen, Aktionen und Reaktionen notwendig machten. Was für eine armselige, undankbare Rolle sie, Christine, jetzt würde spielen müssen – die betrogene Ehefrau!

»Ich hab's gewusst, ich hab's gewusst«, murmelte sie, um sich selbst zu bestätigen.

Hatte sie es nicht immer gewusst oder geahnt – was hatte sie denn gedacht, was Lydia tun würde, nun, da Zachary nicht mehr da war? Und warum hatte Christine sie und niemand anderen angerufen, als Alex verschwunden war? Immerhin war Alex wenigstens nicht bei einem Unfall zermalmt worden, diese Sorge war sie los. Keine grausamen Verstümmelungen, keine Krankenhausbesuche. Sie konnte einfach so weitermachen. Aber womit weitermachen? Also, wie würde sie leben, wenn Alex sie verließ – oder wenn sie ihn rauswarf? Alles, was ihr bislang Achtung und Beachtung verschafft hatte, stürzte ein, brach unter ihr zusammen und hinterließ eine gähnende Leere; am schlimmsten war es, wenn sie an das Wort *Ehemann* dachte, obwohl sie es, seit sie mit Alex verheiratet war, nie ganz ernsthaft gebraucht hatte. Jetzt würde sie vielleicht niemandes Ehefrau sein. Christine stand einigermaßen gefasst auf und ging einmal durch die ganze Wohnung, bis zum Schlafzimmer hinauf und in die Küche, sah alles mit anderen Augen, in aufwallender besitzergreifender Leidenschaft. Was auch geschieht, dachte sie, das hier gehört mir. Das kriegen sie nicht. Und sie freute sich beinahe, als sie in den Zimmern Gegenstände aufhob und wieder hinlegte, Bilder gerade rückte, die reiche Sammlung interessanter Dinge bewunderte, als wäre ihr gerade ein Erbe zugefallen. Es wäre doch angenehm, das alles für sich allein zu haben.

Wenn sie etwas sah, was Lydia gehörte, schnappte sie es sich und stopfte es in einen schwarzen Müllsack: das Halstuch, Zeitschriften, nasse Kleidungsstücke auf dem Wäscheständer, Briefe von der Bank und den Anwälten, Feuerzeug, Schuhe. Lydia hatte ein paar Sachen von sich mitgenommen, aber das meiste dagelassen. Wie unordentlich sie war, wie sie sich überall ausbreitete! Im Gästezimmer zerrte Christine Lydias Kleider von den Bügeln, steckte sie in den Sack, warf Flaschen von der Frisierkommode und aus dem Bad mit hinein. Mit kalter Rachsucht verbannte sie die anderen beiden aus ihrem Herzen, spürte, wie sie sich von ihnen zurückzog. Es war eine Art Freiheit. Aber konnte sie mit der Einsamkeit umgehen? War sie nicht feige? Vielleicht waren all die Jahre mit Alex nur eine Abwehr der Einsamkeit gewesen. Für einen Moment stellte sie sich vor, wie sie das Lydia erklärte, die immer alles verstand.

Vor der Tür zu ihrem Atelier fiel ihr ein, dass der Schlüssel dazu in ihrer Handtasche steckte. Nein, nicht in der Handtasche, sie hatte ihn vor Kurzem herausgenommen und in eine blaue Kaffeekanne auf dem Küchenregal gelegt, in der sie Quittungen aufbewahrten. Sie könnte ihn ohne Weiteres holen: War ihre Kunst nicht ihre Zuflucht in dieser Krise, jetzt, da sie allein und verlassen war? Kunst sollte doch aus dem hervorgehen, was aufgerissen worden war. Außerdem würde sie Geld brauchen, sie müsste sich wieder einen Verdienst suchen. Aber sie fürchtete sich zu sehr vor dem, was hinter der Tür lag, sie drehte sich weg und verspürte Übelkeit bei dem Gedanken an ihre Werke, die vielleicht allesamt misslungen, miese, leblose Nichtigkeiten waren – vielleicht würde sie nie wieder etwas verkaufen. Die Zeit war nicht reif, um ihr Werk auf den Prüfstein zu stellen, noch nicht. Es stand zu viel auf dem Spiel. Sie würde vollends untergehen, falls sich herausstellen sollte, dass sie nicht mehr gut war.

Als sie draußen auf der Straße das Auto vorfahren hörte, schob sie hastig den Riegel an der Wohnungstür vor und beobachtete dann vom Wohnzimmer aus durch den Spalt neben der Jalousie, wie Alex zum Haus ging. Seltsam, dass er ihr vollkommen vertraut war, obwohl sich sonst alles verändert hatte: mit seinem schnellen, zerstreuten Gang, dem gesenkten Kopf, den zu Fäusten geballten Händen – früher noch mit einer halb verborgenen, zwischen den Knöcheln steckenden Zigarette. Sie hatte immer gedacht, er läuft, als wäre ihm sein Pfad auf dem Gehweg vorgezeichnet und führte ihn an sein Ziel, nur konnte niemand sonst diesen Pfad sehen: Das hatte sie wiederzugeben versucht, als sie Alex einmal gezeichnet hatte. Jetzt leuchtete der Bewegungsmelder auf, und sie sah von ihrem erhöhten Standpunkt aus zu, wie Alex den Schlüssel in die Haustür steckte, sah die verletzliche Stelle, wo sein verblichenes flachsblondes Haar schütter wurde. Hätte Lydia doch nichts gesagt und sie es nicht wissen müssen! Dieser dumme Sexanfall hätte dezent unter der Decke ihres sonstigen Lebens vergraben werden können; sie hätten weiterhin zusammen alt werden können, sie drei, die übrig geblieben waren. Dann dachte Christine daran, Alex etwas auf den Kopf zu werfen, ihn umzubringen. Sie setzte sich wieder auf ihren angestammten Platz auf dem Sofa, die Arme um die Rippen geschlungen, horchte auf seine Schritte auf der Treppe – sie war also nicht wirklich auf der anderen Seite der Wohnungstür, als Alex sich so sicher war, ihre Nähe zu spüren. Er gab es auf, ihren Namen zu rufen, ging wieder nach unten und rief vom Auto aus an; das gebieterisch laute Klingeln war wie ein Einbruch in ihre Selbstbeherrschung, unerträglich. Und doch war sie bis zum letzten Moment darauf gefasst, dass sie ihn einlassen, ans Telefon gehen, sich mit ihm auseinandersetzen würde. Sie schaltete das Licht aus und wartete im Dunkeln.

Als er endlich wegfuhr, war sie müde und dachte, sie könnte sich aufs Bett legen und ausruhen: voll bekleidet, denn sie hatte sich noch gar nicht ausgezogen. Doch kaum hatte sie den Kopf auf das Kissen gelegt und – die Knie angezogen, die Hände ruhig dazwischen gefaltet – die Augen geschlossen, wurde sie von einer großen grauen Panik erfasst und erdrückt, die sie mit bestimmten Bildern und Vorstellungen bedrängte. Sie musste sich schnell aufsetzen, um sich wieder zu fangen. Das Herz machte so schmerzhafte Sprünge in ihrer Brust, dass sie schon glaubte, sie hätte einen Herzinfarkt – und damit wäre alles gelöst, dachte sie melodramatisch.

In einem verwegenen Moment hatte Isobel dem Mann, dem sie beim ersten Date eine Bierdusche verpasst hatte, eine SMS geschickt. Er hatte großmütig alles getan, um den Nachmittag nach diesem klebrigen Anfang noch zu retten, und Scherze darüber gemacht; dennoch war klar, dass er, nachdem er sie wieder nach Hause gebracht hatte, keinen zweiten Versuch mit ihr wagen wollte. Sie hatte kein Wort mehr von ihm gehört. Wenn sie noch einen Funken Verstand gehabt hätte, dachte sie, hätte sie das ebenso gesehen: Sie wäre froh gewesen, dass sie im Ministerium für Regionale und Kommunale Angelegenheiten arbeitete und Blaise im Außenministerium, sodass sich ihre Wege wahrscheinlich nie wieder kreuzen würden. Isobel war in ein Projekt über die Obdachlosigkeit von Jugendlichen eingebunden; er hatte gesagt, seine Hauptbeschäftigung bestehe darin, afghanische Taliban zu zählen und ihre Stellungen auf einer Landkarte zu markieren. Doch es tat ihr leid um eine gewisse Wesensverwandtschaft zwischen ihnen, die sich in der Kürze der Zeit nicht hatte offenbaren können – und die vielleicht nur in ihrer Hoffnung darauf existierte. Sie hatte das Gefühl, als hätten sie sich schon als Kinder gekannt, obwohl das nicht stimmte; ihr hatte eine gewisse Behäbigkeit und Tapsigkeit an ihm gefallen und auch, dass er es ebenso sorgsam vermieden hatte, ihr die Tür aufzuhalten, in den Mantel zu helfen oder für sie zu bezahlen, wie ein Mann seines Schlages aus einer anderen Generation sorgsam darauf bedacht gewesen wäre, eben das zu tun. Blaise war kleiner als sie, mollig um die Hüften, hatte wollige gelblich-braune Haare und kluge, wie Splitter von blauem Glas aussehende Augen, die ziemlich tief in den Höhlen lagen; er schien sich in seinen Jeans nicht recht wohl zu fühlen, und sie vermutete, dass er im Anzug, den Schlips gelockert und das Hemd nur halb in die Hose gesteckt, immer eine bessere Figur machen würde. Er war einer dieser Männer um die dreißig, die sich im Eiltempo auf die mittleren Jahre zubewegen, während ihnen das Jungenhafte noch im Gesicht steht.

Er hatte beinahe umgehend auf ihre SMS geantwortet. Sie hatte sich auf eine qualvolle Wartezeit eingestellt, während er die angemessene, leicht bedauernde Absage formulierte, hatte sich ausgemalt, wie er in einem schäbigen Büro mit einem Kamin aus dem 18. Jahrhundert vor einer mit Taliban-Stecknadeln gespickten Landkarte saß und sich damit abmühte.

»Hast du Lust, mir einen Kaffee überzuschütten?«, schrieb er.

Isobel lachte an ihrem Schreibtisch erleichtert auf, und sie verabredeten sich für den folgenden Tag. Sie machte sich dafür extra fein mit einem sommerlichen Baumwolltop und einem gestreiften Rock mit weißem Lackgürtel und Sandalen; als sie aus dem Büro kam, war strahlender Sonnenschein, sodass sie eine Sonnenbrille aufsetzen konnte und fröhlich dachte, sie sehe aus wie ein Mädchen in einem Film, das zu ihrem Liebsten eilt. Dann saß sie vierzig Minuten lang allein in dem Café, versuchte ihre Enttäuschung zu verdauen und kam sich wie ein aufgetakeltes Püppchen vor. Wie konnte er nur? Als später eine SMS von ihm kam, wollte sie zuerst gar nicht wissen, was er zu sagen hatte, so verletzt und gekränkt war sie. Sie wollte nicht lesen, dass ihm etwas dazwischen gekommen sei, dass er es vergessen habe oder dass er in einer dringenden Besprechung aufgehalten worden sei.

»Wo warst du?«, schrieb er.

Hastig antwortete sie mit derselben Frage. Natürlich, es gab ja zwei Prêt à Mangers am Trafalgar Square. Und so setzte sich ihre Unglücksserie dann fort. Beide schworen, sie seien ansonsten, ganz bestimmt, höchst zuverlässig und kompetent. Doch als Blaise sie zu sich einlud, weil er für sie kochen wollte, und beide vorhatten – ohne so etwas anzudeuten oder gar durch einen bedeutsamen Blick zu erkennen zu geben –, bei der Gelegenheit zum ersten Mal miteinander zu schlafen, fing sie sich irgendein Virus ein. Blaise musste ihr die Haare aus der Stirn streichen, während sie über seiner Toilette hing und sich übergab – dabei hatte er so ein herrliches Essen gekocht und alles dafür frisch auf dem Bauernmarkt gekauft. Da hätte er die Sache aufgeben können, dachte Isobel. Und womöglich war sie ihm geradezu wahnsinnig aufdringlich vorgekommen; sie hoffte, dass sie ihm nicht bereits auf die Nerven ging. Charakterzüge, die ihr vielleicht nicht gefallen hätten – seine Bedachtsamkeit, eine gewisse undurchdringliche Verschlossenheit, eine leichte Selbstgefälligkeit – gewannen für sie die Übermacht, weil sie Angst hatte, ihn zu verlieren. Blaise war selbstgenügsam wie ein viel älterer alleinstehender Mann: Er sammelte bereits dies und das und kannte sich damit ebenso aus wie mit Wein, antiquarischen Büchern und alten Uhren. Er bezeichnete sich als gemäßigt konservativ, wählte liberal und las den *Economist* und die *Financial Times.* »Du liest wahrscheinlich den *Guardian*?«, fragte er verständnisvoll. Sie versuchte, ihm von Alex zu erzählen. »Mein Vater ist wirklich brillant. Er ist ein besonderer Mensch.«

»Ach, was macht er denn?«

Als sie sagte, er sei Lehrer an einer Grundschule, verlor Blaise erkennbar den Glauben an Alex' Brillanz. »Aber er ist ein genialer Lehrer«, erläuterte sie. »Und er hätte sich als Dichter oder auf allen möglichen anderen Gebieten hervortun können, aber er trägt die Last seines tschechischen Erbes mit sich herum, weil sie das Land verlassen mussten, als er noch ein Kind war, und sein Vater das nie verwunden hat.«

Isobel begriff, dass Blaise in Alex' Augen niemals gut genug für sie wäre. Sie würde Alex nie erklären können, wie anziehend sie den goldenen Kern von Blaise' Geschlossenheit und Güte fand, den sie, unbeirrbar wie ein Geigerzähler, unter all den Schichten der Biederkeit aufspürte. Blaise war in Eton und Balliol erzogen worden; seine Mutter war Anwältin, sein Vater betätigte sich als Landwirt und ging auf die Jagd. Isobel hätte ihn am liebsten gefragt, ob er das alles auch für seine Kinder haben müsste, falls er welche hätte. Und obwohl sie sich außer zur Begrüßung und zum Abschied noch nicht einmal richtig geküsst hatten, lag sie nachts wach und fürchtete um ihre Prinzipien, fragte sich, ob ihr Bekenntnis zum staatlichen Erziehungssystem, falls sie gemeinsame Kinder hätten, sich gegen Blaise' Unnachgiebigkeit durchsetzen könnte, falls er unnachgiebig wäre. Nachdem sie sich von ihrem Virus erholt hatte, lud sie ihn zu sich ein, und als sie sich eben das dritte Glas Wein einschenkten, rief ihre Mutter an. Isobel drehte ihr Telefon um, doch während Blaise im Bad war, hörte sie zur Sicherheit ihre Nachrichten ab. »Gestern Nacht ist etwas passiert«, sagte Christine verstörend gewichtig, mit belegter Stimme. »Ich würde gern darüber sprechen. Aber es ist alles in Ordnung, mach dir keine Sorgen. Kannst du vielleicht herkommen?«

»Möchtest du, dass ich mitgehe?«, fragte Blaise, als sie ihm das erzählte.

»Aber nein, auf keinen Fall«, erwiderte Isobel bekümmert. »Vielleicht ignoriere ich das einfach.«

»Das wäre eine Möglichkeit.«

Sie zögerte. »Wir haben vor Kurzem etwas Schreckliches erlebt, das ist das Problem. Wir sind alle furchtbar traurig, Mum ist traurig. Jemand, der uns sehr nahestand, ist gestorben, und gerade bei ihm hätte man das nie für möglich gehalten: Er war so voller Kraft. Eines Tages ist er einfach tot umgefallen, mitten in einem Gespräch in seinem Büro. Er war der beste Freund meines Vaters, der Vater meiner besten Freundin, der Mann der besten Freundin meiner Mutter.«

»Hört sich an wie so ein Rätsel«, sagte Blaise unbeholfen. »Du weißt schon: ›Wer ist der Enkel des Mannes der Mutter des Bruders meines Vaters‹ oder so ähnlich.«

Isobel wusste nicht, ob sie den gemeinsamen Abend vorzeitig abbrechen und zu ihrer Mutter gehen sollte; in ihrem geblümten Kleid, die bloßen Arme gegen den kühlen Luftzug aus dem offenen Fenster um sich geschlungen, überlegte sie hin und her; die Teller standen noch auf dem Tisch, mit den Resten von Thai-Nudeln verschmiert. Sie war keine gute Köchin. Das Essen, das Blaise zubereitet hatte und das sie dann nicht essen konnte, war viel eindrucksvoller gewesen. Diese Geschichte von dem Unglücksfall in ihrer Familie, dachte sie, musste wie der krönende Abschluss ihrer Hiobsbotschaften erscheinen.

»Eigentlich erinnerst du mich ein bisschen an ihn«, redete sie tapfer weiter. »Ich meine, im Grunde seid ihr ganz verschieden: Er war Jude und künstlerisch angehaucht und extrovertiert. Und viel älter, natürlich. Aber er war wohl ein vernünftiger und verlässlicher Mensch, und das bist du auch.«

Blaise hatte gar nichts dagegen, ein vernünftiger und verlässlicher Mensch zu sein. Er erkannte Isobels verantwortungsvolle Sorge um ihre Mutter und ebenso ihre ehrliche Enttäuschung, dass sie um das betrogen wurde, was sie wollte. Und zu seiner Überraschung war das er. Ihre Augen wirkten seltsam, als er sie mit unaufdringlicher Besorgnis betrachtete – die kurzen, dichten schwarzen Wimpern und der konzentrierte Blick, die straffe Falte um die Unterlider. Als ihm einfiel, dass ihr Vater Tscheche war, kamen ihm ihre etwas dicken Waden und Knöchel romantisch vor, genau wie der Flaum auf ihren Armen. Da begriff er zum ersten Mal, wie begehrenswert und einzigartig sie war, überhaupt nicht gewöhnlich. Er würde niemandem je erzählen, dass er Isobel anfangs für gewöhnlich gehalten hatte. Im Alltag tarnte sie sich als ein nettes Mädchen.

Lydia brachte Alex den Kaffee ans Bett wie eine Kammerzofe – sie, die es eher gewohnt war, die Prinzessin zu sein. Sie kniete sich in ihrem seidenen Nachthemd neben ihn auf das Bett und sah zu, wie er trank. »Ich habe dich immer geliebt, Alex«, sagte sie mit dem feierlichen Ernst, der von ihrem schalkhaften Ernst nicht zu unterscheiden war. »Das weißt du doch? Schon seit dem Moment, als ich dich im Französischkurs zum ersten Mal sah. Ich bin nie wankend geworden.«

»Das sind doch Märchengeschichten«, sagte er, nicht unfreundlich. »Daran glaubt niemand mehr. Du hättest im 19. Jahrhundert leben sollen, da gab es das noch: die große, die einzig wahre Liebe. Praktischerweise wurden die Leute damals nicht alt. Wenn das vor zwanzig Jahren passiert wäre, dann wärst du inzwischen ernüchtert, das kann ich dir versichern.«

Sie schüttelte den Kopf. »Ich werde nicht ernüchtert sein, niemals. Aber du darfst mich nicht missverstehen: Du glaubst nicht, wie nett ich zu Zachary war. Du hast immer gedacht, ich wäre nicht gut genug für ihn, aber das war ich. Und ich schwöre dir, er hatte nicht die leiseste Ahnung, was ich für dich empfand. Ich wusste, dass ich dem Schicksal dankbar sein konnte, dass er mich geheiratet hat. Ich habe ihn glücklich gemacht. Er hat mich gerettet, als ich wehen Herzens einsehen musste, dass ich dich nicht haben konnte.«

Alex staunte. »Du lässt auch nie locker. Du hast dir

eine romantische Geschichte ausgedacht und stur daran festgehalten. Es ist ein Willensakt.«

Lydia dachte darüber nach. »Aber lebt denn nicht jeder so?«

Als Alex zum ersten Mal in seine eigene Wohnung zurückkehrte, erkannte er, dass alles anders geworden war durch das, was er getan hatte. Er wollte Christine sagen, dass sich zwischen ihnen nichts ändern müsse, nur weil er mit Lydia geschlafen habe, aber er merkte selbst, dass das nicht stimmte. Selbst die Räume kamen ihm anders vor, als er darin herumwanderte. Christine hatte ihn schließlich doch hereingelassen, nachdem er zum dritten oder vierten Mal wiedergekommen war und versucht hatte, mit seinem Schlüssel die Wohnungstür aufzuschließen. Sie habe die Schlösser austauschen lassen, erklärte sie ihm. Beim Warten auf dem Treppenabsatz konnte Alex hören, wie sie sich auf der anderen Seite der Tür am Riegel und einem neuen Einsteckschloss zu schaffen machte wie eine betagte Rentnerin, die sich vor Besuchern fürchtet. »Das ist doch Wahnsinn«, sagte er und versuchte, so laut zu sprechen, dass sie ihn hören konnte, und zugleich einen ruhigen und umgänglichen Ton anzuschlagen. Er musste sich danach richten, was Christine wollte, sich auf eine noch unbestimmte Weise zum Werkzeug ihrer Bedürfnisse machen – es lag an ihr, das zu bestimmen.

Sie sah wie verwandelt aus, als sie endlich die Tür öffnete: Fast wirkte sie wie ein fremder Mensch auf ihn – gebeugt und dünn, mit hängenden Schultern. Vorsichtig, als hätte sie eine lange Krankheit hinter sich, ging sie voraus ins Wohnzimmer. »Du hättest die Schlösser nicht auszutauschen brauchen«, fuhr er sanft fort. »Ich hätte dir meine Schlüssel zurückgeben können.«

»Ich wollte nicht, dass du ohne mein Wissen hier ein und aus gehst.«

»Chris, was glaubst du denn, was ich angestellt hätte?«

»Etwas ist vorbei. Ich gewöhne mich allmählich an den Gedanken. Ich habe deine Sachen in Koffer gepackt, die CDs kannst du alle haben, oder doch die meisten. Mit den Büchern ist es komplizierter.«

»Du willst also, dass ich ausziehe?«

»Willst du das denn nicht? Willst du nicht bei ihr einziehen?«

»Ich weiß nicht. Was möchtest du denn?«

Christine vermied es lange, ihm in die Augen zu sehen. Ihr Gespräch drehte sich im Kreis. Sie habe in der Nacht so angstvoll auf ihn gewartet, sie habe sich solche Sorgen gemacht. Ob Lydia ihn während der Fahrt von Glasgow hierher angerufen und in die Garret's Lane eingeladen habe? Nein, natürlich nicht. Er sei wie üblich hingegangen, um nachzusehen, ob alles in Ordnung sei, und sei überhaupt nicht darauf gefasst gewesen, sie dort zu sehen. Und Lydia könne nicht darauf gefasst gewesen sein, ihn zu sehen. Sie sei sicher erschrocken gewesen, meinte Christine, als sie ihn hereinkommen gehört habe. »Und du hast sie beruhigt.«

»So in der Art«, sagte er.

Wie sie danach wieder dahin zurückkehren könnten, wie es früher war für sie drei? Er sagte, er wisse es nicht.

»Und als du dort ankamst, wo war sie genau – unten oder oben im Schlafzimmer? Was hat sie gesagt, als sie dich gesehen hat? Was hatte sie an? Hast du mit ihr geschlafen, weil sie so verführerisch aussah, oder war es eher so etwas wie Zuneigung zu einer alten Freundin?«

»Das kann ich dir nicht sagen.«

»Sag's mir doch«, drängte sie ihn hitzig. »Und ich werde dir auch etwas sagen. Es gibt so manches, was ich dir nie erzählt habe.«

Alex dürfe seine Beziehung zu Lydia nicht vor ihr bloßstellen: Nur so könne er dieser Beziehung treu bleiben, könne er versuchen, beiden gleichermaßen die Treue zu halten. Christine sagte, in dem Fall verbiete sie ihm, Lydia gegenüber auch nur ihren Namen in den Mund zu nehmen. »Du sprichst mit ihr nicht über mich. Du erzählst ihr nicht, wie es mir geht. Und kein Wort darüber, was ich gesagt oder getan habe.«

Und er akzeptierte das, als wäre es vollkommen verständlich, und versuchte, sein Versprechen zu halten. Für Lydia war es wie ein Schlag ins Gesicht, als er ihr erklärte, warum er ihr nicht sagen dürfe, wie Christine das alles aufnahm. In den furchtbaren Tagen, die dann folgten, beschlich ihn bisweilen das seltsame Gefühl, seine wesentliche Funktion sei die eines Stromkabels, das die beiden einander aufs Äußerste entfremdeten Frauen miteinander verband. Er ging zu Christine, sooft er es ertragen konnte, sooft sie es erlauben wollte – wobei er sich einredete, sie dürfe sich nicht verlassen fühlen. Einmal war Isobel da, als er in die Wohnung kam, aber sie wollte nicht mit ihm reden, ihn nicht ansehen und nicht bleiben, solange er da war. Ihr Gesicht war vom Weinen rot und verschmiert; sie nahm ihre Mutter überschwänglich in die Arme, warf sich den Mantel über und ging türenknallend hinaus. Er hatte alle Hoffnungen seiner Tochter, ihren Glauben an ihn Lügen gestraft. Isobels Abgang ließ Christine befriedigt und tränenlos zurück. »Die Generation unserer Kinder«, sagte sie, »ist puritanischer gesinnt als wir. Isobel kann kein Verständnis dafür aufbringen.«

Als Alex sich in der Küche Kaffee kochte, fiel ihm auf, dass Christine schon einiges umorganisiert hatte – die Teelöffel steckten in einem getöpferten Krug, die Cafetière stand neben dem Herd. Zuerst wollte sie keinen Kaffee, dann überlegte sie es sich anders; ihre Hände zitterten, als sie die Tasse entgegennahm. Er hätte sich gern eingeredet, das sei alles viel Lärm um nichts, und wusste doch, dass das nicht nichts war, diese Veränderung war absolut. Nein, sagte er, er sei nicht in die Garret's Lane gezogen, treffe sich aber weiterhin mit Lydia. Lisa, die Klassenlehrerin der Fünften, habe in ihrer Wohnung in Gospel Oak ein Zimmer frei, dort schlafe er einstweilen. Nein, er schlafe nicht mit Lisa. Christine weinte und sagte, sie habe alle verloren. »Erst Zachary, und jetzt euch beide.«

»Es tut mir leid. Es tut mir unendlich leid.«

»Aber wünschst du, es wäre nicht geschehen?«

Er ließ sein Herz sprechen und sagte ihr die Wahrheit. Seltsamerweise kamen sie sich in solchen Momenten so nahe wie nie. Sie trösteten sich gegenseitig. Als er Christine an sich drückte, war er wieder in der lebenslangen Vertrautheit des Geruchs ihrer Haut und ihres Haars, ihrer Wärme, ihrer ganzen Persönlichkeit – ihrer Rechtschaffenheit und Unbeholfenheit, ihrer Aufrichtigkeit und ihrer zurückhaltenden, kratzbürstigen Wesensart. Er zog dann für einige Tage zu ihr zurück, schlief im Gästezimmer, aber das machte alles noch schlimmer. In dieser Zeit gab es die heftigsten Streitereien, fielen die bösesten Worte. Er war von Schuldgefühlen zermürbt. Christine verlangte wieder zu wissen, was Alex wollte, und er sagte, er wisse es nicht, er wisse nicht, was noch möglich sei.

Isobel traf sich mit Sandy in einem düsteren, höhlenartigen Pub, wo ihn, wie er dachte, niemand erkennen würde; er kam mit einer dunklen Sonnenbrille und hochgeschlagenem Mantelkragen. Sie tranken stundenlang Schnäpse miteinander und ließen ihrer Empörung über ihren Vater und Lydia freien Lauf, bis Isobel in Tränen ausbrach. Ihr Leben lang habe sie sich um verständnisvolles Einfühlen bemüht – aber dass sie dafür Verständnis aufbringe, das könne man doch, alles, was recht sei, nun wirklich nicht von ihr verlangen. »Als kleines Kind habe ich mal geträumt«, sagte sie, »dass Dad Lydia unter ihrem Kleid anfasst. Und deshalb habe ich Lydia nie gemocht – obwohl ich mir gesagt habe, das sei nicht fair, jemanden nicht zu mögen, weil man selbst etwas geträumt hat.«

Sandy wollte nicht über das Liebesleben seines Vaters nachdenken, verbreitete sich aber über seine Charakterfehler, seine Arroganz. Er nannte Alex einen Heuchler, egoistisch bis dorthinaus. Sandys übliche wachsame, schwankende Aufmerksamkeit verwandelte sich in angespannte Aggressivität; aber dann zierte er sich und wollte nicht verraten, wie Juliet reagiert hatte, als sie von der Geschichte erfuhr. Unterdessen starrte die Barfrau zu ihm herüber und sprach mit gedämpfter Stimme, aber aufgeregt in ihr Telefon.

Grace nahm es leichter als alle anderen in den beiden

Familien. Als sie am Ende des Abends, aus Solidarität und ziemlich betrunken, in Glasgow anriefen, meinte sie, das lasse sie ziemlich kalt. »Ehrlich gesagt, wenn es ihnen so besser geht, dann viel Glück. So ist das Leben, nicht wahr? Ich meine, immerhin leben sie noch. Es tut mir nur leid, wenn Christine jetzt unglücklich ist.«

»Aber Zachary wäre es sicher nicht egal gewesen. Verunglimpft es nicht sein Andenken?«

Grace seufzte. »Iz, ist das dein Ernst? Was soll das heißen?«

Am nächsten Morgen war Isobel übel von dem vielen Alkohol. »Ich kann dir gar nicht sagen, was mit meinen Eltern los ist«, sagte sie zu Blaise. Diesmal hatten sie sich, um ganz sicher zu gehen, sogar die Koordinaten von einem Caffè Nero am Haymarket geschickt. »Du wirst mir nie glauben, dass mein Leben bis jetzt völlig unkompliziert war. Fast schon zu unkompliziert. Ich wünschte, du hättest mich früher gekannt, damit du mir abnimmst, wie langweilig ich einmal war.«

Blaise lächelte nur liebevoll; er hatte ihr als Geschenk eine ledergebundene viktorianische Lyrikanthologie mitgebracht – die sie natürlich wenig später in der U-Bahn liegen ließ. Sie fragte, ob ihm denn noch nie etwas Schlimmes passiert sei. »Letztes Jahr habe ich in Pakistan in einem Hubschrauber gesessen«, antwortete er bereitwillig. »Und ein Windstoß hat mir den Gehörschutz weggepustet. Ich habe mich nicht getraut, etwas zu sagen, du weißt schon, ein Zivilbeamter unter den ganzen Typen vom Militär. Aber hinterher konnte ich monatelang nicht richtig hören.«

Isobel lachte und fasste über den Tisch hinweg seine

Hand. Sie hatten immer noch keine Gelegenheit gefunden, miteinander zu schlafen oder mehr als freundschaftliche Begrüßungsküsse zu tauschen, wie alte Kameraden – Isobel fürchtete schon, sie würden den richtigen Moment nie erwischen. Sie war an dem Abend mit den Thai-Nudeln, als ihre Mutter sie angerufen hatte, schließlich allein hingegangen und hatte ihre Mutter in der Küche auf den Knien angetroffen, weinend und den Boden schrubbend. Anscheinend hatte Christine den ganzen Tag lang mit keiner Menschenseele gesprochen, hatte das Haus von oben bis unten geputzt und Alex' sämtliche Sachen aus Schubladen und Schränken herausgezerrt. Isobel konnte sie überreden, sich auszuziehen und ein heißes Bad zu nehmen, und dann ließ sie der Anblick der bleichen Höcker an der gebeugten Wirbelsäule ihrer Mutter im Badezimmerdampf nicht mehr los; Christine hielt ihre Knie umklammert, während sie Isobel erzählte, was geschehen war, in ihrer Nacktheit verletzlich wie ein kleines Kind oder eine alte Frau.

Eines Nachmittags war Christine mit Isobel bei ihrer Mutter zu Besuch. Die Fenster zum Garten waren weit aufgeschoben, ein schräges, staubiges Licht ließ Barbaras Antiquitäten honigfarben glänzen, verblichene geschmackvolle Vorhänge schleiften im Luftzug über den Boden.

Christine konnte nicht anders, sie musste immer wieder auf die Situation mit Alex zurückkommen; ihre Mutter und ihre Tochter hörten sich das geduldig an, spürten, unter welchem Druck sie stand, sprachen alles wieder und wieder mit ihr durch. Sie überlegten, ob Alex es schon Margita erzählt habe. »Sie hält ihren Sohn natürlich für einen ganz wundervollen Menschen«, meinte Barbara.

»Sie macht sich keine Illusionen, sie ist überzeugt, dass alle Männer so sind«, sagte Christine. »Nach Tomas.«

Isobel hielt sich die Ohren zu. »Kommt mir nicht noch mit dem!«

»Weißt du wirklich nicht über Tomas Bescheid?«

»Doch, weiß ich. Ich will es nur nicht schon wieder hören, nicht jetzt.«

In Isobels Vorstellung waren die unlesbaren, düsteren Bücher ihres vor ihrer Geburt verstorbenen Großvaters von derselben unappetitlichen Beschaffenheit wie seine Seitensprünge: Klumpen von mitteleuropäischem Knorpel, die man schlucken sollte, aber nicht konnte. Aus den Erzählungen ihres Vaters wusste sie, dass Tomas auch Bilderbuchfiguren aus Papier ausgeschnitten und mit den Händen Schattenbilder von Tiergestalten an die Wand geworfen hatte, aber diese Fertigkeiten erschienen ihr unglaubwürdig, folkloristisch.

Alex rief Christine auf dem Handy an und fragte, ob er zu ihr kommen könne.

»Isobel ist auch hier«, antwortete Christine vorsichtig.

»Hat sie etwas dagegen, dass ich komme?«

Isobel zuckte die Schultern, als Christine die Frage weitergab. »Ich kann ihn nicht daran hindern. Aber sag ihm, dass ich ihm niemals verzeihen werde.«

»Der arme Alex, er leidet darunter, dass du eine so schlechte Meinung von ihm hast«, sagte Christine, nachdem er das Gespräch beendet hatte. »Aber natürlich wirst du ihm irgendwann verzeihen. Eigentlich gibt es auch gar nichts zu verzeihen. Dein Vater gehört mir nicht, er war nie mein Privateigentum.«

»Wie konnte er alles aufgeben, was er hatte, Mum? Das ist doch grotesk, in seinem Alter.«

»Lydia kann ich allerdings nicht verzeihen«, sagte Barbara. »Wenn ich daran denke, wie raffiniert sie vorgegangen ist, um sich Alex zu angeln. Sie war immer hinter ihm her, sie war immer eifersüchtig auf Christine.«

»Mum, sei nicht albern«, sagte Christine. »So etwas hast du nie gedacht. Du hast Lydia immer gern gehabt.«

»Aber ich habe ihr nie getraut. Du bist zu vertrauensselig.«

»Sie war einsam ohne Zachary. Allein kommt sie überhaupt nicht zurecht.«

Isobel wollte wissen, was Lydia eigentlich den ganzen Tag mache. »Tja, ich glaube, sie lebt jetzt für Alex«, vermutete Christine scheinheilig.

Die drei Frauen sahen sich an: Für einen Moment war es lustig.

»Ich hatte nicht gedacht, dass es das heute noch gibt«, sagte Barbara beinahe wehmütig. »Sind Männer nicht komisch?«

Isobel meinte versöhnlich, sie könne sich gar nicht vorstellen, wie sehr Lydia jetzt von ihrem Gewissen geplagt werde. Christine konnte sich das vorstellen. Sie kannte Lydia besser, als Alex das je würde oder könnte, dachte sie; Lydia würde immer um ihn herumscharwenzeln.

»Sie redet sich ein, es sei Schicksal, es habe so kommen müssen. Und außerdem sei Leidenschaft immer selbstsüchtig und kenne keine Moral; gegen Leidenschaft könne man sich nicht wehren, man könne sich ihr nur ergeben. Lydia hält sich für abgrundtief selbstsüchtig, aber sie gefällt sich darin.«

»Und lässt sich damit selbst vom Haken, meinst du.«

»Sie windet sich am Haken, versucht aber nicht freizukommen.«

Christine wirkte ganz ruhig, doch Isobel hatte am Morgen viele Blätter mit der Handschrift ihrer Mutter gefunden, in einen Papierkorb gestopft, linierte Kanzleibogen, mit schwarzer Tinte in ihrer steilen Schrägschrift vollgekritzelt, derselbe Brief, immer wieder neu begonnen. *Lieber Alex, ich fühle mich so … Lieber Alex, ich komme nicht darüber hinweg … Ich bin am Boden zerstört. Alex, ich weiß, ich war nicht immer … Ich bin so wütend … Lieber Alex, wie konntest du nur, was hast du dir gedacht …* Einzelne Wörter waren in das Blatt eingekerbt und fünf, sechs Mal unterstrichen. *Liebe Lydia, ich fühle mich so, ich kann gar nicht … obwohl: Warum musstest du …* Isobel hatte nicht verhindern können, dass sie las, was ohnehin zu sehen war, aber sie zog die Briefe nicht aus dem Papierkorb heraus, sie machten ihr Angst. Sie kannte die Handschrift ihrer Mutter eher von Einkaufszetteln und Geburtstagskarten oder von knappen, lustigen Sätzen auf Urlaubskarten aus dem Ausland. Es war qualvoll, dieses Gefühlschaos bloßgelegt zu sehen, geschwätzig und banal wie die Bekenntnisse eines Teenagers: als fiele ein erwachsener Mensch auf der Straße um und seine gesammelte Selbstbeherrschung hätte sich in Schwere verwandelt.

Als Alex den Raum betrat, in dem die Frauen warteten, war ihm sichtlich bewusst, wie sehr sie ihn verurteilten; er hielt diesem Druck unbehaglich stand. Barbara saß mit kläglichem Lächeln auf dem Sofa, übte sich aus alter Gewohnheit als Gastgeberin; Isobel wandte ihm den Rücken zu und sah aus dem Fenster. Sein größter Wunsch ist, dass Isobel ihn anschaut, dachte Christine. »Ach Alex«, sagte Barbara, während sie ihm die pergamenthäutige Wange zum Kuss darbot. »Was hast du nur angerichtet?«

Er ergriff beide Hände seiner Schwiegermutter, küsste sie ebenfalls und ließ sich dann seufzend in den Sessel ihr gegenüber fallen: als hätte er eigentlich nur auf das übliche leicht gereizte, wachsame Schwätzchen hereingeschaut. Im ersten Moment erkannte Christine seine Kleidung nicht wieder und hatte den verrückten Gedanken, dass Lydia ihm bereits Sachen kaufte. Dann wurde ihr klar, dass nicht seine Sachen anders waren: Er stellte vor ihnen seine Befriedigung zur Schau, sein Elan und seine Eleganz kamen vom Sex. Wie ekelhaft! Alles, was bei ihm schlaff und welk zu werden begann, war jetzt straffer und glatter geworden; Christine dagegen hatte sich seit Tagen nicht die Haare gewaschen, sie hingen strähnig herunter, und sie hatte sich irgendeinen alten Fetzen übergezogen. Barbara ermahnte sie ständig, so werde sie das Interesse ihres Mannes nie wiedererlangen. Worauf Christine erwiderte, das wolle sie auch gar nicht. Aber jetzt fühlte sie sich übergangen, weil er nicht auf sie zukam und sie nicht berührte. »Das ist ja eine schöne Bescherung, Alex«, sagte Barbara streng. »Was hast du jetzt vor?«

Er breitete hilflos die Hände aus.

Offenbar war er noch nicht bei Lydia eingezogen und zahlte inzwischen Miete für sein Zimmer in Gospel Oak.

Für Barbara schien das ein gutes Zeichen zu sein. Nur nichts überstürzen, mahnte sie besorgt. Es könne nichts schaden, wenn Alex eine Bleibe gefunden habe, für die Zwischenzeit. »Welche Zwischenzeit?«, wollte Christine wissen.

»Bis ihr euch alle von diesem Vorkommnis erholt habt«, sagte Barbara munter. »Er wird eure Ehe nicht aus einer bloßen Laune heraus aufgeben.«

Christine erwiderte, die Leute gäben ständig Ehen auf, aus einer Laune heraus. »Ich finde nicht, dass das ein gutes Zeichen ist. Ich glaube, er ist nur deshalb noch nicht bei Lydia eingezogen, weil er immer noch hofft, er kann uns beide haben. Er legt sich nicht fest. Hofft, dass er sein altes Leben und sein neues haben kann, beides auf einmal.«

»Da ist aber noch Lydia«, sagte Alex. »Was geschehen ist, lässt sich nicht ungeschehen machen.«

Barbara versuchte vermittelnd einzugreifen. »Er hat sie getröstet. Sie sind beide unglücklich, sie wussten nicht recht, was sie taten.«

»Soso, getröstet!«, spottete Christine.

Aber das Wort ließ sie nicht mehr los: Vielleicht hatte Lydia das wirklich getan. Sie hatte Alex über alles hinweggetröstet, und Christine hatte das nicht geschafft.

Es war eine Erleichterung, als die Schule wieder anfing und Alex sich täglich für ein paar Stunden in seinen Auftritt als Mister Klimec flüchten konnte: geduldig und allwissend, mit seinem trockenen Humor gepanzert, unbestreitbar männlich und doch geschlechtslos und harmlos. Was auch geschah, er durfte die ihm anvertrauten Kinder nicht enttäuschen. Lydia wollte ihm das Geld für die Miete in Gospel Oak geben, aber das ließ er nicht zu. Er konnte sich das Zimmer gerade so leisten, während er weiterhin den Kredit für die Wohnung abzahlte und noch genug für Christine übrig ließ. Er sparte am Essen.

Er war überrascht, wie wohl er sich in seinem möblierten Zimmer fühlte. Außer einem Bett, einem Tisch und einem Stuhl stand nicht viel darin, und es ging auf einen Garten hinter dem Haus hinaus, in dem die Sträucher sich zu Bäumen ausgewachsen und die Hausbewohner allerlei Kuriositäten abgeladen hatten – einen kaputten Bootsanhänger, ein Trampolin mit verrosteten Federn. In der Dämmerung schlichen Füchse herum, ließen dreist das Hinterteil schleifen und inspizierten ihr Terrain. Alex überlegte gründlich, welche Bücher er von zu Hause mitnahm, immer nur wenige auf einmal, und es gefiel ihm, wenn er im Mondschein aufwachte – er zog nie die Vorhänge gegen die Dunkelheit zu – und sie greifbar, bleich und verheißungsvoll auf seinem Tisch liegen sah. Er las jetzt viel über Anthropologie und dachte, eigentlich hätte das sein Fachgebiet sein sollen, mit seinem Denken in langen Zeiträumen, seinem Zweifel an menschlichen Universalien, seinem Paradigma der kulturellen Differenz.

Am Tisch vor dem Fenster korrigierte er Schülerarbeiten und bereitete seinen Unterricht vor, dann ging er unter den lang gezogenen spätsommerlichen Schatten auf dem Parliament Hill spazieren. Das dunkel gewordene Laub der Bäume hing matt herab, und das Gras war festgetreten, an anderen Stellen sumpfig und gelb; die Luft war abgestanden und blau, ihre Leere schlaff von all den

Stadtmenschen, die hier durchgezogen waren. Wenn er stehen blieb, um die obligatorische pastellfarbene Aussicht auf die Stadt zu bewundern, die aus der sicheren Entfernung zwergenhaft und ungefährlich wirkte, überfiel ihn der Gedanke, wie nahe er sich seiner verlorenen Kindheit und Jugend fühlte – er hatte den durchdringenden Geruch der Erwartung, dieses Höherschlagen des Herzens in ängstlicher Erregung vergessen; jetzt sah er sich um und erblickte einzelne andere, die im späten Licht unter den ausladenden Bäumen ihre Hunde ausführten. Dann fuhr er mitunter noch in die Garret's Lane, manchmal erst um Mitternacht. Lydia kam nie zu ihm nach Gospel Oak, er hatte ihr seine neue Adresse nicht gegeben, und sie fragte nie, wo er war und womit er seine Zeit verbrachte. Bilder von ihrer intimen Zweisamkeit erfüllten seine Gedanken, doch einstweilen wollte er diese Distanz zwischen ihnen aufrechterhalten. Es grauste ihn davor, Zacharys Platz einzunehmen, jeden Morgen in der Garret's Lane loszuziehen, um für Lydia die Zeitung zu holen oder Milch für ihren Kaffee.

Unverhofft erschien Margita, um Christine zu bemitleiden. Sie stieg auf ihren Kitten Heels schwankend aus einem Taxi, die Wodkaflasche diskret in einer Plastiktüte verstaut; das Taxi fuhr ruckartig an, sobald sie die Tür geschlossen hatte – sie gab nie Trinkgeld. Atemlos vom Treppensteigen, rutschte sie starr aufgerichtet auf der Sofakante herum, keuchend und eine Hand auf das Herz gelegt. Mit ihrem maskenhaften Make-up und der steifen Frisur sah Margita immer verwundert aus, wie eine alte Puppe, die zu oft achtlos in den Spielzeugkorb geworfen wurde – dabei konnte sie in Wirklichkeit nichts überraschen. Während sie ihre Handtasche aufklappte und nach den Zigaretten kramte, fand sie ihre Stimme wieder. »Diese Frauen sind nicht wie wir, Chris. Wir haben unseren eigenen Kopf. Wir haben Bildung, Bücher, Ideen! Manche Frauen haben immer nur Männer im Sinn, hecken Pläne aus, um sich an sie heranzumachen.«

Christine hatte Margita nie etwas anderes lesen sehen als den *Evening Standard.* »Lydia hat eine vorzügliche Bildung genossen«, wandte sie fairerweise ein.

Margita beugte einen um die Ringe herum geschwollenen Finger bedeutungsvoll an ihre Stirn. »Kein Interesse an dem Unterschied zwischen Sein und Schein, zu sehr damit beschäftigt, ob sie hübsch aussieht.«

»Ich frage mich allerdings, ob ich nicht mehr für mein Aussehen tun sollte.«

»Aber wieso, Chris? Wenn du doch einen hellen Kopf hast!«

»Wir dürfen nicht vergessen, dass sie einen geliebten Menschen verloren hat. Vielleicht weiß sie nicht, was sie tut.«

Eine dicke Schicht von orangefarbenem Lippenstift auf ihre Zigarette drückend, ließ Margita das Feuerzeug aufschnappen und stieß durch den Rauch mit Entschiedenheit hervor: »Oh, das weiß sie.«

Hannah wollte ihre Kündigung einreichen, und Lydia bat sie zu bleiben, entschuldigte sich, dass sie sich nicht eher um die Zukunft der Galerie gekümmert hatte, und bot ihr einen Dreijahresvertrag an und freie Hand in ihrer Funktion als künstlerische Leiterin. Die Galerie müsse selbstverständlich weitergeführt werden, wenn es irgendwie möglich sei! »Ach, das lässt sich machen, solange die notwendige Kontinuität gewahrt bleibt, das denken wir alle«, sagte Hannah vorsichtig. Die Galerie müsse weitergeführt werden, bekräftigte Lydia. Zachary zuliebe. Sie wolle gern auf dem Laufenden gehalten werden und irgendwann eine Rolle in der Verwaltung übernehmen, mehr nicht – und zumindest vorläufig würde sie in ihrem Haus nebenan wohnen bleiben. Hannah, die womöglich wusste, was da mit Alex lief, sagte, sie werde sich das vierundzwanzig Stunden überlegen, und rief dann nach zwei Stunden zurück: Sie stand Christine sowieso nicht sehr nahe, hatte Alex immer lieber gemocht. Wenn Lydia das mit der freien Hand wirklich ernst meine, würde sie das Angebot gerne annehmen. »Dann wäre das also geklärt«, sagte Lydia.

Alex vermittelte sie das so, als hätte sie ihm damit eine Freude machen wollen. Und er freute sich tatsächlich, er war erleichtert, dass die Galerie weitergeführt wurde; allerdings erwies es sich als kompliziert, den neuen Strukturen eine juristische Form zu geben und sie vom Kuratorium absegnen zu lassen. Als zweiter Testamentsvollstrecker musste Max bei jedem Schritt mit einbezogen werden, und er machte Schwierigkeiten, obwohl er – notorisch blind gegen die Krisen anderer Leute – sicherlich noch nichts von Alex und Lydia wusste. An den Wochenenden saß Alex an Zacharys Schreibtisch im Zwischengeschoss und versuchte herauszufinden, was Lydia von der Buchhaltung und ihren Anwälten brauchte, füllte die Formulare für die Testamentsvollstreckung aus, verschickte E-Mails in ihrem

Namen. In ihrer Ehe hatte immer Zachary alles Praktische erledigt.

Eins immerhin hatten Alex und Lydia gemeinsam – die Trauer um Zachary; in einem buchstäblichen, körperlichen Sinn linderte es ihre Trauer, wenn sie sich liebten. Lydia gab sich, gab ihren Körper großzügig hin – Alex nahm gierig von ihr Besitz, überwältigt von der Entspannung und Erleichterung der Wonnen, die sie im Dunkeln suchten. Zwar hatte es in den Jahren seiner Ehe mit Christine ein, zwei andere Frauen gegeben, aber das Oberflächliche und Verlogene dieser Affären hatte ihn abgeschreckt. Zu seiner Beruhigung sah Lydia Sex nicht als Sport oder Wettkampf an. Gewisse Offenbarungen ihres Charakters – Wesenszüge, die sie zurückgehalten hatte wie Kerzen, die man für die Beleuchtung eines Kellers oder einer Höhle aufspart – wurden, so dachte er, erst durch diese sexuelle Verbindung mit ihr möglich. Er erkannte allmählich, dass ihre Intelligenz nicht umfassend, sondern konzentriert war, dass Lydia erstaunlich illusionslos war und dass sie hartnäckig an ein, zwei Ideen aus ihrer frühen Jugend festhielt. Sie war aufrichtig zu ihm, erging sich aber nie in Selbstzweifel oder suchte seine Bestätigung und ließ ihm auch seine Geheimnisse.

Er hatte sich immer gewundert, dass sie keinerlei Ambitionen auf ein öffentliches Leben hatte. Ihre Untätigkeit, die er ihr einst zum Vorwurf gemacht hatte, erschien ihm jetzt tiefgründig – wie eine Form von Extremismus oder ein großes Wagnis. Er dachte an die Mätressen der Bankiers und Politiker von früher, hinter Blumengärten in den Villen von St John's Wood versteckt, den ganzen Tag allein mit ihren Spiegeln und ihren Gedanken.

Doch war die tumbe Knechtschaft ihrer Männer, die im Hamsterrad ihrer täglichen Arbeit und ihres Erfolgs, ihrer öffentlichen Banalität feststeckten, nicht noch degradierter? Genau genommen lief Lydia im materiellen Sinn natürlich nicht Gefahr, eine ausgehaltene Frau zu werden; eher musste Alex selbst aufpassen, dass er kein ausgehaltener Mann wurde. Doch als sein Auto kaputtging, fand er es nur vernünftig, Zacharys alten pflaumenfarbenen Jaguar zu nehmen.

Die Theater- und Konzertkarten an der Pinnwand waren schon vor Monaten paarweise gekauft worden, als sich das Eheleben noch friedlich und ungetrübt vor Christine und Alex auszubreiten schien. Christine hielt verbissen daran fest, all diese Tickets in Anspruch zu nehmen. Wenn Isobel nicht mitkommen konnte und auch sonst niemand aus ihrem Freundeskreis, ging sie allein. Bekam sie nicht ständig zu hören, sie solle nicht zu Hause hocken, solle sich ein eigenes Leben aufbauen? Manchmal fragte sie ihre Freundinnen gar nicht erst. Diese einsamen Ausflüge mochten den Eindruck erwecken, als müsste sie sich verbittert etwas beweisen, doch in Wirklichkeit tat sie sich schwer, die langen Stunden des Tages und – schlimmer noch – des Abends herumzubringen. Die Nächte waren kein Problem; sie schlief tief und fest, ohne zu träumen. Alex hatte immer so ruhelos neben ihr gelegen, hatte ständig gezuckt und sich herumgeworfen.

Das Orchestra of the Age of Enlightenment spielte Lully, Rameau und Händel im Barbican Centre. In ihrem früheren Leben wäre Christine zehn Minuten vor dem Aufbruch nach oben gerannt und hätte eine andere

Bluse angezogen; jetzt nahm sie sich Zeit zum Waschen und Umziehen, als sollte sie nicht nur zuschauen, sondern sich selbst auf der Bühne zeigen – sie bürstete sich vor dem Spiegel in aller Ruhe die Haare und flocht sie zu einem auf die Schulter hängenden Zopf. Ihre Haare wurden zu lang, weil sie sich nicht zum Friseur traute, der fragen würde, wie es Alex ging. Sie wollte sich nicht verführerisch herausputzen, ihre Kleidung diente ihr nur als Schutz, wie das Ordenskleid einer Nonne – ein Rock aus schwarzem Crêpe und eine cremefarbene Seidenbluse, dazu ein schwarzes Jäckchen, das sie unter Lydias Sachen gefunden hatte. Die Säcke mit allem, was Lydia gehörte, standen immer noch bei ihr herum. Wenn Alex sich ankündigte, stellte Christine sich jedes Mal vor, wie sie ihm diese Säcke aufdrängen würde, wie sie ihn demütigen würde, indem sie ihn mit Frauenkleidern bepackte; wenn er dann tatsächlich da war, ließ sie es lieber bleiben. Manchmal hätte sie die Kleider am liebsten gewaltsam zerstört, dann wieder bildete sie sich ein, sie könne Lydia mehr verletzen, wenn sie deren Sachen anzog und zur Schau stellte. Sie hatte sich ein paar Prachtstücke herausgesucht: eine bronzefarbene Seidenbluse mit einem violetten Blumenmuster, ein grünes Samtkleid. Einmal hatte sie sogar ihre Nähmaschine hervorgeholt und einen Rock für sich geändert. Die Röcke und Kleider waren ihr meistens zu kurz; die Schuhe passten, aber auf hohen Absätzen konnte sie nicht laufen.

Sobald sie auf ihrem Weg zum Konzert in der U-Bahn und später dann im Barbican war, fühlte sie sich nicht mehr so exponiert – sie fürchtete nur noch, Bekannte zu treffen, die sich nach Alex erkundigen würden. Als sie im Spiegelglas hinter der Bar ihr eigenes Bild erblickte, fand sie, sie sehe gealtert und unscheinbar aus, aber auch so, als hätte sie alles im Griff, und das musste genügen; vielleicht machte ihr Leid sie sogar interessant. Weil sie früh dran war, holte sie sich ein Glas Wein und studierte das Programm, ehe sie in den Saal ging und ihren Platz suchte. Im Grunde war sie immer lieber allein ins Kino, in Konzerte und Ausstellungen gegangen, denn dann musste sie sich keine Sorgen machen, dass es ihren Begleitern nicht gefallen könnte – oder dass ihnen etwas gefiel, was sie unmöglich fand, sodass sie sich zu höflicher Heuchelei gezwungen sah, weil sie nicht rechthaberisch erscheinen wollte. Selbst der sonst so kluge und kritische Alex hatte in Kunstgalerien weniger Urteilsvermögen bewiesen als sie, hatte sich für das Falsche begeistert oder das Echte und Originelle übersehen.

Sie hatte bereits eine Vorstellung von dem Lully – steife, künstliche Gestalten, die nach einem starren Muster in Versailles umherstreiften und alles Fließende ihrer unterdrückten Leidenschaft in die konventionellen äußeren Formen ihrer Musik gossen. Im letzten Moment, als das Orchester schon auf die Bühne kam, machte sich noch eine Nachzüglerin störend bemerkbar, sie drängte sich durch die Reihe, sodass sich alle belästigt fühlten, ihre Mäntel und Taschen zusammenraffen und aufstehen mussten, um sie vorbeizulassen. Christine war empört, als diese Person sich auf Alex' leeren Platz setzte. Dann, als sie sich umschaute, blieb ihr fast das Herz stehen, denn die Nachzüglerin war Lydia. Christine hatte wohl unwillkürlich einen knurrenden oder abweisenden Laut ausgestoßen, da sich ein, zwei Leute stirnrunzelnd nach ihnen umdrehten. Verlegen und schuldbewusst zog Lydia mit einer einzigen Bewegung ein hauchzartes Tuch von ihren Schultern und stellte ihre Tasche in der Dunkelheit zu ihren Füßen ab, als wäre der Platz von vornherein für sie reserviert gewesen, als wären sie alte Freundinnen, die sich hier treffen und gemeinsam das Konzert genießen wollten. Sie beugte sich vor und flüsterte Christine ins Ohr: »Bitte, lass mich hier sitzen. Ich werde dich nicht weiter stören.«

»Was machst du hier? Was ist passiert?«

Lydia schüttelte den Kopf. Nichts war passiert. Für Erklärungen blieb keine Zeit: Der Gastdirigent, der Star des Abends, betrat die Bühne. Wäre Lydia drei Minuten früher gekommen, wäre Christine aufgestanden und gegangen, aber sie war zu brav und wohlerzogen, um jetzt, da die Musik einsetzte, noch viel Aufhebens zu machen. Sie saßen in parodistischer Nachahmung konzentrierter Aufmerksamkeit nebeneinander, den Blick starr auf die Bühne gerichtet, und hörten nichts: Die ersten Töne des Orchesters hätten ebenso gut auf einem anderen Planeten erklingen können. Christine kochte vor Zorn über diesen üblen Streich, der ihr das ganze Konzert verdorben hatte; sie konnte hier keinen Moment länger sitzen bleiben – und obendrein war da noch dieses verräterische schwarze Jäckchen. Am liebsten hätte sie es sich vom Leib gerissen. Woher wusste Lydia von dem Konzert und wie hatte sie den richtigen freien Platz gefunden? Natürlich, Alex hatte die Tickets wahrscheinlich im Internet bestellt, und die Kaufbestätigung war in seiner Mailbox. Das sah Lydia ähnlich, dass sie sein Passwort herausbekam und in seinen Mails herumstöberte.

Da Christine jedes Bemühen darum aufgegeben hatte, war sie überrascht, als sie die Musik dann hörte, ohne darüber nachzudenken. In dem Raum, den die Musik auftat – als setzte sie sich trotz ihrer Zartheit gegen das melodramatische Krachen zuschlagender Türen zur Wehr –, fand Christine ihr inneres Gleichgewicht wieder, und eine große Ruhe überkam sie. Wer würde sich in dreihundert Jahren noch für ihre Leidenschaften interessieren? Schließlich war nichts normaler, als hier neben Lydia zu sitzen, die sie schon kannte, seit sie bei einer Gedenkfeier für die Schulgründerin nebeneinander gesessen hatten. Sie schauten sich nicht an, doch während sie in unmittelbarer Nähe zueinander verharrten und die Zeit verging, gewöhnten sie sich wieder aneinander. Aus dem Augenwinkel nahm Christine im Halbdunkel Lydias Knie in einer schwarzen Strumpfhose und den flauschigen Ärmel einer Strickjacke wahr, die sie abgeschüttelt hatte, weil ihr offenbar heiß war. Also war sie noch immer sterblich und nicht verklärt vor lauter Glück.

Als die Pause kam, stand Christine sofort mit allen anderen auf und wollte nach Hause gehen. Lydia packte sie am Arm und zog sie auf ihren Platz zurück; zu beiden Seiten schoben sich die Leute aus dem Saal, um an der Bar etwas zu trinken. »Chris, warte, nur einen Moment. Dann gehe ich, du kannst doch bleiben.«

Eine falsche, gummiartige Beherrschung schien sich über Christines Gesicht zu spannen. »Und, wie gefällt dir das Konzert?«

»Alex weiß nicht, dass ich hier bin. Es ist allein meine Idee. Er hätte das auf keinen Fall gewollt, das ist klar.«

»Sie spielen sehr schön, nicht wahr?«

Lydia sah sie unglücklich an. »Ich konnte es einfach nicht ertragen, nicht mit dir gesprochen zu haben. Es kam mir so feige vor. Ich wollte ausnahmsweise mal kein Feigling sein.«

»Aber ich spreche nicht mit dir.«

»Ich wollte dir nur ein paar Sachen sagen, damit du Bescheid weißt. Zum Beispiel, dass ich meistens nicht weiß, wo Alex ist. Ich verbringe viel Zeit mit Warten auf ihn, immer in der Angst, dass er nicht wiederkommt. Falls dir das eine Genugtuung ist. Wir sind kein richtiges Paar, so ist das nicht.«

»Du wirst dich sicher daran gewöhnen.«

»Das Jäckchen steht dir übrigens gut. Ich freue mich, dass du es trägst. Und die längeren Haare gefallen mir auch, das sieht weicher aus.«

Christine schaute an sich herunter und tat überrascht.

»Ach, das gehört dir?«

»Ich habe dir Alex nicht weggenommen, Chris. Menschen lassen doch nicht über sich verfügen, man kann sie nicht nehmen und wieder zurückgeben wie ein Buch aus der Bibliothek, wenn die Leihfrist abgelaufen ist. Er hat noch nicht mit dir abgeschlossen und du nicht mit ihm, nicht wirklich, egal, was du denkst. Und müssen du und ich denn Feinde sein? Wir sind doch sonst nicht so konventionell, oder?«

»Wie es aussieht, bin ich doch ziemlich konventionell.«

»Habe ich mich denn beklagt, als du und Zach euch jahrelang so nahestandet? Als er nachmittags so oft bei dir war.«

Christine warf ihr einen raschen, forschenden Blick zu.

»Es hat dich aber nie gestört!«

»Hat es mich nie gestört? Manchmal vielleicht doch. Wenn ich ihn in der Galerie suchte und Hannah sagte, er sei nicht da, dann war er bei dir, wieder mal.«

»Davon hast du mir nie etwas gesagt! Du hättest es mir sagen sollen. Und überhaupt, damals waren wir alle glücklich«, beharrte Christine. »Es war alles ganz anders als jetzt. Es war anders austariert, wir waren zu viert. Und Zach und ich haben an diesen Nachmittagen im Atelier einfach nur geredet. Oder er hat mir bei der Arbeit zugesehen, mehr nicht. Es ging um die Kunst, und die bedeutete uns mehr als alles auf der Welt. Wir haben nie jemanden verletzt oder vor den Kopf gestoßen. Das ist etwas ganz anderes als ein Muster zu zerbrechen, alles kaputt zu schlagen.«

»Dazu muss aber gesagt werden, dass ich Alex als Erste geliebt habe, vergiss das nicht. So gesehen hast du ihn mir weggenommen. Du hast sein Leben gehabt.«

»Warum klammerst du dich an diese alte Geschichte, Lydia – was wir alles gefühlt und uns zusammenphantasiert haben, als wir noch halbe Kinder waren? Wir sind jetzt erwachsen, wir werden allmählich alt! Wir haben selbst Kinder, und die sind auch schon erwachsen. Du bist wirklich ein seltsamer Mensch. Warum kannst du es nicht machen wie normale Leute? Wenn du normal wärst, würdest du mir aus dem Weg gehen.«

Sie sah, dass sie Lydia damit verletzt hatte. Sie wandte das Gesicht ab. »Übrigens hat Grace verlauten lassen, dass sie das Arbeiten in Stein aufgeben und stattdessen malen will. Wegen Zachary, zum Zeichen, dass nichts mehr in ihrem Leben so ist wie zuvor. Ich weiß nicht, wie es ihr wirklich geht. Nicht gut, glaube ich. Ich habe Angst um sie.«

Christine sagte gereizt, sie hoffe, dass Grace wisse, was sie tue; man könne nicht aus einer Laune heraus von einem Tag auf den anderen mit der Malerei anfangen. »Wie kann es sein, dass du nicht weißt, Lydia, dass ein normaler Mensch das nicht machen würde – hierherkommen und mich aufspüren und mit mir reden wollen?«

Sie schüttelte den Kopf. »Ich weiß nicht, warum ich das nicht weiß.«

Es hatte noch nicht zum zweiten Teil des Konzerts geläutet, aber die Leute nahmen allmählich wieder ihre Plätze ein. »Alex hat mir das Leben gerettet«, sagte Lydia. »Er hat mich gerettet.«

Christine schaute sich mit aufgesetzter Munterkeit um und sagte, sie freue sich auf den Händel im zweiten Teil. Als das Licht erlosch und der Dirigent wieder auf die Bühne kam, zogen sich beide Frauen erleichtert in den Schutz der Musik zurück, um sich von diesem Wortwechsel zu erholen, der Wunden in ihnen aufgerissen hatte, die erst jetzt, im Nachhinein zu schmerzen begannen. Lydia lehnte sich mit starrem Blick auf ihrem Sitz vor, als wäre sie verzückt von dem, was sie hörte, und Christine sah im Halbdunkel eine echte, glasklare Träne über ihre Wange laufen, für einen kurzen Moment auf ihrer Haut aufleuchten und die auf das Orchester gerichteten Lichter widerspiegeln wie bei einem dieser Kunststücke, mit denen Maler ihre Virtuosität beweisen. Nicht einmal auf der Beerdigung hatte Lydia geweint, auch nicht damals in der Schule, als die Lehrerin sie zu Unrecht grausam geschüttelt hatte und Christine sie so bewunderte und für sie Partei ergriff und meinte, in ihrem unbewegten bleichen Gesicht etwas in sich Vollendetes zu sehen, spröde und unsentimental.

Grace kaufte sich im Laden einer Wohltätigkeitsorganisation in der Great West Road neue Sachen und trug sie mit hochhackigen grünen Schuhen zu einer Party: ein steifes tailliertes Kleid aus grüngoldenem Brokat, dazu eine weiße Kunstpelzstola und lange weiße Glacéhandschuhe. Sie fand, sie sehe wie eine Königin im Exil aus. Zu Beginn der Party war sie wie berauscht, drehte majestätisch ihre Runden, tanzte hingebungsvoll – Jungen küssten ihr die Hand, knieten unterwürfig vor ihr nieder: Sie amüsierte sich blendend. Dann vollführte die Nacht ihr düsteres neues Manöver, das Innere nach außen zu kehren, und erwies sich als hohl. Die Freuden anderer verebbten in Grace' Ohren zu einem bloßen Geräusch, dem Meeresrauschen in einer Muschel. Zu viel getrunken, zu viel gekokst, tadelte sie sich streng. Ab einem bestimmten Punkt führte das zu einer Nüchternheit, die schlimmer war als alle Schrecken des hellen Tags. Sie verließ die Party ungesehen, trat allein auf die Straße hinaus, der strömende Regen tat ihr wohl. Sie hielt nach einem Taxi Ausschau, aber der Nachtbus war früher da. Er war fast leer – für die Meute der Nachtschwärmer war es noch zu früh –, aber sie setzte sich neben einen jungen Mann mit kurzen Haaren und einem kahlrasierten, sehnigen, traurigen Nacken. Sein Gesicht war glühend rot, und er sah stur aus dem Fenster, um ihrem Blick auszuweichen.

Sie legte den Kopf auf seine Schulter und sagte, er solle sie aufmuntern; er entzog sich ihr und beschwerte sich, sie mache ihn ganz nass. Die Pelzstola war durchweicht, ruiniert. Und was habe sie schon zu klagen, fragte er, mal abgesehen vom Wetter?

»Ich möchte so reden wie du«, sagte sie. »Ich liebe diesen schottischen Singsang. Ich möchte irgendwo dazugehören.«

Er meinte, reden sei einfach, ja, es sei das Einzige gewesen, was er in der Schule gut gekonnt habe. »Siehst du, du bist lustig«, sagte sie. »Ich möchte auch wieder lustig sein, aber ich habe meinen Humor verloren. Vor Kurzem ist mein Vater gestorben, das ist es. Er war der lustige Typ. Wir standen uns sehr nahe. Er war ein guter Mensch. Einen wie ihn gibt es nicht noch mal.«

Er sagte, er wisse, was sie durchmache, sein Vater sei gestorben, als er noch ein kleiner Junge war. »Es ist nichts Besonderes, das weiß ich«, sagte Grace. »Kein Grund, ein großes Theater zu machen. Aber komm mit zu mir, ja? Ich fürchte mich vor dem Alleinsein, ich bin zu traurig.«

Er erwiderte mit höflichem Bedauern, er müsse jetzt umsteigen, er habe noch den ganzen Weg nach Motherwell vor sich. Grace nickte, hob zum Abschied eine weiß behandschuhte Hand und tauschte einen tiefen Blick mit der schwarzen, von silbrigen Tropfen überzogenen Fensterscheibe. Sie war eine zu robuste Natur, dachte sie, um an den Fluss zu denken: Sie war nicht der Typ dafür. Der Bus fuhr durch ihre Straße und an ihrem Haus vorbei, die Haltestelle kam kurz danach. Und vom Busfenster aus sah sie im Vorbeifahren eine gekrümmte Gestalt vor ihrer Haustür, in der Nische neben dem Laden hocken, auf der Treppe zusammengesunken, die Kapuze über den Kopf gezogen – das Gesicht war gegen den Regen an das schmutzig weiße PVC der Tür gedrückt. Einer von den Pennern aus ihrem Viertel, die sie manchmal hereinholten, um ihnen etwas zu essen zu geben? Als sie, in ihrer Tasche nach dem Schlüssel kramend, die Straße zurücklief, freute sie sich jedenfalls über die Ablenkung. Dann sah sie, dass es Sandy war, schlafend oder doch mit wie in langer märtyrerhafter Duldsamkeit geschlossenen Augen, schön wie ein Heiliger, und für einen Moment wurde ihr schwach bei dem Gedanken an das Geschenk des Himmels, das ihr entgangen wäre, wenn sie nicht so früh nach Hause gekommen wäre oder wenn sie sich ertränkt hätte oder den Jungen aus dem Bus mitgebracht hätte. Sie traute sich kaum, ihn anzusprechen, ihn zu wecken.

»Sandy?«

Die länglichen grauen Augen klappten auf. »Herrgott, Gracie, wo hast du gesteckt? Das ist ja das reinste Dreckloch. Ich sitz hier schon stundenlang, seit die Pubs zugemacht haben. Und der Pub war auch ein Dreckloch.«

Sie half ihm hoch, führte ihn vorsichtig wie einen lahmen Mann, schloss die Tür auf und manövrierte ihn über die Schwelle. Auf dem Weg nach oben stützte er sich schwer auf sie, er stank nach Bier und Whisky. »Mein Liebster, es tut mir so leid«, sagte sie klagend, schob ihm das Haar von der zarten Schläfe und küsste sie. »Ich habe vergessen, mein Handy aufzuladen, ich dachte nicht, dass das wichtig wäre. Aber was machst du denn hier?«

Er stöhnte auf. »Ich hab dich gebraucht.«

»Wenn ich das gewusst hätte! Hättest du doch was gesagt!«

»Ich muss mit dir reden. Mein Gott, Grace, wie siehst du nur aus?«

Sie drehte sich vor ihm auf dem schmuddeligen Wohnzimmerteppich. »Wie eine Königin?«

Sandy warf nur einen Blick auf das Chaos im Zimmer – Schlafsäcke, Teebecher, Turnschuhe, die orangefarbenen Möbel des Vermieters, Aluschalen mit Resten von Fast Food: Verachtenswert, das alles, aber seine Nasenlöcher zogen sich bei dem Geruch zusammen. »Eine Königin? Eine Dragqueen, vielleicht.«

»Ehefrau auf einem Damenabend der Freimaurer, die etwas zu viel getrunken hat?«

»Und in den Fischteich gefallen ist. Du bist ja klatschnass. Warst du schwimmen?«

»Ich kann nicht schwimmen, schon vergessen?« Grace' lachendes Gesicht war frisch, rosa und fleckig vor Kälte, in ihrem krausen Haar glitzerten Regentropfen. Fröhlich wrang sie einen Rockzipfel aus. »Wir sind hier in Glasgow, da regnet es halt. Ich bin nass bis auf die Knochen. Und du auch. Wir sollten unsere nassen Sachen ausziehen; du schlotterst ja. Komm in mein Zimmer, da ist es schöner. Na ja, nicht viel schöner.«

Sie streifte ihre Pumps ab, und während sie durch einen feuchtkalten Flur vorausging, tastete sie mit einer Hand hinten zwischen den Schulterblättern nach dem Reißverschluss; sie trat über die Schwelle zu ihrem Zimmer, schaltete das Licht an und schlüpfte mit einer einzigen Bewegung aus dem nassen Kleid, trampelte darauf herum und stand nackt vor ihm – in ihrer Nacktheit so freimütig und unbefangen, ohne jedes Geheimnis, als wären sie und Sandy Kinder, die am Meer zusammen planschten. Nur war sie jetzt kein Kind mehr – mit den straffen, jungen Brüsten einer Sportlerin, den kräftigen Schenkeln, auf denen sich eine Gänsehaut bildete, dem Büschel von drahtigem Schamhaar. Sandy zuckte sichtbar zusammen.

»Lass uns einfach nur reden«, sagte er. »Ich will reden.«

»Wir können doch im Bett reden, Liebling. Wärmen wir uns auf. Ist schon in Ordnung: Wir sind ja so was wie Cousin und Cousine. Wir müssen nichts machen.«

Er zögerte, aber das Zimmer war widerwärtig, einen anderen Schlafplatz gab es hier nicht. Langsam, umständlich und mit zittrigen Fingern knöpfte Sandy sein Hemd auf, die Haare hingen ihm in die gerunzelte Stirn; anders als Grace war er sich seiner Blöße schamhaft bewusst. Sie hielt das Kissen umklammert und nahm seinen bezaubernden Anblick in sich auf: Ihr war ein Gott ins Zimmer gefallen, der sich jetzt umdrehte und an seinem Gürtel zerrte, den Reißverschluss aufzog, die Hose abstreifte, aber die Unterhose anbehielt. Er schaltete die Lampe aus, und dann lagen sie zusammen unter der Bettdecke, ohne sich zu berühren, in einer mit dem Licht von der Straße befleckten Dunkelheit. Sie fragte liebevoll, worüber er reden wolle. »Weiß der Himmel«, sagte Sandy bedrückt. »Ich kann mich nicht mehr erinnern. Über alles eben. Die Band. Die Scheiße, die der verdammte Alex angerichtet hat.«

»Ich weiß«, sagte Grace beschwichtigend. »Alle sind entsetzt.«

»Ich meine, der tickt doch nicht richtig. Nach allem, was war – wie konnte er dir das antun? Und Izzy und Christine. Der denkt immer nur an sich.«

»Also, mir hat er eigentlich nichts angetan. Weil mich das kalt lässt.«

Grace kannte Sandys ewigen Groll gegen seinen Vater. Sie legte die Fingerspitzen auf seine Wange, um ihre eigene ruhige Einsicht mitsamt der weitherzigen Versöhnlichkeit auf ihn zu übertragen. »Meine Mum hatte schon immer ein Auge auf Alex geworfen.«

»Aber es ist doch widerlich, in ihrem Alter.«

»Vielleicht haben wir in dem Alter auch noch Wünsche.«

Sie vermutete, dass Sandy nicht viel über das Älterwerden nachdachte. »Das Wunder bist du«, sagte sie. »Es ist unglaublich, was aus dir geworden ist.«

»Er hat sich kein einziges Mal meine Musik angehört.«

»Mach dir nichts draus.«

»Ich bin erbärmlich betrunken, Gracie«, sagte er. »Aber hier ist es wenigstens warm. Ich dachte, das ist das Ende der Welt, als ich da draußen gewartet habe. Ich hab dich gebraucht. Mit dir kann ich immer reden. Du bist lieb. Du bist ein gutes Mädchen.«

»Jetzt kann dir nichts mehr passieren.«

Mit reflexhaftem, zustimmendem Schnaufen drehte er ihr schließlich den Rücken zu und schlief ein; Grace wachte fasziniert über seinen Schlummer. Stunden vergingen, während der Regen ans Fenster schlug, reinigend und läuternd. Sandys komplizierte, schwierige Persönlichkeit war vorübergehend entschwebt, aber sein schöner Körper war ihr als Unterpfand geblieben. Als die graue Dämmerung anbrach, beugte sie sich über seine schlafende Gestalt, um ihn im nüchternen Morgenlicht zu betrachten, und sah ihn zum ersten Mal, wie er wirklich war: Der Zauber war verflogen, der sexuelle Bann gebrochen, in dem sie gefangen gewesen war, noch ehe sie wusste, was Sex war. Der Gott war ohne Fanfare entschwunden, war seiner irdischen Gestalt entschlüpft. Als Sandy am Morgen mit ihr schlief – eher lustlos und verschämt, als wäre er es ihr schuldig –, ging Grace zwar eifrig und freudig darauf ein, aber eigentlich war es schon egal.

6

Sie waren alle zusammen in Venedig, aber nicht wegen der Biennale. Zachary und Lydia würden noch länger bleiben, Christine hatte lieber einige Wochen vor der Eröffnung fahren wollen – auch damit es in die Schulferien fiel, Alex zuliebe. Sie wolle sich eher die alte Kunst ansehen, sagte sie, die liege ihr mehr am Herzen. Ihre Gefühle gegenüber dieser Kunstschau waren vielschichtig: Sie sah sie mit kritischen, feindseligen Augen, empfand sie als Konkurrenz, fühlte sich ausgeschlossen. Aber sie sei sowieso nicht diese Art Künstlerin, sie arbeite in einem intimeren Rahmen. Nathan Kearney war auch mitgekommen, nur so zum Spaß, und die Mädchen hatten sie zu Hause gelassen – Isobel lernte für ihre A-Levels und wurde dafür bezahlt, dass sie sich um Grace kümmerte, die vierzehn war und sich geweigert hatte mitzufahren. Grace machte eine Phase durch, in der sie für Kunstgalerien und Museen nichts übrig hatte: Sie bezeichnete sich als Anarchistin und hatte nur Verachtung für die Rituale der Hochkultur, mit denen sie aufgewachsen war, übersättigt von zu vielen Vernissagen, Theaterpremieren, Preisverleihungen. Zachary fand diese kritische Einstellung herrlich und Lydia amüsant; nur Christine war gekränkt, schämte sich aber zugleich dafür. Grace war nur ein Kind, was lag schon an ihrer Meinung? Doch sie spürte, welche Gefahr in Grace' Verachtung lag, sie setzte die Bedeutung ihrer Werke herab. Grace' verrückte Klamotten verrieten Kühnheit und Stil, für Traditionen und Zwischentöne war da kein Platz: So könnte die Zukunft aussehen.

Im letzten Sonnenschein eines Maiabends saßen sie zu fünft auf dem Campo Ghetto Nuovo und tranken Campari – die Frühlingswärme war hier noch zögerlich, noch nicht zur Sommerhitze verdichtet. Die Frauen legten sich leichte Tücher um die Schultern. Quirlige Schwalben flitzten durch das rosige Dämmerlicht, wirbelten es auf; bei den erleuchteten Räumen einer amerikanischen Stiftung gingen Talmudschüler mit Schläfenlocken ein und aus. Allzu viele Touristen schlenderten über den Platz, verdarben das Bild, schufen ein Missverhältnis zu dem Unterstrom einheimischen Lebens, das dennoch beständig und zielstrebig weiterging und sich gegen die Touristen blind stellte – Männer auf dem Heimweg, die Aktentaschen schwangen, aufgebracht tratschende alte Damen auf den Brücken, melodische hohe Kinderstimmen, die in schnellem Flug, den Schwalben gleich, am Wasser und an den Mauern aus blassrosa Stein und Stuck entlangglitten. Eine Bäckerei war noch offen und verkaufte *dolci ebraici*, dünne, mit Mandelmus gefüllte Teigröllchen. Als Touristen fühlten die Freunde sich schuldig daran, dass Venedig sich – seit so vielen Jahrzehnten und Jahrhunderten schon – verschliss und zu einem geschundenen und geplünderten Ort verkam. Doch zugleich war alles auch erlesen und erhebend: Gerade waren sie in der Kirche Madonna dell'Orto mit ihren vielen Tintorettos gewesen und saßen nun bei ihrem zweiten Campari. Aber im Ernst, wohin konnte man auf dieser Welt noch reisen, ohne sich schuldig zu fühlen?

»Einfach zu Hause bleiben«, sagte Alex streng.

Die anderen protestierten, das sei wieder mal entsetzlich puritanisch. »Wie kannst du nur, Alex? Dann hätten wir das alles nicht gesehen, wir hätten diesen Tag nicht erlebt!«

Alex sagte, aus der Perspektive eines anderen Zeitalters würden wir eines Tages begreifen, dass der Tourismus ebenso große Zerstörungen angerichtet habe wie die Ölindustrie oder das Abholzen der Regenwälder.

»Hör auf zu predigen«, murrte Christine. »Wir sind hier nicht auf einer Versammlung.«

Nathan machte sich zum Fürsprecher des Massentourismus, seine kleinen blauen Augen blitzten in dem zerfurchten Gesicht. »Findet ihr das nicht bigott, so einen Kult um das Unverdorbene zu machen? Wann war denn irgendwo irgendwas mal nicht verdorben, wann war irgendwas je authentisch? In hundert Jahren wird man Doktorarbeiten schreiben über den beklagenswerten Niedergang des britischen Junggesellenabschieds, der traditionsgemäß in Prag gefeiert wird.«

»Was du für einen Unsinn redest«, rügte Lydia ihn gutmütig. »Du sagst einfach das Gegenteil von dem, was alle anderen denken. Finden die Leute dich deshalb so clever?«

»Ich selbst habe gar kein Interesse am Reisen«, antwortete er, »aber das nur nebenbei. Ich sehe keinen Sinn darin, von hier nach dort zu ziehen und sich alles Mögliche anzugucken. Ich bin bloß zum Trinken und wegen der netten Gesellschaft hier.«

Obwohl Nathan allmählich kahl wurde, trug er seine verbliebenen Haare weiterhin lang und hinter die Ohren gesteckt. Im Laufe der Jahre hatte er um die Schultern und an den Schenkeln Fett angesetzt, und jetzt stopfte er mehr als seinen gerechten Anteil an den Kartoffelchips in sich hinein, tauchte mit dem unbekümmerten Appetit eines Menschen, der meistens allein isst, seine fettigen Finger in die Schale. Bei seiner treuherzigen und redseligen Art waren seine Stimmungen immer leicht zu durchschauen, doch manchmal zog er sich tief in sich selbst zurück und musste für ein paar Stunden allein sein. Und hier lief er zur allgemeinen Überraschung vom ersten Tag an in kurzen Hosen herum, als hätte man ihm gesagt, das sei im Urlaub so üblich – obwohl Shorts bei diesen Temperaturen kaum angebracht waren. Die anderen hatten seine unförmigen bleichen Knie vorher nie gesehen. Lydia behauptete, früher sei es besser gewesen, als das Reisen den oberen Schichten vorbehalten war. »Die hatten wenigstens Geschmack und gute Manieren. Und sie waren nicht so viele.«

»Und wer muss jetzt wieder querschießen, einfach aus Prinzip?«, sagte Christine.

»Das ist die Kehrseite dieses Spruchs von Shelley«, meinte Nathan. »›Ihrer sind wenig, ihr aber seid viele.‹ Auweia!«

»Der Tourismusgeist ist aus der Flasche«, sagte Zachary friedfertig. »Er lässt sich nicht wieder zurückdrängen. Wir müssen das Beste draus machen. Als alter Zyniker finde ich das hier und heute gar nicht so schwer. Wollen wir essen gehen, oder machen wir uns zu Hause Scaloppine vom Kalb?«

Christine erhob Einspruch, sie wolle sich nicht vom Fleck rühren, sie sei vom Zauber des Augenblicks umfangen. »Ich will nie wieder von hier fort, aus diesem Moment heraustreten. Wir alle hier zusammen. Ich bin vollkommen glücklich.«

»Also noch eine Runde Campari?«

»Dann würde ich vom Zauber des Alkohols umfangen. Ihr müsstet mich nach Hause tragen.«

»Mach ich doch gerne.«

Aber Alex war unruhig und stand vom Tisch auf. »Ihr könnt ja bleiben«, sagte er. »Ich mache mich auf den Weg.«

Er missbilligte ihre Untätigkeit, sprengte den Kreis. Es war ohnehin egal, ob sie den Ort wechselten, denn ihr momentanes Zuhause war eine gemietete Wohnung in einem Palazzo in Cannaregio, gegenüber einem Kloster gelegen, mit Blick auf einen stillen Kanal und in dem kontinental-archaischen Stil eingerichtet, der für britisches Empfinden überaus exotisch ist – Antiquitäten neben modernen Scheußlichkeiten, Gardinen mit Stickerei und Spitzenborten, schmale Betten mit Keilkissen, hohe, abgeschlossene Wäscheschränke, die gekachelte Küche und die Badezimmer karg und funktional. Wenn sie sich über die steinerne Balustrade des mit rosa Jasmin bewachsenen Balkons beugten, konnten sie zusehen, wie grünes Wasser an die Kanalwände schlug, dessen fließende Lichtreflexe auf dem Stuck tanzten, und auf die Gondeln lauschen, die im warmen nachmittäglichen oder abendlichen Frieden näherkamen, oder auf die Motorboote, die mit Betonmischern und Kästen mit Wasserflaschen beladen waren oder irgendwem einen neuen

Kühlschrank brachten. Die rituellen Rufe der Gondoliere, ein warnendes *stogando io* kurz vor der Ecke, klangen wie eine Botschaft aus einem anderen Zeitalter: Am Rande der Wahrnehmung flackerte die Vergangenheit auf, als hätte sich für einen kurzen Augenblick eine Pforte zum Gestern aufgetan. Die Gondolieri standen im Heck wie Zentauren, ihre Arbeit ebenso großartig – ungemein schwierig, uralt und fremdartig – wie absurd, denn die im Boot zusammengedrängten verlegenen Touristen wollten nirgendwo hin und fotografierten sich gegenseitig.

Alex war vor achtzehn Monaten zum Direktor seiner Schule ernannt worden. Es gab nicht viele Männer, die an Grundschulen unterrichteten, und die stiegen dann rasch in Führungspositionen auf. Diese neue Funktion schien ihn mit der Welt zu versöhnen: Seine Freunde merkten, wie überrascht und erleichtert er war, dass er die Rolle so gut ausfüllte. Wie sich herausstellte, war Alex nicht nur ein Visionär, sondern auch kompetent: Er wusste, wie man bei den örtlichen Behörden, im Bildungsministerium oder bei hochherzigen Wohltätigkeitsorganisationen Geld auftrieb, um zusätzliche musikalische Angebote, Einzelbetreuung für psychisch gestörte Kinder oder das Bemalen der Spielplatzmauern mit Gedichtzeilen in fünfzehn Sprachen zu finanzieren. Wenn er nicht sein Spiel mit den Gegebenheiten treiben konnte, wer dann? Die Schule würde bei Inspektionen eine hervorragende Beurteilung bekommen; er würde dafür sorgen, dass die Kinder bei den Vergleichsprüfungen gut abschnitten. Und in der Zwischenzeit würde er ihnen obendrein jeden

Morgen in der Aula aus der *Odyssee* vorlesen, und sie würden sich von den Geschichten zu Bildern, Musik und Stücken für das Schattentheater inspirieren lassen.

An dem Abend in Venedig hatten Alex und Christine einen ungewöhnlich erbitterten Streit. Sonst machten sie in Gegenwart anderer höchstens ein paar bissige Bemerkungen. Der Streit begann aus dem Nichts heraus. Genauer gesagt begann er, auch wenn sie es nie erfahren würde, mit Lydia, weil Alex sich über sie ärgerte und Christine das spürte und ihre Freundin in Schutz nehmen wollte. Zachary und Christine hatten die Kalbsschnitzel in Ei und Semmelbröseln gewendet und mit Salbeiblättern in Olivenöl gebraten, während Lydia einen Krimi las und rauchte, auf einem schmalen Sofa mit rosa-gold gestreiften Polstern ausgestreckt. Nathan und Alex spielten Scrabble – sie waren gut aufeinander eingespielt und hatten es zu einer solchen Meisterschaft gebracht, dass die anderen sie niemals würden schlagen können und darum gar nicht mehr gegen sie antraten. Zwischen den beiden war ein den gesamten Urlaub andauernder brutaler Wettkampf entbrannt, sie trugen eine Partie nach der anderen aus, wann immer sich eine Gelegenheit bot, kämpften verbissen um den Sieg, auch wenn Alex nie durch einen Blick, ein Triumphgeheul nach einem Sieg oder einen Schmerzensschrei nach einer Niederlage verriet, dass es ihm etwas ausmachte. Nathan hielt sich nicht so zurück. Diesmal verlor Alex tatsächlich. Nathan erreichte mit *city* den dreifachen Wortwert und legte später noch *toxi* davor, womit er wiederum auf den dreifachen Wortwert kam.

Am Tisch träufelte Lydia Zitrone auf ihr Kalbsschnitzel

und sagte, sie habe von der Schönheit genug, sie brauche eine Pause, gleich morgen. »Ich muss mal ein ordinäres Hochhaus vor mir sehen, einen Jack Vettriano oder etwas wie einen Burger King«, sagte sie. Christine wusste, dass auch Alex genervt war von den ewigen Runden durch Kirchen und Galerien und dem Nichtstun dazwischen. Er betrachtete die Bilder höchst konzentriert, erinnerte sich hinterher ebenso genau daran wie sie selbst und konnte dazu noch die politischen und sozialgeschichtlichen Hintergründe besser erfassen; doch wenn er sich dann wegdrehte, war es, als hätte er ein Buch zugeschlagen und wollte nicht darüber reden. Er fand das Gerede abgeschmackt und ihrer aller Äußerungen vorhersehbar, er wand sich vor Verlegenheit und verachtete die Museumsführer mit ihrem faden, unaufhaltsam dahinplätschernden Wissensstrom. Dann hatte er plötzlich genug gesehen: Er ließ die anderen einfach stehen und wartete unten oder in einem Café auf sie. Dass er es geduldig ertrug, wie viel Zeit sie sich dabei ließen, wurde ostentativ zur Schau gestellt.

Jetzt sah er Lydia über den Tisch hinweg missmutig an, er nahm ihr übel, dass sie ausgesprochen hatte, was er empfand. »Du hast einen Zitronenkern am Mund«, sagte er. Lydia tupfte sich mit dem Stück Küchenkrepp, das hier als Serviette dienen musste, das Gesicht ab; Alex wandte sich wieder seinem Teller zu, und so musste Christine ihr versichern, dass der Kern weg war. »Wie sehen eure Pläne für morgen aus?«, fragte Christine mit resoluter Munterkeit.

Alex erhob Widerspruch ohne aufzuschauen. »Müssen wir denn Pläne haben?«

»Haben wir doch mal keine Pläne«, sagte Lydia. »Ich hasse Pläne. Vielleicht bleibe ich einfach hier und bin faul.«

»Warum auch nicht?«, sagte Christine. »Faulheit scheint mir die richtige Reaktion auf Venedig zu sein. Ich kann immer allein losziehen und noch mehr Bilder in mich aufsaugen, die unermüdliche Touristin spielen.«

»Zachary kommt bestimmt mit, er ist genauso unermüdlich.«

»Ich muss ins Internet«, sagte Alex. »Ich habe zu arbeiten.«

Die versprochene Internetverbindung im Palazzo hatte sich als Enttäuschung oder, wie Christine hartnäckig behauptete, als Erleichterung erwiesen. Alex musste einen Förderantrag fristgerecht einreichen; Nathan, der Rezensionen schrieb, war mit seinen Texten ohnehin im Verzug. Wenn die anderen zu Bett gingen, blieb er noch auf und schrieb; sie konnten das verstohlene Klappern der Tasten hören, das stockte und wieder einsetzte, während seine Gedanken Gestalt annahmen, über die er mitunter vernehmlich in sich hinein lachte oder stöhnte. Er und Alex hatten ein schmuddeliges und beengtes kleines Internetcafé aufgetan.

»Alex, das muss doch sehr lästig für dich sein«, sagte Lydia mitfühlend. »Kann das nicht warten?«

»Äh, nein, kann es nicht. Ich muss einen Termin einhalten.«

»Alex muss nämlich«, sagte Christine, »immer etwas Wichtigeres zu tun haben als alle anderen.«

Das war aber nicht fair von ihr, denn der Antrag musste wirklich rechtzeitig eingereicht werden. Zu Hause in

England hatte sie ihm versichert, dass er ihn auch von hier aus abschicken könne. Als Alex ihr einen Blick zuwarf, aus dem pure Abneigung sprach, bereute sie sofort, dass sie so eine Feindseligkeit ausgelöst hatte – und die anderen sahen sie verwundert an. Manchmal machte sie den Fehler, dass sie anderen vermitteln wollte, wie schwierig Alex war, wenn die sich gar nicht an seinem Verhalten störten oder es nicht einmal wahrgenommen hatten. Doch sie konnte ihre Bemerkung nicht zurücknehmen, also konnte sie auch gleich ihren ganzen Unmut vor ihnen ausbreiten. »Euch ist doch aufgefallen, wie er uns die Ehre seiner Anwesenheit erweist, als müsste er eigentlich woanders sein«, sagte sie in aufgesetzt neckischem Ton. Alex reagierte mit kalter, unversöhnlicher Boshaftigkeit. »Chris will mich ständig für ihr neuestes Vergnügungsprogramm rekrutieren. Ich darf mich nie auf meine Art vergnügen.«

»Aber Alex, kannst du dich überhaupt vergnügen? Du bist immer so missmutig.«

Weil sie ein Publikum hatten, war die Versuchung zu weiteren Anschuldigungen übermächtig. Sie sagte, Alex könne einem alles verderben, wie ein kleines Kind, nur um seinen eigenen Kopf durchzusetzen; er sagte, sie ersticke alle mit ihrem Getue, unterwerfe sie ihren guten Absichten. Als die fünf am Ende eines verdorbenen Abends auseinandergingen, wurde es besonders schlimm, weil Christine und Alex zwei Einzelbetten hatten und darum ihren Groll getrennt hegen mussten, steif und reglos unter den Laken liegend; zufällige Zusammenstöße in einem Doppelbett hätten ihnen über ihr Zerwürfnis hinweghelfen können. Keiner konnte sich dazu durchringen, den Abstand zwischen den Betten zu überwinden und eine Abfuhr zu riskieren: Ich will mich gar nicht wieder vertragen, du bist mir doch völlig egal. Als Christine am frühen Morgen erwachte, wurde sie von einer Düsterkeit erfasst, die wie kaltes Gift war: Sie dachte, sie hasse Ferien, hasse diesen heruntergekommenen Ort, dem seine Schönheit wie ein Verhängnis am Hals hing. Dennoch überquerte sie heroisch auf bloßen Füßen den kalten Marmorboden und stieg zu Alex ins Bett, legte ihren Arm um seine Brust und drückte sich an seinen warmen Rücken, wo sie sich gern ankuschelte, in die herbe, schläfrige Wärme seiner Haut eingehüllt. Zum Teil war das eine pragmatische Entscheidung, um den Urlaub zu retten. Alex sagte kein Wort, rückte aber auch nicht von ihr ab, und beim Aufstehen sprachen sie miteinander, als wäre nichts geschehen. Ihre Feindseligkeit war vergangen. Alex schien sich von da an sogar zu bemühen, geselliger zu sein.

Nathan war in aller Unschuld betrübt über die Streiterei seiner Freunde. Er wusste, dass eheliches Glück nicht vollkommen ist, aber nur, weil er das aus Filmen und Theaterstücken erfahren hatte, wo solche Zwistigkeiten unterhaltsam waren. Ihr Auftritt war umso beschämender, als Zachary und Lydia immer so freundlich miteinander umgingen. Manchmal kratzte Christine mit verwunderter Neugier an der glatten Oberfläche der Ehe ihrer Freunde, wollte diese äußere Schicht auf den Prüfstein stellen, herausfinden, woraus sie bestand. Wer hätte gedacht, dass Lydia, die doch als zutiefst selbstsüchtig und launenhaft galt, einmal eine so fügsame und zärtliche Ehefrau abgeben würde?

Am Vormittag machten sich Alex und Nathan auf die Suche nach einem Internetzugang, und die drei Daheimgebliebenen aßen auf dem Balkon *dolci ebraici* zu ihrem Kaffee. Die kleinen Küchlein schmeckten enttäuschend, doch der Ausblick ließ nichts zu wünschen übrig – klares Licht, duftender Jasmin, der mild riechende Atem des über Steinstufen schwappenden Wassers. Nonnen in grauer Tracht und Schulkinder durchbrachen die Stille, zogen nach ihrem Auf und Ab über einen klaren Brückenbogen unten auf der *fondamenta* vorüber. Eine Nonne schob mit der Spitze ihres grauen Schirms die Hinterlassenschaft eines Hundes in den Kanal. Zachary, der ein wahres Sprachgenie war – als hätten alle Sprachen schon in ihm geschlummert und wären auf seinen bloßen Wink hin erwacht –, versuchte für Lydia und Christine zu übersetzen, was er an Gesprächsfetzen aufschnappte.

»Es geht um einen Brief, eine Mutter, ein Kätzchen, irgendwelche Hausaufgaben …«

Das denke er sich aus, riefen sie, so nonnenhaft könnten die gar nicht reden. Oder es sei wie eine Stelle aus einem Roman von Colette.

»Nein, ehrlich, das sagen sie wirklich, hört doch!«

Zachary hatte die Gabe, seine schwierige Arbeit leicht zu nehmen, sie von sich abfallen zu lassen, wenn er einmal wegkam, und dann stand er seinen Freunden voll und ganz zur Verfügung. Alex meinte, das sei keine Gabe, das sei Hannah, die sich in Zacharys Abwesenheit wie ein zweites Ich um seine Mails kümmere und die Galerie leite. Dennoch, es gehörte schon eine gewisse Begabung dazu, sich wie Zachary zwischen seinen ungeheuren Energieausbrüchen so vollständig der Entspannung hingeben zu können. Nun, da er mit Sonnenbrille, T-Shirt und einem ausgefransten Strohhut angetan in einem durchhängenden Liegestuhl zwischen Lydia und Christine lag, nur oberflächlich mit einem von Lydias abgelegten Romanen befasst, war seine Präsenz spürbar total, durch kein Nachlassen der Konzentration oder Störungen von außen beeinträchtigt. Doch in etwa einer Woche würde er mit ungebrochener Begeisterung wieder seine Aufgaben anpacken, würde Beziehungen knüpfen und Verhandlungen führen. Christine fragte sich, wie das sein mochte, so mit Leib und Seele der Welt zu gehören wie Zachary, sich ganz und gar von ihrem tiefreichenden Schleppnetz einfangen zu lassen. Es war wohl auch etwas Tugendhaftes daran: Irgendwer musste Verantwortung übernehmen und die Welt retten. Aber für sich selbst konnte sie sich das nicht vorstellen, konnte sich nicht vorstellen, dass sie nicht alles, oder fast alles, aus dem Netz heraushalten wollte. War es erniedrigend, wenn Zachary sich zum Werkzeug machen ließ?

Sie hatte ihren Skizzenblock hervorgeholt und zeichnete Zachary – nicht Venedig, das war unmöglich, was blieb da noch zu sehen? Aber sie versuchte, mit den kühnen Strichen ihrer Zeichenkohle diese Seite ihres Freundes zu erfassen, sein eifriges Bestreben, alle zufrieden zu stellen: schwarzer gekritzelter Bart, gewölbte Wampe, lange Linien für die unbekümmert zurückgeworfenen Arme, das halb aus der leblosen Hand gefallene Buch. »Der Kunsthändler«. Christine hatte sich in letzter Zeit mit den Werken bestimmter Figurenmaler der zwanziger und dreißiger Jahre beschäftigt – James Cowie, Felice

Casorati. Was sie jetzt machte, stand unter deren Einfluss. Nicht alle verstanden oder mochten ihre neuen Bilder, narrative Kunst war immer noch suspekt. Alex fand sie zu direkt – doch wenn Christine eine Erklärung forderte, was die Bilder seiner Meinung nach aussagten, konnte oder wollte er das nicht erläutern. Sie hatte gehofft, ihre Arbeiten würden im Laufe der Jahre größer werden – das schien eine Voraussetzung für eine entsprechend große Karriere zu sein. Aber stattdessen waren sie geschrumpft. Inzwischen waren sie meist nicht viel größer als ein gewöhnlicher Fernsehbildschirm.

Lydia warf einen leicht gereizten Blick auf ihren dösenden Mann und ihre in die Arbeit vertiefte Freundin: Die geistige Abwesenheit der beiden langweilte sie. Sie selbst war immer zu sehr auf der Hut, um tagsüber zu schlafen. Da Zacharys Bewusstsein momentan ausgeschaltet war – er schnarchte mit offenem Mund –, spürte Christine allmählich, dass in Lydias abwartender Haltung eine Frage lag. »Ich weiß, du findest, ich hätte mich Alex gegenüber gestern Abend abscheulich benommen«, sagte Christine entschuldigend. Nur Lydias Haltung, den Kopf wie ein Schwan nach oben gereckt, als müsste sie ihn über schmutzigem Wasser hochhalten, drückte so etwas wie Kritik aus. »Aber du weißt doch, wie er ist! Er kann so – unerbittlich sein.«

Lydia schloss nachdenklich die Augen mit den blauen Lidschatten. »Mich stört es nicht, wenn er unerbittlich ist.«

»Also, mich schon. Gestern Abend habe ich ihn deshalb gehasst. Er hat mich auch gehasst, also waren wir quitt. Ich kann ihn nicht jeden Tag und jede Minute lieben.«

»Aber das soll man doch, oder nicht?«, fragte Lydia.

»Wir leben unsere Ehen sehr verschieden, du und ich. Zu Zach nett zu sein, ist nicht schwer.«

»Das stimmt.«

»Ist es nicht überhaupt unmöglich, jemanden ständig und andauernd zu lieben? Deshalb ist die Ehe ja ein Kontrakt. Diese fürchterlichen Gelöbnisse, die manche Leute heutzutage für sich selbst erfinden: ›Ich gelobe, dass ich immer lieben werde, wie du dir die Nase reibst‹, oder ›Ich gelobe, dass dein Gesang mich immer glücklich machen wird‹. Aber manchmal würdest du den Kerl am liebsten umbringen, wenn er sich die Nase reibt! Du bleibst bei ihm, weil es so in deinem Kontrakt steht, das ist die Abmachung. ›In guten wie in schlechten Zeiten.‹ Das hilft dir über die Klippen hinweg. Und aus demselben Grund bleibt er bei dir. Es ist anständiger so.«

Lydia lachte nicht, sie war in einer merkwürdigen Stimmung, beinahe vorwurfsvoll. »Aber du bist glücklich, nicht wahr?«

»Ja, natürlich. Ich kann mich glücklich schätzen.« Christine drückte, über ihr Blatt gebeugt, die Zeichenkohle auf das Papier, brach dabei ungewollt die Spitze ab, sodass eine gezackte Spur auf dem Blatt zurückblieb, dann verschwamm die Zeichnung vor ihren Augen. »Das ist doch albern, Lydia. Du hast mich zum Weinen gebracht. Aber es ist nicht so, wie du denkst: Ich weine nicht wegen Alex. Sondern wegen Isobel.«

»Was ist denn mit Isobel?«, fragte Lydia geduldig, wenn auch weniger interessiert.

»Nichts ist mit ihr. Es liegt nur an mir. Ich kann den Gedanken nicht ertragen, dass sie nicht mehr bei uns ist, wenn sie an die Uni geht. Es ist wie ein Spuk, der sich durch die Räume zieht, dabei ist Isobel noch gar nicht weg. Wenn sie Klavier spielt – nicht sehr gut, ich weiß –, kann ich nur daran denken, wie leer es bei uns sein wird ohne ihre Musik. Ich weiß, das ist Gefühlsduselei! Doch wenn ich einen Menschen von ganzem Herzen und gegen jede Vernunft liebe, so, wie du es gemeint hast, dann mein Kind. Ist das nicht seltsam?«

»Aber sie kommt doch in den Ferien zurück.«

»Trotzdem, es ist etwas zu Ende gegangen. Ich hätte nicht gedacht, dass es so schnell vorbei sein würde. Als es anfing, erschien es mir so riesig und dauerhaft. Man würde meinen, so etwas passiert nur Frauen, die kein eigenes Leben haben und zu viel in ihre Kinder investiert haben. Aber so ist es nun mal.«

Alex schlug Zachary einen Spaziergang vor. Nach einem Essen, das die Männer gekocht hatten, wuschen die Frauen das Geschirr ab; Nathan saß an seinem Laptop und schrieb. Zachary fühlte sich von ihrer Freundschaft beschwingt wie in alten Zeiten und bemühte sich, mit Alex Schritt zu halten – Alex ging schnell und zielstrebig, die Hände in die Taschen gestopft, selbst wenn das Ziel nur darin bestand, seinen Gedanken nachzuhängen. Er tauchte in enge Gassen ein, wählte ohne Absprache diese oder jene Brücke und schien dabei kaum etwas wahrzunehmen, jedenfalls verweilte er nirgends und zögerte nie. Als sie einen noch immer von Besuchergruppen wimmelnden Platz überquerten – wo hier und da ein von

Dunkelheit und Alkohol beflügeltes Grölen und Kreischen ausbrach –, streifte Alex die betörend und verstörend schönen, dämmrigen Fassaden mit einem flüchtigen, fast schon überdrüssigen Blick. Man konnte ihn nie bei staunender Bewunderung ertappen, das wäre ihm provinziell erschienen. Wer seine Umgebung nur mit Staunen betrachtete, blieb davon abgeschnitten. Nein, sie musste zum Hintergrund der eigenen Überlegungen werden, dem Denken die Bühne bereiten. Er legte Zachary Beispiele für die Absurditäten dar, mit denen er es an der Schule zu tun hatte. Dabei nahm er die Hände aus den Hosentaschen und wedelte ausdrucksvoll damit herum, drehte sich um und lief rückwärts vor Zachary her, wie berauscht von seinen Erklärungen, seiner Empörung.

So lebhaft, so unbefangen hatte Zachary seinen Freund lange nicht gesehen. Dass Alex in seiner neuen Rolle aufging und darin Rückhalt fand, sein gesamtes Denken darauf ausrichtete, hatte wieder ein gewisses Gleichgewicht zwischen ihnen hergestellt. In der gemeinsamen Schul- und Studentenzeit und auch für eine Weile danach schien es für Alex fast eine Frage des guten Geschmacks zu sein, sich keine Arbeit zu suchen, der er sein Leben widmen konnte: als wartete er darauf, den richtigen Anfang zu finden, während andere einen falschen wählten. Dann kam sein Buch heraus. Doch irgendwann hatte er anscheinend den Anschluss verloren, er unternahm keine weiteren Schritte, zog sich in sich selbst zurück. In diesen Jahren musste Zachary seinen ganzen Takt aufbieten, um davon abzulenken, dass Alex nichts von Belang tat; bis zu einem gewissen Grad musste er ihm sogar verschweigen, was es in seinem eigenen Leben Neues gab. Als sein Freund sich dann für eine Lehrtätigkeit entschied, war er zuerst enttäuscht gewesen, hatte das für ein Zeichen des Hochmuts gehalten, mit dem Alex sich von der Welt abschotten wollte. Und sich darin gründlich getäuscht.

Sie machten in einer kleinen Bar in einer Nebenstraße des Dorsoduro halt – bis auf den letzten Platz mit wild durcheinander redenden Venezianern besetzt, die Vitrinen mit *salumi*, Mozzarella, *crostini*, mariniertem Gemüse beladen –, um einen *caffè stretto* zu trinken: Den nahmen sie mit nach draußen und standen dann auf dem Gehweg in der warmen Luft. Fledermäuse flatterten in dunklen Haufen über den Kanal. Die Freunde redeten über Sandy, der schon zum zweiten Mal sein Studium abgebrochen hatte; Alex war von seinem Sohn enttäuscht. Er hatte ungeduldig darauf gewartet, dass Sandy zu einer erwachsenen Sicht der Welt gelangte, und fand dessen Unkenntnis der Geschichte, sein fehlendes Interesse an Büchern inzwischen unerträglich. Seine Lebensweise sei infantil, meinte Alex. »Liegt bis in den Nachmittag hinein im Bett, hält sich mit seinen Kopfhörern jedes Gespräch vom Leibe, bleibt allen Ideen gegenüber gleichgültig. Dass es noch ein anderes Leben geben könnte, kommt ihm nicht in den Sinn. Ich muss immer an eine Szene aus einem Roman meines Vaters denken – ich will diesen Roman nämlich gerade übersetzen, ich arbeite nachts daran, wenn ich nicht schlafen kann. Vielleicht hat er die Szene selbst erlebt, keine Ahnung, ich habe ihn nie gefragt. Ich wünschte, ich hätte ihm mehr Fragen gestellt. In dieser Szene beobachtet ein Junge, wie sein Vater, ein Landarbeiter wie mein eigener Großvater, während eines Wolkenbruchs Anweisungen von seinem Herrn bekommt, der unter einem Schirm im Trockenen steht. Das Gesicht des Vaters ist vom Regen blind.«

»Sandy hat seine Musik«, wandte Zachary ein. »Er ist wirklich begabt.«

»Das erzählst du mir ständig. Aber er ist faul.«

»Du solltest Vertrauen zu ihm haben. Wart's nur ab.«

»Und ich hasse die Musik, die er macht.«

Offen gestanden, erwiderte Zachary, komme es nicht darauf an, ob sie Alex gefalle. Sie müsse der Jugend gefallen. *Ihm* gefalle sie jedenfalls.

»Aber du bleibst ja auch ewig jung.«

»Und du hasst viel zu viel«, entgegnete Zachary liebevoll.

Sie lehnten an einer steinernen Brüstung, die noch die Hitze des Tages abgab; die Nachtluft war mild und von Wärme, Wein und der modrigen Unterströmung des Wassers erfüllt. Im Schutze der lauten italienischen Stimmen brachte ihre englische Sprache sie einander näher. »Das könnte stimmen«, gab Alex zu. »Ich habe das immer als meine Aufgabe empfunden: mich davor zu hüten, an den falschen Dingen Gefallen zu finden. Aber vielleicht ist das ein Fehler. Vermutlich hindert mich das am Schreiben.«

»Meinst du?«, fragte Zachary vorsichtig. Alex sprach nie darüber, dass er nichts mehr schrieb.

»Die schwere Hand des strengen Gesetzes auf der gebeugten Schulter des Schreiberlings. Du sollst nicht! Dazu noch der Eindruck, dass ich in einem Kielwasser treibe, in einer farblosen Zeit lebe, in der das Eigentliche schon geschehen ist und die wahren Bücher bereits geschrieben sind. Nach dem Zeitalter der Taten folgt das Zeitalter der Kommentare.«

»Dir wäre eine Katastrophe zupassgekommen, damit du darüber schreiben kannst.«

»Kann mir egal sein. Das, was ich jetzt tue, ist mir weitaus lieber. Ich finde es sehr erleichternd, dieses unpersönliche Handeln. Und ich hatte nicht mit der warmherzigen Atmosphäre in den Klassen gerechnet. Dass ich mich so für die Schüler interessiere.«

»Und jetzt übersetzt du die Bücher deines Vaters. Das ist doch schön.«

»Tja, die Bücher sind nicht schön. Sie sind brutal. Ich weiß nicht, ob sich in unserer verweichlichten Zeit Leser dafür finden.«

Zachary machte einen gedanklichen Sprung und schwenkte seine winzige, dickwandige Kaffeetasse, obwohl nichts mehr darin war. »Glaubst du, dass das so ein typisches Männerding ist?«

»Brutalität? Die Geschichte würde uns diesen Schluss wohl sachte nahelegen.«

»Nein, nein: diese Befangenheit, von der du gesprochen hast, dieses Gefühl, in einem Kielwasser zu treiben und nichts mehr zu sagen zu haben. Weil mir im Bereich der bildenden Künste nämlich schon der Gedanke gekommen ist, dass Frauen von bestimmten Formen des Selbstzweifels ausgenommen sind, die wohl geschlechtsspezifisch sind.«

Alex sah ihn zerstreut an. »Geschlechtsspezifisch? Das ist aber ein hässliches Wort.«

»Weil die Männer so lange die Feder geführt haben und das alles. Nun, da die Frauen die Feder in die Hand genommen haben – zum Schreiben, zum Malen, zu allem –, spüren sie vielleicht alle möglichen Zweifel, aber den nicht. Weil sie nicht zu spät dran sind. Als Frauen stehen sie noch ganz am Anfang.«

»Aber wir leben alle in derselben verspäteten Welt, wir Männer und die Frauen.«

Zachary merkte, dass dieser Gedanke Alex nicht interessierte. Manchmal schien er Zacharys rechtschaffene politische Ansichten hinzunehmen wie eine Berufskrankheit oder Charakterschwäche. »Was Chris macht, zum Beispiel«, insistierte Zachary, der seinen Freund in diesem Moment der Offenheit und Vertrautheit gern überzeugen wollte. Er wollte die Offenheit ausweiten, wollte auch die Frauen mit einbeziehen. »Wie ist es möglich, dass sie ihre Kunst so ungezwungen ausüben kann? Es strömt aus ihr heraus, nicht wahr? Warum hat Christine nicht diese schwere Hand auf ihrer Schulter gespürt?«

Alex sah ihn erschrocken an, dann verschloss sich sein Gesicht, schloss ein Geheimnis ein. Er war erkennbar bestürzt, dass Christines Werke auf eine Ebene gestellt wurden mit allem, was er, Alex, hätte machen können. Auch Zachary war erschrocken. Er hatte nicht gewusst, dass Alex die Arbeit seiner Frau nicht ganz ernst nahm, sie nicht recht »ästimierte«, wie der schreckliche alte Ausdruck aus ihrer Schülerzeit hieß. Wahrscheinlich hatte er sich in all den Jahren nur aus Nettigkeit und Gönnerhaftigkeit und zur Wahrung des häuslichen Friedens den Anschein gegeben, sie zu ästimieren. Die Implikationen von Alex' Fehler – und Zachary war überzeugt, dass es ein Fehler war – erschienen für einen

Moment geradezu tragisch. Damit war die glückliche Gemeinsamkeit dieses Abends dahin, und jeder war von dem anderen enttäuscht. »Du sagst es«, antwortete Alex trocken, aber bestimmt, als wäre von seiner Seite damit jede Diskussion beendet. »Es strömt aus ihr heraus.«

Sie fuhren alle fünf mit dem Boot nach Torcello und aßen in einem Gartenrestaurant am Weg zu der Kirche zu Mittag; die Schatten spendende Markise flatterte im leichten Wind und ließ leuchtende Flecken über das weiße Tischtuch huschen. Im heißen Tageslicht sangen Nachtigallen im Unterholz, aus einem gläsernen Krug eingeschenkter Rotwein prickelte auf der Zunge. Das sei ja wie Keats auf Antibiotika, bemerkte Nathan.

»Hier sind wir nun«, sagte Lydia versonnen. »Wo sind wir?«

»Die Kirche wird euch gefallen«, versprach Zachary. »Sie ist ganz schlicht, von einer altertümlichen, göttlich luziden Klarheit. Auf dem großartigen Mosaik: zur einen Seite die Verdammten und zur anderen die Seligen.«

»Das Dumme ist nur«, sagte Christine, »dass die Seligen immer so selbstgerecht aussehen. Wie gut sind die Guten wirklich, wenn sie sich beim Jüngsten Gericht über ihre Rettung freuen, während ihre lieben sündigen Freunde und Verwandten allesamt in die Feuergrube geworfen werden?«

»Ach, ich würde mich freuen«, sagte Lydia. »Würde meine Harfe zupfen und mich selig preisen.«

»Aber Lydia, enttäusch mich nicht!«, rief Christine. »Wirst du nicht zur Hölle fahren? Da wollte ich hin, weil ich dachte, dann sind wir zusammen!«

Alle Wunden schienen in diesem Moment des Behagens zugeheilt, während die Freunde redeten und ihre Pasta und gegrillten Fisch aßen. Sie ließen sich vom dichten Licht unter der Markise umschmeicheln, das die Altersspuren auf ihren Gesichtern glättete, und fühlten sich sehr bedeutsam – als wären sie für ein Foto um den Tisch herum gruppiert worden, vergaßen aber, tatsächlich eins aufzunehmen. Die Männer bildeten eine geballte dunklere Masse, Alex etwas zurückgenommen, Zachary raumgreifend, auf und ab springend, um noch mehr Essen zu bestellen, sich mit dem Koch zu beraten. Selbst Nathan in seinen Shorts, die Knie weit gespreizt und sein Essen hinunterschlingend, war eine eindrucksvolle Erscheinung, als wäre er berühmt oder außergewöhnlich klug. Die Frauen in ihren Sommerkleidern, Lydias weiß und Christines mit blauen Blumen getupft, gaben die hellen Blickpunkte in der Komposition ab: Christine ein milchiger Schimmer unter ihrem Sonnenhut, der sie mit tanzenden Lichtflecken sprenkelte. Und Lydia sah mit ihrem langen ovalen Gesicht und ihrem sonnengebleichten, sittsam im Nacken zusammengebundenen Haar tatsächlich wie eine der Seligen aus.

Nathan verfiel in Trübsinn. Sie hätten ja keine Ahnung, wie das sei, der Zukunft ganz allein entgegenzusehen, sagte er: ein ungemachtes Bett, alte VHS-Kassetten mit französischen Filmen, Fertiggerichte für eine Person aus dem Supermarkt. Er sehne sich, sagte er, nach dem zivilisierenden Einfluss von Frauen. Seine Freunde kannten diesen Gemütszustand bei ihm schon, in dem er sich in das Sicherheitsnetz ihres Mitgefühls fallen ließ. Wenn Nathan tatsächlich mal eine Freundin gehabt hatte, hatte er sich panisch vor einem Einbruch in seine Privatsphäre gefürchtet – in seine Bude in Shepherd's Bush, wo der uralte Teppich nach Hund roch, obwohl er nie einen gehabt hatte, und in seinen eigentümlichen Lebensstil: bis zum Morgengrauen aufbleiben, bis Mittag schlafen. Während alle anderen aus der schändlichen Spontaneität der Jugend herauswuchsen, war sie bei ihm zur festen Gewohnheit der mittleren Jahre geworden.

»Du könntest ja mal versuchen, dein Bett zu machen«, schlug Christine vor.

Dennoch sonnten sich die Frauen in Nathans Bewunderung für ihr Eheleben und drifteten dann von fraulicher Reife in Erinnerungen an ihre Schulzeit ab. »Miss Lowrie kannst du doch nicht vergessen haben«, behauptete Lydia an Christine gewandt. »Schleimig und füllig, mit Schutzbrille.«

»Biolabor?«

»Goldene Uhr, die sich in ihr fettes Handgelenk einschnitt. Eklige bösartige Axolotl, die nach Linealen schnappten, wenn wir damit ins Aquarium stachen, und so ein hoher Schrank mit Reihen von Gläsern, in Formaldehyd schwimmende Fötusse.«

»Lyd, das waren keine richtigen Fötusse.«

»Oh, das mit den Fötussen gefällt mir«, sagte Nathan. »Wahrscheinlich kommt ständig Nachschub von in Schande gefallenen ehemaligen Schülerinnen.«

Christine erinnerte sich offenbar vor allem an Schülerinnen in flaschengrünen Uniformen, die in Zweier- und Dreiergruppen, die Köpfe tratschend zusammengesteckt, ohne Unterlass die große Zeder auf dem Schulgelände umkreisten. Der pure Überdruss war wie ein trübes Medium gewesen, das den Lauf der Zeit aufhielt. »Weil es moralisch von Grund auf falsch war, nehme ich an. Weil der ganze Sinn dieser Schule darin bestand, dass einige Auserwählte sich über die anderen erheben durften, nur weil sie mehr Geld hatten. Oder weil sie in Prüfungen gut abschnitten und wie wir einen Freiplatz erlangt hatten. Diese Überheblichkeit lag immer in der Luft, selbst dann, wenn sie uns grausam kleinmachten, damit wir uns diesen Anspruch verdienen.«

»Das mit der Grausamkeit übertreibst du.«

Alex wollte nichts von ihrem Unmut darüber hören, dass sie damals so viel arbeiten mussten. Die Arbeit war das Gute, dachte er, an solchen Schulen; das Barbarische war die Unterbringung im Internat. Aber Lydia beharrte darauf: Das war ihr Thema, und davon ließ sie sich nicht abbringen, nicht einmal von Alex. »Es war noch schlimmer, als sie es beschreibt. Schlimmer, weil sich die anderen Mädchen danach drängten. Nach der Überheblichkeit, natürlich, aber auch danach, kleingemacht zu werden. Sie fanden das erregend: gezähmt und gedemütigt zu werden und einen Platz in der Rangordnung zugewiesen zu bekommen. Chris und ich dagegen haben, wie ihr wisst, in der Mittagspause das *Kommunistische Manifest* gelesen.«

»Ostentativ«, fügte Christine entschuldigend hinzu. »Wir haben uns furchtbar damit gebrüstet. Während die anderen Blumenkränze flochten oder Gummitwist spielten. Und das *Manifest* hat uns entsetzlich gelangweilt, wir haben kein Wort davon verstanden; eigentlich lasen wir lieber historische Romane. Das Buch hatte zu

Hause auf dem Regal gestanden. Dad arbeitete damals als Berater in Fragen der medizinischen Grundversorgung für Regierungen in Afrika. Meine Eltern hatten zu der Zeit so etwas wie eine verhaltene Zuversicht, was den Kommunismus betraf. Sie dachten, in Russland sei das bedauerlicherweise schiefgegangen, aber für die Dritte Welt, wie wir damals sagten, waren sie optimistisch. Was wir an Negativem von dort hörten, war ihrer Meinung nach oft nur amerikanische Propaganda.«

»Kurios«, sagte Alex.

Diese alte Zuversicht, das gab sie zu, lag jetzt so fern wie der Glaube an die Phrenologie oder den Mesmerismus. »Sie wussten es nicht besser. Aber naive Unschuld hat Folgen, ich weiß. Sie ist nicht wirklich unschuldig. Das gilt für uns alle hier im Westen, die wir die Henne und das Ei haben. Und uns noch Geld auf unsere Henne leihen, als müssten wir nie dafür bezahlen.«

Sie schob einen Armreif aus Horn an ihrem Handgelenk herum, den sie am Vortag einer jungen Senegalesin abgekauft hatte, die diesen Schmuck in den Straßencafés zum Verkauf anbot; als sie fragten, ob sie Sehnsucht nach Zuhause habe, sagte sie, sie gehe in drei Wochen wieder zurück. Hinterher hatten sie überlegt, ob das ihre Standardantwort war. Vielleicht waren die Touristen spendabler, wenn sie nicht fürchten mussten, ständig wieder von ihr angesprochen zu werden.

Zachary warf die Frage auf, ob sie noch einen Nachtisch bestellen sollten.

Als sie aufgegessen, ihren Kaffee getrunken und gezahlt hatten, blieben sie weiter am Tisch sitzen. »Die Kirche ist aber wirklich gut«, sagte Zachary. »Und um vier macht sie leider zu. Aber wir müssen hier nicht weg, wenn ihr nicht wollt.«

Alle stimmten widerstrebend zu, dass sie weitermüssten, und standen schließlich traumverloren auf, in Zeitlupe und leicht berauscht, sahen sich mit Bedauern noch einmal im Garten um, als wäre das etwas Wunderbares und Einzigartiges, das hätte ewig weitergehen können, aber am Ende doch aufgegeben werden musste.

An Christines und Alex' letztem Tag fuhren Alex, Lydia und Nathan zur Abwechslung mit dem Zug nach Vicenza; Zachary blieb mit Christine zurück, weil er versprochen hatte, ihr die Deckengemälde von Tiepolo in der Scuola dei Carmini zu zeigen. Der Himmel war bedeckt, immer wieder gingen Schauer nieder, die Touristen drängten sich mit hängenden Köpfen in den engen Gassen zusammen. Doch als Christine sich ihren Weg hindurch bahnte, von Zachary mit einer Berührung an der Schulter oder am Ellbogen gelenkt – hier lang, da weiter, jetzt nach links –, fühlte sie sich schwerelos und entspannt, als wäre ein Leistungsdruck von ihr genommen worden. Sie sei zu transparent in ihren Beziehungen zu anderen, dachte sie, lasse deren Stimmungen und Empfindungen chaotisch in sich widerhallen, reagiere nach zu vielen Seiten, mache aussichtslose Beschwichtigungsversuche. Nun, da sie das kritische Bewusstsein ausgeschaltet hatte – als ließe sie sich unter die rastlos spiegelnde Wasserfläche eines Sees sinken –, ging sie so ruhig und aufmerksam durch den Tag, als wäre sie allein. Zachary zählte irgendwie nicht; sie waren liebe alte Kameraden, sie mussten sich nicht übermäßig anstrengen.

Sie wechselten einen einzigen vielsagenden, lächelnden Blick, als die Glocken der Kirche Santa Maria dei Carmini läuteten.

Anfangs hatten sie die Scuola ganz für sich allein. Nachdem sie durch den unscheinbaren Eingang abgeduckt waren und das Geschiebe auf den Straßen hinter sich gelassen hatten, dauerte es einen Moment, bis sich der Friede dieses Ortes auf sie übertrug; sie fühlten sich weiter lärmend vorangetrieben, während sie blinzelnd in dem schummrigen Vorraum standen, ihre Augen sich an das Dämmerlicht gewöhnten und ihr Herzschlag sich beruhigte. Sie atmeten eine andere abgestandene, kühle, stillstehende Luft: Der aschige Beigeschmack von Weihrauch, der sich in Jahrhunderten der Konsekration abgesetzt hatte, war beider Empfinden fremd und doch überaus nostalgisch. Selbst der kalte Stein roch danach. Eine Frau verkaufte ihnen hinter der üblichen dürftigen Auslage bräunlicher Ansichtskarten ihre Tickets. In Wahrheit hatte Christine sich vorher kaum Gedanken über die Kunstwerke gemacht, sie war es leid, sich in Erstaunen versetzen zu lassen, und Tiepolo war ohnehin nicht ihr Fall. Sie hatte gedacht, dass die Scuola andere Ausmaße hätte, und freute sich über deren bescheidene Größe, die zu ihrer eigenen Stimmung passte; sie spähte bereitwillig, als wäre sie wirklich interessiert, in Vitrinen mit religiösen Insignien, Medaillen, Silberzeug, Ablassbriefen, altersmürben Stickereien. Und sie freute sich darauf, hinterher eine charaktervolle kleine Bar zu finden, wo sie und Zachary einen Kaffee trinken, sich ihre Befindlichkeiten anvertrauen und den neuesten Klatsch aus der Kunstszene austauschen könnten.

Als sie endlich unter den berühmten Deckengemälden im Kapitelsaal standen, war Christine besonders empfänglich dafür, nicht weil sie darauf vorbereitet war, sondern eben weil sie es nicht war. Da sie ihnen mit Passivität, mit Unbedarftheit begegnete, wurde sie von ihnen überrumpelt. Durch die aus runden, Flaschenböden gleichenden Scheiben zusammengesetzten Fenster fiel ein fahles, klares Licht herein; die Stimmen draußen auf der Straße klangen so fern wie das Schwalbengekreisch. Benommen drehte sie sich immer wieder um die eigene Achse, starrte nach oben, bis ihr der Nacken wehtat, versuchte einzelne Gestalten – wessen Fuß ist das, wem gehören diese Beine? – aus den prachtvoll gebauschten Faltenwürfen, den üppigen, in leere Himmel aufsteigenden Formen herauszulösen. Sie schien diese Farben – schwelgerische Töne von Rosa, Gold und Blassgrün – auf ihrer Haut, die Verdrehungen der Körper in den eigenen Muskeln zu spüren. An jedem gewöhnlichen Tag, während ihrer aller Leben anderswo weiterging, waltete hier drinnen die Jungfrau, eine herrliche Königin – und die Kraft der Engelsflügel war so stark wie die großer Vögel, sodass man den Aufwind ihrer Bewegungen spürte. Was sie hier vor sich sah, war von ungeheurer Tragweite. Und in einer Ecke herrschte furchtbare Finsternis – ein offenes Grab, Knochen, brauner Schmutz, Leiden, zwei aus einer Wolke ragende Hände, die mit Fingern und Daumen ein O für das Nichts formten.

»Oh, das ist … ich *liebe* es, Zach.«

Er legte ihr einen Arm um die Schultern. »Ich auch.« Sie wankten gemeinsam weiter, den Kopf in den Nacken gelegt, den Blick nach oben gerichtet, hierhin und dorthin zeigend; dann entdeckte Zachary, dass für Besucher auf poliertes Holz aufgezogene Spiegel bereitlagen. Die Demut mit ihren schmalen Augen, in Rosa und Silber, mit einer Krone unter dem Fuß und einem Lämmchen im Arm sah ganz und gar nicht demütig aus; sie waren sich einig, dass sie Lydia ähnlich sah. Ein weiteres Pärchen, Franzosen, kam laut aus der Broschüre vorlesend die Treppe herauf; Christine und Zachary machten energisch ihr Vorrecht auf diesen Saal geltend. Als die Franzosen schließlich aufgaben und gingen, saß Christine auf der hölzernen Bank, die sich an der Wand entlangzog, und nahm mit dem Spiegel im Schoß die gesamte Decke in Augenschein. Zachary setzte sich neben sie und beugte sich herüber, um zu sehen, was sie sah; Christine fing aufgeregt seinen Blick im Spiegel auf, wo ihr sein Abbild zulächelte. »Ich *liebe* die Vergangenheit«, sagte sie.

»O ja, ich auch, die Vergangenheit.«

»Aber ich meine es ernst, ganz ehrlich, hör mir zu. Inzwischen denke ich manchmal fast, ich brauche die Gegenwart gar nicht. Die Vergangenheit ist mir genug, genug für mein Leben. Hört sich das verrückt an? Ich konnte es nur dir sagen.«

»Es ist nicht verrückt.«

Sie beobachtete im Spiegel seine Augen und sah, dass er sich in sie einfühlte. »Ich will damit nicht sagen, dass die Vergangenheit gut war«, fuhr sie fort, »oder fair oder besser oder sonst was. Aber nichts kann jemals schöner sein als das hier, nicht wahr? Es ist über die Maßen schön. Es übertrifft alles, was ich mir hätte vorstellen können. Es erfüllt mich, es ist mir genug.«

Während Zachary ihr weiter im Spiegel zulächelte, den Blick nicht von ihr wandte, nahm er ihre Hand, beugte sich darüber, küsste versonnen die Innenseite ihres Handgelenks. »So originell bin ich nicht. Ich hungere auch nach Dingen in der Gegenwart.«

»Aber ja, natürlich. Aber nicht in diesem Moment.«

»Die Vergangenheit macht mich noch hungriger.«

»Ich habe dich furchtbar lieb, musst du wissen«, sagte sie. »Mit dir kann ich immer reden, Zach, du bist wie ein Bruder für mich.«

Da seufzte er hörbar auf. »Anscheinend bin ich für alle immer ein Bruder, ja?«

Betroffen wandte Christine den Blick von ihren Spiegelbildern Zacharys Gesicht zu: Vor Überraschung hätten sie beide fast den Spiegel fallen lassen – er fing ihn schnell auf. Sie sah ihren Freund jetzt mit anderen Augen: seine lebhafte jungenhafte Heiterkeit, den schwarzen, von drahtigen grauen Fäden durchsetzten Bart, die dunklen Sorgenschatten um die Augen, die geplatzten roten Äderchen auf der Nase, die wache Intelligenz, die auf die ihre traf. Gewöhnlich verlangte Zachary nie Aufmerksamkeit für sich selbst – sein sonniges Gemüt war wie ein Schutzschild, an dem Fragen abprallten. Sein schwer an sie gelehnter Körper duftete angenehm, und er strahlte Vitalität aus, als wäre es Hitze; als er noch einmal ihr Handgelenk küsste, ließ sie der sanft kitzelnde Druck seines Barts aufschrecken. »Zacky, was soll das heißen? Was ist mit Lydia? Für sie bist du kein Bruder.«

»Ach nein? Dann eben etwas Ähnliches, fast schon Schmähliches.«

Christine dachte, sie müsse mit diesen Enthüllungen

so behutsam umgehen, als wären es Scherben von zerbrochenem Glas. »Nein. Ich weiß nicht. Schmählich würde ich jedenfalls nicht sagen.«

»Na, das ist gut.«

»Aber ihr beide macht immer einen so glücklichen Eindruck.«

»Wir sind glücklich, alles okay, keine Sorge.«

»Ich weiß, Lydia erweckt manchmal den Eindruck, als nähme sie andere nicht recht wahr. Sie hat Phantasie und sie ist intelligent, aber auch ein bisschen rigide. Wie die Demut an der Decke. Sie ändert sich nicht, und das ist das Großartige an ihr – aber sie sieht auch nicht, dass du dich änderst. Sieht nicht, was du alles siehst.«

»Das könnte ungefähr stimmen.«

Christine hakte verlegen nach. »Hast du je andere Frauen gehabt, Zach? Seit du mit Lydia zusammen bist. Ich glaube nicht.«

»Nein, nie.«

»Und sie hatte nie andere Männer. Das wüsste ich, da bin ich mir sicher.«

»Wir waren beide irrwitzig treu.«

»Ach, und ich auch! Irrwitzig!«

Für einen kurzen Moment war Christine versucht zu fragen: »Und Alex, was meinst du? War er immer treu?« Dann dachte sie, dass sie und Zachary schon zu viel über Alex geredet, dieses alte Thema zu oft beackert hätten. Er hielt immer noch ihre Hand. Aneinander gelehnt, jeder des anderen Wärme spürend, schauten sie weiter zur Decke hinauf – wie sie es noch vor einer halben Stunde in aller Unschuld getan hätten, nur war zwischen ihnen jetzt alles anders geworden, Zacharys Unzufriedenheit war so greifbar und irritierend, als säße ein Dritter bei ihnen. Dieser neue Zachary, der abgestumpft und mehr von dieser Welt war, behagte Christine nicht ganz; andererseits fand sie ihn imposanter und musste seiner neuen Stärke, seinem Beharren auf sich selbst Rechnung tragen. Er war nie schön gewesen, doch plötzlich wirkten seine Körperfülle und das rote Gesicht machtvoll wie auf dem Porträt eines großen Kaufmanns. »Ich finde es ziemlich beschämend«, sagte er, »nicht gesündigt zu haben, wo wir schon in Venedig sind. Als wären wir der Stadt nicht würdig gewesen. Du weißt schon – nicht würdig der Kunst und all dem Anreiz zum Vergnügen. Der allgemeinen Herrlichkeit. Meiner treuen Begleiterin.«

Sie drückte seine Hand, er drückte fest zurück. »Wir könnten in die Wohnung gehen und sie ganz für uns haben«, murmelte er in ihre Haare. »Die anderen kommen frühestens am Abend zurück. Wollten sie nicht in Vicenza essen?«

»Zach, wie meinst du das?«

»Du weißt, was ich meine. Warum nicht? Es ist ja nicht so, dass wir es nicht schon getan hätten. Dann ist es doch irgendwie in Ordnung?«

Christine widersprach entsetzt, lachend: Nein, und das wisse er auch! Es könne nie in Ordnung sein, niemals.

»Dann pfeifen wir eben auf die Ordnung. Es muss ja niemand erfahren.«

Sie sagte, dafür seien sie doch jetzt zu alt. Und es sei auch gar nicht ihre Art.

»Ich finde, es könnte womöglich doch meine Art sein«, sagte er. »Auf meine alten Tage. Was meinst du?«

Sie gab sich Mühe, mit ruhiger, fester Stimme zu sprechen, wie um ihn zu ermahnen – oder sich selbst zu mahnen. »Aber ich liebe doch unsere häuslichen Nachmittage in London. Wenn du zu Besuch kommst und es regnet, ich koche Tee, Alex ist in der Schule, wir sitzen da und reden. Es stört mich nie, wenn du mich bei der Arbeit unterbrichst: Du bist der Einzige, bei allen anderen werde ich zickig, wenn sie mich behelligen.«

»Ja genau, ich liebe sie auch, diese verregneten Nachmittage, sehr sogar.«

»Ich will nicht, dass sich daran etwas ändert.«

»Nichts müsste sich ändern. Wir könnten hinterher genauso weitermachen wie bisher. Wir würden kein Wort darüber verlieren, auch nicht, wenn wir allein sind: Als wäre es nie geschehen. Nur wäre es eben geschehen.«

An der Decke über ihnen wollte ein Engel aus cremefarbenem Licht einen Mann auffangen, der mit ausgestreckten Armen von einem hohen Gerüst fiel, er schwebte heran, um ihn anmutig, ohne Eile und mit einem langen, liebevollen Blick aufzuheben – als könnte damit jede Katastrophe abgewehrt, könnte alles gerettet werden.

Sie eilten im Regen durch die engen Gassen zwischen den Touristen in ihren tropfenden Plastikumhängen zurück: Wie zuvor lenkte er sie von hinten mit einer Hand an ihrer Taille oder Hüfte – hier links, da rechts –, nur ließ jetzt jede seiner Berührungen einen Ruck durch ihren Körper gehen, das Blut in ihren Adern aufwallen. In einer Bar tranken sie etwas im Stehen, um sich Mut zu machen, weil Christine fürchtete, ihre Begierde könne sich auflösen, bevor sie zu Hause waren, sie würden wieder auf ihr alltägliches Ich zurückgeworfen, zu verlegen, um wirklich etwas zu tun. Doch das geschah nicht. Sobald sie die schwere Haustür hinter sich zugeschlagen hatten und in dem feuchten Dämmerlicht und den erdigen Gerüchen des *piano terreno* eingeschlossen waren – zusammen mit einer verrottenden alten Gondel und einigen nicht abgeholten Briefen für die Bewohner, braun vor Feuchtigkeit auf einem steinernen Sockel –, fielen sie sich zum ersten Mal seit zwanzig Jahren in die Arme. Und sie waren immer noch ein gutes Paar. Sie verschmolz mit ihm.

Als sie dann die Steintreppe zu ihrer Wohnung hinaufliefen, berührten sie beide den Marmorlöwen auf der untersten Stufe, das sollte ihnen Glück bringen – der Löwenkopf war im Laufe der Jahrhunderte von so vielen Händen abgegriffen worden, dass er glatt und hundeähnlich war. In der Wohnung breitete Zachary ein großes Badetuch auf Nathans Bett aus – sie waren sich stillschweigend einig, dass keins der ehelichen Betten infrage kam. Christine fiel es irgendwie ganz leicht, sich vor Zachary auszuziehen, sich ihm zu zeigen: Er hatte sie ja schon früher gesehen, als sie jung war. Sie schienen sich an alles zu erinnern, verziehen einander alles, es spielte keine Rolle, ob sie hastig oder ungeschickt waren. Als sie hinterher eng beieinander auf Nathans schmalem Bett lagen, war die wunderliche Lampe an der Decke eine Offenbarung für sie: Diese Lampe hatten sie vorher nie bemerkt. Nach oben schauend, erörterten sie liebevoll jedes Detail der verschlungenen, rosa und grün bemalten metallenen Blätter und Rosenknospen, die cremeweißen gläsernen Lampenschirme in der

Form von Lilien. Sie schworen sich, das würden sie nie und nimmer vergessen. Und später, ehe die anderen zurückkamen, steckten sie das Badetuch zusammen mit ein paar anderen Sachen in die Waschmaschine und stellten sie an.

7

Christine und Alex saßen, nunmehr getrennt und doch vertraut, in dem dunkel gewordenen Raum zusammen – demselben Raum, in dem sie ihm, Monate zuvor, gesagt hatte, was mit Zachary geschehen war. Sie saß in ihrem Sessel; Alex hockte auf dem Sofa, den Kopf gesenkt, die Hände zwischen den Knien verschlungen. Zum ersten Mal seit seinem Auszug hatten sie vernünftig, ohne gegenseitige Beschuldigungen miteinander reden – oder, wie jetzt, schweigend zusammensitzen können. Draußen war es Herbst geworden. Selbst hier im Haus lag ein herber und dumpfiger Geruch von moderndem Laub in der Luft. Die Blutbuche vor dem Fenster hatte eine bräunlich-dunkelrote Farbe angenommen, die im Dämmerlicht in der Unsichtbarkeit versank; im Freien regte sich etwas Waches, Rastloses, es kratzte im Rinnstein, scharrte auf dem Gehweg. Von den Platanen abgefallenes Laub, zu Haufen zusammengeweht, wirbelte in Windstößen schreckhaft auf; im Westen jagten fransige blaue Wolkenfetzen vor einem flammenden Orange dahin. Christine hatte die Heizung nicht angestellt: Vielleicht sollte die spürbare Kühle ein Vorwurf sein, vielleicht wollte sie damit deutlich machen, wie sehr sie bei ihrem nunmehr reduzierten Einkommen zum Sparen gezwungen war. Sie trug einen uralten weiten seetangfarbenen, im späten Licht grau wirkenden Pullover, der ihrem Vater gehört hatte; das Kinn hatte sie Wärme suchend in den dicken Rollkragen vergraben, die langen Ärmel über die Hände gezogen. Alex' Jacke war zu dünn, er gewöhnte sich bereits an die Temperaturen in Garret's Lane. Lydia drehte die Heizung immer entsetzlich auf.

Alex und Christine hatten vor allem über Isobel gesprochen. Beide hielten nicht viel von deren neuem Freund – zu vornehm, zu gelassen und von sich überzeugt. Blaise hatte Isobels Eltern aus seinen blassblauen Augen argwöhnisch gemustert, erkennbar wenig beeindruckt, als hätte er es sich bereits zur Aufgabe gemacht, Isobel vor dem Unsoliden und Fragwürdigen dieser Generation in Schutz zu nehmen. Aber sie waren sich einig, dass er ihr auf die Dauer wohl zu spießig sein würde – auch wenn sie sich überraschend eifrig um ihn zu bemühen schien. Beide hatten, jeder für sich, mit Bedauern bemerkt, wie fügsam ihre Tochter auf eine gewisse Unbeweglichkeit in Blaise' Charakter einging. Er war freundlich, gut informiert und sogar amüsant, konnte sich aber nicht auf seine Gesprächspartner einstellen und hielt mit seinen Ansichten – etwa über Afghanistan oder Sozialhilfeempfänger – nicht hinterm Berg; diese Ansichten waren verstörend konservativ, dabei aber nicht einfach konventionell oder dumm. Isobel warf ihm beifällige Blicke zu und setzte alles daran, diesem Mann, der so ganz anders war als die Menschen, bei denen sie aufgewachsen war, nicht zu widersprechen. Auf ihren Vater reagierte sie noch immer empfindlich. Von der alten Ungezwungenheit zwischen ihnen war nichts mehr geblieben, und Alex litt schuldbewusst darunter, auch wenn er Christine das nicht sagte. Er hatte seiner Tochter ein Wissen um ihn als männliches Geschlechtswesen aufgezwungen, das sie lieber nicht gehabt hätte. Doch das war nicht mehr zu ändern, konnte nicht ungeschehen gemacht werden.

Alex hatte Chris an dem Nachmittag vermitteln wollen, dass er sich zwischen ihr und Lydia hin- und hergerissen fühle und dass es sein Wunsch sei, die Verbindung zu beiden aufrechtzuerhalten. Doch er hatte es nicht über die Lippen gebracht, aus Angst, ihr Sarkasmus werde aus seiner zarten Idee eine Travestie, eine lächerliche männliche Zumutung machen. Er sah Christine jetzt klarer als in der Zeit, in der sie zu dicht aufeinandergehockt hatten: ihre Überspanntheit und Unbeholfenheit, ihre verträumte Unbestimmtheit und ihre gleichsam emanzipierte Art, auf Ereignisse und Menschen so zu reagieren, dass sie mit bestürzenden Äußerungen, mit harschen, gequälten Werturteilen und Schuldzuweisungen herausplatzte. Ihr Charakter zeigte sich in ihrem Gesicht, bis auf die feinen Knochen ausgezehrt und verschwommen ohne Make-up; das schwere dicke Haar, das sie vor Kurzem selbst mit der Schere vor dem Spiegel zu einem zottigen Bubikopf abgeschnitten hatte, war jetzt fast vollständig ergraut – im Gegensatz zu den Augenbrauen, glatten Strichen von dunklem Pelz. Als Christine aufstand, um die Lampen einzuschalten, bot sie ihm Tee oder einen Drink an, und er war dankbar dafür.

»Warum nicht? Es wird ja schon dunkel, da dürfen wir uns einen Drink genehmigen. Soll ich uns einen Gin Tonic machen?«

Sie sagte, sie würde das selbst machen, was ihm bedeutete, dass er sich in dieser Wohnung nicht mehr wie zu Hause fühlen solle. Als sie mit Gläsern, Eis und Zitrone auf einem Tablett aus der Küche kam, schaute Alex sich im Zimmer um. »Hat sich hier etwas verändert?«

»Ich habe es frisch gestrichen. Wieder nur weiß, aber es sieht hübsch aus, nicht wahr?«

»Das hast du ganz allein gemacht?«

»Dazu bin ich durchaus in der Lage. Beim Lackieren hat Iz mir geholfen. Ich hatte deine Sachen aussortiert, um sie dir zurückzugeben, Bücher und CDs, und dann dachte ich, wenn ich schon dabei bin, kann ich eigentlich gleich alles ausräumen und neu streichen. Es hat mir Spaß gemacht. Wie in den alten Tagen: in meiner Latzhose oben auf der Leiter, den Farbroller in der Hand, ein Tuch um die Haare und dabei Radio Four hören. Ich habe allerlei gelernt. Und jetzt ist es luftiger hier, es sieht schöner aus, nicht so vollgestopft. Ich habe die Bilder umgehängt. Außerdem habe ich die Nischen in diesem Gelbton gestrichen.«

Christine hoffte, Alex werde sich aus diesem schönen Raum ausgeschlossen fühlen. Beim Malen war es ihr vorgekommen, als versiegelte sie die Wände gegen ihn, schlösse jede Wiederkehr ihrer gemeinsamen Vergangenheit aus. Sie hatte hier sogar ein Essen für ein paar Freunde gegeben und genoss die Leichtigkeit ihrer sozialen Beziehungen, da sie nun nicht mehr seinem strengen Urteil, seinen Launen Rechnung tragen musste. Doch an diesem Nachmittag schien er gar nicht mehr gehen zu wollen. Sie sprachen über ein Theaterstück, das sie beide gesehen hatten, wenngleich nicht zusammen. Für einen kurzen Moment drängte sich ihr ein Bild auf, plastisch und lebendig wie eine Halluzination: dass eines Tages Lydia hier zwischen ihnen sitzen könnte und ihre ganze Vorgeschichte nur der grelle Hintergrund einer neuen Normalität wäre. Christine sah ihre alte Freundin vor sich, die gelassen und mit herausfordernder Nonchalance zwischen ihnen hin und her schaute, während sie sich unterhielten, und dabei noch ihr Kunststück fertigbrachte zu vermitteln, dass sie gelangweilt war, aber nicht unruhig, ganz in sich gekehrt. Die Vorstellung verursachte Christine Übelkeit. Sie hatte Lydia nicht mehr gesehen, seit sie im Konzert nebeneinander gesessen hatten.

Alex stellte sich vor den hohen Spiegel über dem Kaminsims, betrachtete sich, als dächte er an etwas anderes.

»Ach Alex, du bist nicht mehr so jung, wie du mal warst.«

Er beugte sich vor, um sich noch kritischer zu mustern. »Sehe ich älter aus?«

»Du siehst allmählich distinguiert und gesetzt aus, nicht mehr wie ein feuriger Rebell.«

»Gesetzt? Doch sicher nicht, noch nicht«, rief er aus. Er legte den Kopf schief und betrachtete sich, unzufrieden, aus einem anderen Blickwinkel. »Offenbar kommst du sehr gut ohne mich zurecht«, sagte er, als hätte sie ihn verletzt. »Lydia dagegen ist ein gebrochener Mensch.«

Christine fuhr zusammen, die Ginflasche zuckte beim Einschenken in ihrer Hand. Als sie sich wieder in ihren Sessel setzte, zog sie die Knie an und verkroch sich in den ausgebeulten Pullover; sie vergrub die Nase darin und atmete den Sicherheit gebenden Geruch ihres Vaters ein, des abgeklärten englischen Experten. »Versuchst du es so vor dir selbst zu rationalisieren?«

»Aber glaubst du nicht, dass es so ist?«

»Diese Version der Geschichte ist sehr schmeichelhaft für dich. Lydias aufopferungsvoller Retter.«

Alex wandte stirnrunzelnd den Blick von seinem Spiegelbild und spielte mit den Kunstobjekten auf dem Kaminsims herum, schob sie blind hierhin und dorthin. Es waren entzückende, außergewöhnliche Dinge, die Christine im Laufe der Jahre zusammengesammelt hatte: eine kleine Zeichnung eines Interieurs von einem Sickert-Schüler, eine Glasskulptur in Form einer gefrorenen Welle, eine rosa-goldene Porzellantasse aus dem 18. Jahrhundert ohne Untertasse, alte Lettern aus einer Arts-and-Crafts-Druckerpresse. Er hantierte ungeschickt damit herum, weil Christine ihn beobachtete, als fürchtete sie, er könnte etwas fallen lassen. »Es ist nun einmal passiert«, fuhr er fort. »Also haben wir jetzt andere Verhältnisse. Es war sowieso schon alles anders, wegen Zachary. Ein einziges Chaos. Lydia und ich … Und muss es nicht weitergehen mit uns dreien? Mit unserer Verbundenheit, meine ich.«

»Alex, das hast du alles weggeworfen!«

Sie brachte ihm seinen Gin Tonic an den Spiegel, wo sie mit den sprudelnden Gläsern unbehaglich anstießen. Der erste kalte Schluck in dem kühlen Zimmer war ein heilsamer Schock, sie betrachteten einander mit neuem Ernst. »Natürlich weiß ich, dass es kompliziert ist«, räumte sie ein. »Wir müssen uns nicht streiten. Aber es ist schwierig für mich, wenn du hier bist. Es wäre mir lieber, du würdest nicht mehr herkommen.«

Es war ihr wichtig, das zu sagen. Und doch war sie jedes Mal, wenn Alex sich ankündigte, aufgewühlt und erregt, als wartete sie auf einen Liebhaber, einen grausamen, verletzenden Liebhaber; wenn er dann da war, fürchtete sie den Moment, in dem er wieder ging, als würde sie damit ausgelöscht. Aber ohne diese Aufregung wäre das Leben sicher leichter für sie. Außerdem musste sie sich, wenn er hier war, unwillkürlich vorstellen, wie Lydia im Vollgefühl ihres Besitzanspruchs in der Garret's Lane auf ihn wartete. Christine erklärte ihm mit Bestimmtheit, das sei jetzt nicht mehr sein Zuhause. Sie war sich wohl bewusst, auch wenn sie es nicht erwähnte, dass sein Name noch immer mit ihrem im Grundbuch eingetragen war und unter dem Vertrag für den gemeinsam aufgenommenen Wohnungskredit stand, den sie schon fast abgezahlt hatten. Er tilgte die Raten weiterhin jeden Monat von seinem Gehalt, hatte sein Zimmer in Gospel Oak aufgegeben, weil er es sich nicht mehr leisten konnte, und war bei Lydia eingezogen. Doch Alex würde diese finanziellen Erwägungen nie aufs Tapet bringen und gegen sie verwenden. Er sprach überhaupt nie von Geld, und sie konnte mit seiner Großzügigkeit rechnen. Nach außen hin verhielt er sich ihr gegenüber nie anders als ritterlich und rücksichtsvoll.

Alex sah nur Christines erschöpfte Ruhe; ihr inneres Ringen zeigte sich nicht an der Oberfläche. Er spürte, dass sie ihn ausschloss, ein für alle Mal. »Was macht deine Arbeit?«, fragte er, als wäre er eifersüchtig darauf.

Sie log, es gehe gut voran, und es sei schön, wieder eine Beschäftigung zu haben. In Wirklichkeit war die Tür zu ihrem Atelier noch immer verschlossen. Diese Lügen erzählte sie allen, sie konnte nicht laut aussprechen, dass sie noch immer ein Verbot in sich spürte, zu ihrer Kunst zurückzukehren. Ihre Verweigerung war zu beschämender Eitelkeit geworden, die sie vor anderen lieber verbarg: Es war ja nicht so, dass sie Zachary damit ein Andenken bewahrte oder etwas ähnlich Löbliches täte. Sie war vor Furcht wie gelähmt; von Tag zu Tag schob sie es auf, sich dieser Angst zu stellen, und dachte bisweilen, vielleicht würde sie ihre Arbeit nie wieder aufnehmen können. Nur was sollte sie dann mit dem Rest ihres Lebens anfangen? »Und was macht die Schule?«, fragte sie Alex fröhlich.

Als er fort war, traf sie der vertraute Schmerz des Verlusts wie ein Säbelhieb: Sie hätte auf die Knie fallen können. Jetzt, da es zu spät war, entflammte sie wieder für ihn. Ach, Alex! *Lieg still, lieg still, mein brechend Herz / Mein schweigend Herz, lieg still und brich.* Doch sie war klug genug, dieser Anwandlung nicht nachzugeben. Stattdessen setzte sie ihre tauben Glieder in Bewegung, nahm Tasche, Mantel und Schlüssel und ging aus dem Haus. Schon der erste Schwall schmutziger Stadtluft, der sie beim Öffnen der Haustür erfasste und zusammen mit Fetzen von schmierigem Abfall vorwärtstrieb, traf sie wie ein Schlag ins Gesicht und brachte sie wieder zur Vernunft. Sie wollte neue Kissen für das Wohnzimmer nähen; in einem Geschäft an der Ecke gab es leuchtend bunte Batikstoffe, die in Holland für den westafrikanischen Markt hergestellt wurden. Man musste auf eine elektrische Klingel neben der Ladentür drücken, und als Christine eingelassen wurde, umfing sie der geschäftige Trubel von Nigerianern, die Stoffballen in solchen Mengen kauften, dass sie kaum in ihre Koffer passten. Als sie nach langer Überlegung ihre Farbauswahl getroffen hatte, hatte sie sich wieder vollständig gefangen. Dieser Abschiedsschmerz kam anscheinend immer anfallsweise; man musste ihn nur aushalten, darüber hinwegkommen. Zu Hause freute sie sich an dem fröhlichen Stoff in Rosa und Senfgelb und holte sofort ihre Nähmaschine aus der Abstellkammer unter dem Dach herunter. Da sie auf niemand anderen Rücksicht zu nehmen brauchte, konnte sie sich ihre Tage nach Lust und Laune einteilen, schlafen, essen und sauber machen, wann sie wollte.

Die grausame Wahrheit ist, dachte Christine, dass sie, wenn sie das Schmerzliche und Demütigende der Trennung einmal überwunden hätte, keine Verwendung mehr für Alex haben würde. Der Schmerz war ein Phantom, das nach etwas schrie, was nicht mehr Teil von ihr war. Sie schaltete die Maschine in zornig klingenden Stößen ein und aus, schnitt mit ruckartigen Bewegungen Fäden ab, nahm Maß für die Kissen, rechnete. Was für eine eiskalte Weisheit, fast erschrak sie über sich selbst. Aber es wäre auch kalte Weisheit gewesen, wenn sie Alex zurückgenommen hätte – falls er das überhaupt gewollt hätte. Einst war ihrer beider Leben von den versteckten Bedeutungen erfüllt gewesen, die jeder im anderen aufspürte, aber das war Jahre her. Und nun hatte er all die verschlungenen Fäden ihres Zusammenlebens zerrissen, die sie aneinander gebunden hatten, und so konnte sie lernen, ohne ihn zu leben. Er hatte recht: Lydia brauchte ihn und sie nicht. Was blieb, war die fundamentale Frage – vor der sie sogar jetzt beim Nähen innerlich zurückscheute – ihrer Arbeit, was sie tun sollte. Doch dabei konnte Alex ihr nicht helfen.

Christine hatte unbekümmert Gin ausgeschenkt, und als Alex die Wohnungstür hinter sich zuzog, spürte er plötzlich die Wirkung des Alkohols: ein Aufflackern gesteigerter Emotion, wie ein weißes Licht in seinem Kopf. Und wenn er zu ihr zurückginge? Einen Moment lang konnte er sich lebhaft vorstellen, wie er Christine in die Arme schloss, sie tröstete, all die freundschaftlichen Formen ihres alten Lebens wieder aufnahm – und fast hätte er sich umgedreht, die Hand gehoben, um zu klopfen, an Christine zu appellieren. Er konnte vorgeben, etwas vergessen zu habe. Dann erinnerte er sich an die kühle Selbstgenügsamkeit, mit der sie ihn verabschiedet hatte, an diesen grauen Blick mit einem Anflug von Spott. Hatte sie ihm nicht gesagt, er werde allmählich alt? Und in dem schwarz-weiß gefliesten, vor lauter Vertrautheit öden Flur, der von einer nackten Energiesparlampe mit Zeitschalter erleuchtet wurde, ging er die Post durch, um zu schauen, ob etwas für ihn dabei war – aber Christine hatte ihm alles nachgesandt. Das Licht erlosch.

Draußen schlug ihm aus dem trüben Licht ein Windstoß entgegen, fiel unerwartet über ihn her; kecken Krähen, die sich im Wirbelwind aufschwangen, wurde das Gefieder zerzaust. Er blieb eine Weile im Auto sitzen, ohne den Motor anzulassen. Als er dann Christine aus der Haustür kommen sah – unterwegs, so schien es ihm, in ihr unbekanntes neues Leben –, gab er sich einen Ruck und fuhr los, aber nicht nach Hause zu Lydia. Er folgte einfach der Straße, überließ sich, ohne auch nur innerlich aufzubegehren, dem fast zum Stillstand gekommenen Verkehr auf der North Circular Road und nahm schließlich aufs Geratewohl eine Ausfahrt auf die M11. Als er auf halbem Weg nach Oxford an einer Tankstelle anhielt, rief er Lydia an und sagte, er müsse für ein paar Tage allein sein, bat sie, in der Schule Bescheid zu sagen, und ließ sie vorsorglich wissen, dass er sein Ladegerät nicht dabeihabe und sich deshalb nicht regelmäßig melden könne. Er wisse nicht, wo er hinfahre. Sie solle sich keine Sorgen machen.

In letzter Zeit war Alex einiges passiert, was eigentlich nichts zu bedeuten hatte, ihn aber dennoch verstörte und bewegte. Einmal hatte er nachmittags auf dem Heimweg in der überfüllten U-Bahn gestanden – müde von der Arbeit, von fremden Körpern bedrängt, rauschenden Lärm in den Ohren – und eine braunhäutige Frau beobachtet, groß und hübsch, mit breiten Schultern, die Haare leuchtend rot gefärbt und raspelkurz geschnitten. Ihm gefiel die kerzengerade Haltung, mit der sie auf dem Sitz eine kleine Festung ihres persönlichen Geschmacks um sich errichtete und ungerührt ihrer Musik lauschte, wie das weiße Kabel verriet, das sich aus ihrem Ohr schlängelte; er hatte sich eine ganze Identität für sie zusammenphantasiert – wahrscheinlich arbeitet sie im künstlerischen Bereich, dachte er, aber als ausgebildete Fachkraft in einem technischen Beruf. Vielleicht beim Film, als Editorin. Er selbst hatte sich so unsichtbar gefühlt, dass er sie wohl unverhohlen angestarrt hatte: Die junge Frau war etwa in Isobels Alter.

Als sie aufstand und aussteigen wollte, trafen sich ihre Blicke, und Alex dachte, dass sie ihn weder zurückweise noch ermuntere. Im Gedränge wurde sie gegen ihn gedrückt, ihr Mantel stand offen – sie schaute kühl an ihm vorbei, stieß mit ihrer Tasche an seine Knie. In einem wahrhaft verrückten, waghalsigen Moment – dabei war er müde, er wollte nur nach Hause – stieg er mit ihr aus, obwohl das nicht seine Station war, und folgte ihr die Rolltreppe hoch. Draußen auf der Straße fiel ein zäher Nieselregen, es wimmelte von Menschen – er wusste kaum, wo er war: Holborn. Der Mantel der Frau war hell – er folgte ihr durch das Gewühl, ganz auf sie konzentriert. Als sie in eine ruhigere Nebenstraße einbog, klapperten ihre hohen schwarzen Lackschuhe, schwer und punkig, auf dem vor Feuchtigkeit schmierigen Pflaster. Sie drehte sich auf der Straße um und sprach ihn direkt an. Ob er sie verfolge?

»Es war dumm von mir, tut mir leid«, sagte Alex. »Es war eine spontane Idee. Sie sind sehr schön. Ich hatte keine weiteren Absichten, als Sie noch ein Weilchen nicht aus den Augen zu verlieren.«

Christine hatte ihm einmal erzählt, Frauen fänden es grauenhaft, wenn man sie schön nenne: Das sei wie billiges Parfüm, bedeute entweder Sex oder Sentimentalität oder, schlimmer noch, beides zugleich. Doch er dachte, diese Fremde sei nicht gänzlich empört, sei sogar neugierig, nehme die unvermeidliche männliche Anerkennung mit einem verlegenen Lachen entgegen, wobei ihr schräger Blick an ihm abglitt. Vielleicht hatte sie die Möglichkeit nicht völlig ausgeschlossen, dass er seine Verfolgung fortsetzte, sie auf einen schnellen Drink einlud, bevor sie auseinandergingen. Oder vielleicht hätte sie ihn, wenn er das versucht hätte, weggestoßen, auf offener Straße angeschrien, ihn bloßgestellt. Als er einen Schritt auf sie zu machte, wich sie zurück. Er entschuldigte sich erneut und drehte sich um, machte sich wieder auf den Heimweg – und natürlich sah er sie nie wieder.

Die andere Episode ging weiter, war aber banaler. Eine Assistenzlehrerin war in seine Klasse gekommen, sie war hübsch und flirtete mit ihm, und als das Kollegium sich einmal nach dem Unterricht noch auf einen Drink traf, blieben sie auf dem Parkplatz zurück und küssten sich. Dann machte er sich, mit einer gewissen Erleichterung, von ihr los. Schließlich hatte er jetzt Lydia. Es war ein Sehnen und ein Segen zugleich, dieses späte Wiedererwachen seines erotischen Lebens. Als junger Mann war er zu sehr mit sich selbst beschäftigt gewesen, um die überall um ihn herum erblühenden Möglichkeiten würdigen zu können. Und wie lange würde es jetzt noch dauern, bis die Frauen ihn nur mit Abscheu oder Mitleid betrachteten? Er dachte, nun verstehe er endlich seinen Vater, der diese Jagd nach Frauen auf sich genommen hatte, als wäre es ein Ersatz für alle möglichen äußerlichen Ehrungen. Von außen betrachtet mochte Sex wie ein billiger Trick erscheinen, doch im gegebenen Moment setzte er die ganze Welt in Flammen. Man konnte nicht alles haben: Darauf lief die gesamte Lebensweisheit hinaus. Was man auch hatte, es war immer ein Ersatz für etwas anderes.

Die Tage, in denen Alex verschwunden war – er blieb fast eine Woche fort –, waren für Lydia eine seltsame Zwischenzeit des Wartens. Sie wusste nicht, ob er zu ihr zurückkommen würde. Worüber hatte er mit Christine an jenem letzten Nachmittag gesprochen, bevor er alles hinter sich ließ? Das Wetter schlug um; auf die erste stürmische Nacht folgten im ganzen Land milde Spätsommertage: Durch die Fenster in der Garret's Lane mit ihren alten, unebenen Scheiben fiel schräges Goldlicht zitternd auf die eiserne Wendeltreppe, auf das warme Gelbbraun des Parketts, die dicken Läufer. Wenn Lydia morgens zum Kaffeekochen hinunterging, watete sie mit bloßen Füßen durch warme Lichttümpel und ermahnte sich, sie dürfe in Alex' Abwesenheit keine Angst haben, sie müsse sich ihm würdig erweisen und Ruhe bewahren. Dann nahm sie ihren Kaffee mit ins Bett zurück, zusammen mit einem der ernsthaften Bücher, die Alex ihr empfohlen hatte. Während er fort war, ging sie kaum aus dem Haus, achtete aber sorgsam auf sich, badete und wusch sich die Haare, aß Obst, nahm täglich ihre Vitamintabletten, hielt sich vom Alkohol fern. Wenn die Putzfrau kam, gab sie vor, an Zacharys Schreibtisch mit geschäftlicher Korrespondenz zu tun zu haben.

Eines Nachmittags rief sie Grace an und war überrascht, wie mühelos sie miteinander reden konnten: Die alte Feindseligkeit schien völlig verflogen, und es war plötzlich einfach, nett zu sein. Grace sagte, vielleicht komme sie wieder nach London zurück, in Glasgow gehe für sie alles schief, sie sei nicht glücklich mit ihrem Wechsel von der Bildhauerei zur Malerei, sie finde ihren Weg in der Kunst nicht mehr. Lydia bestärkte sie darin, nach Hause zu kommen, wenn das ihr Wunsch sei. Sie könne ihr Studium für ein Jahr unterbrechen oder auch ganz aufgeben – was liege schon daran? Als Grace überlegte, ob sie nicht etwas völlig anderes mit ihrem Leben anstellen, vielleicht eine Ausbildung zur Krankenschwester anfangen solle, sagte Lydia, das sei ein großartiger Plan. Es komme einzig und allein darauf an, dass Grace glücklich sei. Sie meinte das vollkommen aufrichtig und hatte keinerlei Bedenken bei der Vorstellung, dass ihre erwachsene Tochter hier mit ihr und Alex in der Garret's Lane wohnte. Sie wollte ihr erzählen, dass Alex verschwunden war und sie nicht wusste, wo er war und ob er zurückkommen werde, aber sie traute sich nicht, ihre Zweifel laut auszusprechen, weil sie damit das Unheil erst recht heraufbeschwören könnte.

Lydias Intelligenz war kühl und unsentimental; sie hatte ihre Situation klar erkannt und wusste, dass sie womöglich alles verloren hatte. Sie habe immer in verhängnisvoller Passivität gelebt, dachte sie, und die Kontrolle darüber, welche Wege sie einschlug, aus der Hand gegeben – das habe vielleicht mit ihrer Ehe mit Zachary begonnen, vielleicht auch lange davor. Auf jeden Fall bringe solche Feigheit kein Glück. Und was wäre von ihr übrig, wenn sie ganz allein bliebe? Vielleicht sei sie überhaupt nur das, was andere aus ihr machten. Nachdem sie selbst das Urteil über sich gefällt hatte – sie hatte etwas zerstört und konnte keine Vergebung erwarten –, stellte sie sich Christine in ihrem Atelier bei der Arbeit vor, selbstgenügsam und mit einem erfüllten Leben. Lydia hatte das Gemälde, das sie von ihrer besten Seite zeigte, an der Wand ihrer Freundin zurückgelassen und konnte es nie mehr wiederbekommen. Die kurzen, von träger Wärme und Warten erfüllten Herbsttage schienen jetzt vom Kommen und Gehen der Besucher in der Galerie nebenan bestimmt; sobald die Galerie schloss, spürte sie eine kühle Leere auf der anderen Seite der Mauer. Und Nacht für Nacht schlief sie allein unter dem schrecklichen Quilt, den die anderen genäht hatten, mit seinem scharlachroten Z; manchmal schreckte sie in den frühen Morgenstunden aus Albträumen auf und fürchtete sich, wieder einzuschlafen.

Dann sehnte sie sich nach Zachary, der sie immer beruhigt hatte. Irgendwer hatte alles, was ihm gehörte und bei seinem Tod neben dem Bett gelegen hatte, in die Nachttischschublade geräumt; als Grace und Alex seine Sachen wegbrachten, hatten sie nicht an diese Schublade gedacht. Alex hatte den Inhalt seitdem nicht angerührt, obwohl er auf dieser Seite des Betts geschlafen und bestimmt in die Schublade gesehen hatte. Lydia nahm die Sachen einzeln heraus und hielt sie in der Hand, legte sie dann in ihren Schoß und spürte durch den dünnen Stoff ihres Nachthemds hindurch ihr kaltes Gewicht: sein Buch und seine Lesebrille, die mechanische Uhr seines Großvaters, die immer falsch ging, das Mittel gegen Sodbrennen, das er als gieriger Esser brauchte. Seine kastanienbraunen Lederpantoffeln, so lange außer Gebrauch, dass sie schon brüchig wurden, waren ordentlich an der Seite der Schublade verstaut. Sie hielt sie sich an die Wange und roch den schwachen noch verbliebenen Geruch seiner Füße, nach Erde und Moor und einem Hauch Eukalyptus von seinem Duschgel.

Und mitten in der Nacht nahm sie Alex' Bücher zur Hand, als könnten sie ihr einen Weg durch die Dunkelheit weisen, saß grübelnd über Clifford Geertz und Alfred Gell, mühte sich, deren Ausführungen zu verstehen, das eigene Denken zu disziplinieren. Sonst las sie nie etwas anderes als fiktionale Werke; jetzt fand sie Romane unerträglich, da sie zu nahe an der Wirklichkeit waren. Dieses abstrakte Gedankengebäude, diese distanzierte – nicht nachbildende, sondern beschreibende – Sichtweise war eine Erleichterung, nahm eine Last von ihr. Und allmählich sah sie, wie ihr eigenes Denken mit aufrichtigem Interesse den Gedankensprüngen dieser klugen, einfühlsamen Autoren folgte; sie schaute von den Seiten auf, um nachzudenken, aber nicht über ihr eigenes Leben und die eigene Krise, jedenfalls nicht direkt. Bestimmte Sätze schrieb sie in ihr Notizbuch ab. Welch großartige Erkenntnisse über die Gerüste, die alles zusammenhielten! Dann wünschte sie, Alex wäre bei ihr – nicht nur der Leidenschaft wegen, sondern auch um ihn auf dieser neuen Ebene, über diese neuen Themen zu befragen. Sie sah die Möglichkeiten ihrer Gemeinschaft in einem ganz neuen, klaren Licht. Natürlich hatte Alex einen viel weiteren Horizont als sie, er hatte alles gelesen, hatte verstanden, wie alles zusammenhing. Dennoch, sie hatte selbst eine schnelle Auffassungsgabe, ihre eigene Logik und ein gutes Gedächtnis. Früher hatte sie geglaubt, die meisten ihrer inneren Regungen seien nicht vermittelbar: Zachary hatte Angst gehabt, sie könnte zu viel denken, hatte sie immer nur verwöhnen und aufmuntern wollen. Nun konnte sie sich zum ersten Mal vorstellen, ihre Gedanken mit anderen zu teilen, selbst die düsteren. Wenn Alex nur zurückkäme.

Christine hörte, wie jemand die Wohnungstür aufschloss, und spürte Ärger in sich aufwallen, da sie im ersten Moment glaubte, das müsse Alex sein. Hatte sie ihn nicht gebeten wegzubleiben? Sie räumte gerade das obere Schlafzimmer auf, mistete Schubladen aus, warf viele Sachen weg, die sie seit Jahren nicht mehr getragen hatte. Dann fiel ihr ein, dass Alex die neuen Schlüssel zur Wohnung gar nicht hatte. Stattdessen wartete im Wohnzimmer Isobel auf sie, stand dort im Sonnenlicht und schaute aus dem Fenster auf die Straße hinaus. »Warum bist du nicht bei der Arbeit, mein Schatz?«, fragte Christine beklommen. »Wie schön, dich zu sehen!«

»Entschuldige, Mum, ich habe dich gestört. Hast du gemalt?«

»Sei nicht albern, das macht doch nichts. Ist alles in Ordnung?«

Isobel sagte, sie habe sich für den Tag freigenommen, sie fühle sich nicht ganz wohl, das sei alles, sonst gehe es ihr gut – und sie wolle keinen Kaffee, nur ein Glas Wasser. Sie blickte sich in dem umgestalteten und frisch gestrichenen Raum mit den neuen Kissen um. »Jetzt sieht es hier wunderschön aus, nicht wahr?«

Christine erwiderte scherzhaft, sie finde es deprimierend, wie schön die Wohnung aussehe. Machten das nicht alle so, wenn sie älter wurden, jedenfalls die, die nicht einfach verlotterten? Um den eigenen körperlichen Verfall zu kompensieren, putzten sie ihre Umgebung heraus – und säßen dann in diesen Minipalästen herum wie verschrumpelte Nüsse in der Schale. Isobel lachte und meinte, das sei Unsinn. Von körperlichem Verfall könne bei Christine keine Rede sein, und sie sei auch keine verschrumpelte Nuss.

»Zieh den Mantel aus«, redete die Mutter ihr zu, legte ihr einen Arm um die Schultern und nahm ihr den Schal ab. »Erzähl mir, was los ist.«

»Nichts ist los.«

Aber sie ließ es sich gefallen, dass Christine ihr aus dem Mantel half, das rosa Seidenfutter sacht über ihre schlaff herunterhängenden Arme zog. »Nun setz dich und rede mit mir.«

»Ich muss auf die Toilette.«

Sie ging nach oben in Christines Bad unter dem Dach; als nach einigen Minuten die Wasserspülung zu hören war und Isobel dennoch nicht wiederkam, ging Christine selbst hinauf und sah sie auf dem Bett liegen, das Gesicht abgewandt und in die Kissen gedrückt.

»Ich bin natürlich schwanger«, sagte Isobel mit gedämpfter Stimme. »Wie du sicher schon erraten hast.«

Christine war wie vor den Kopf geschlagen und zugleich entsetzt über sich selbst, weil sie darauf nicht gekommen war. Sie war zu abgelenkt gewesen, hatte gedacht, womöglich sei die Sache mit Blaise auseinandergegangen, hatte es sogar gehofft. Schwanger – sie konnte es nicht fassen. Sie setzte sich zu Isobel aufs Bett, redete liebevoll, behutsam und mitfühlend auf sie ein, während sie ihre flaumigen Arme und das kräftige braune Haar auf ihrem jungen Nacken streichelte. Von der Bedeutung ihrer Mitteilung erfüllt, wirkte Isobel zum ersten Mal schwerer und gewichtiger als ihre Mutter, der Hüftbogen zeichnete sich plastisch unter ihrem Kleid ab – pflaumenfarbene Wolle mit einem Retro-Paisleymuster, so etwas hätte Christine selbst tragen können, als sie noch jung war, vor dreißig Jahren. Isobel sagte, sie fühle sich beschissen – normalerweise benutzte sie nie schlechte Ausdrücke, sie wurde nie vulgär. »Das Kondom ist geplatzt. Das ist die jüngste Panne in dieser Unglücksserie. Bei uns geht alles schief, bei mir und

Blaise. Es ist das Letzte, was ich wollte. Versaut mir die ganze Karriere.«

»Und was sagt Blaise dazu?«

Isobel hatte es ihm noch nicht erzählt. »Er kennt mich doch kaum, es geht alles viel zu schnell. Er muss ja denken, ich ziehe die Katastrophen nur so an. Aber ich mag ihn, Mum, ich mag ihn wirklich. Aber vermutlich will er seine Kinder auf eine Privatschule schicken, du kennst ja seinen Hintergrund, und darauf lasse ich mich nicht ein. Das Baby behalte ich auf jeden Fall, egal, was er denkt.«

»Selbstverständlich«, sagte Christine. Mit oder ohne Blaise, wenn Isobel sich sicher sei, dass sie das wolle. Ihre Eltern würden sie unterstützen, ganz gleich, wie sie sich entscheide, das würde Alex genauso sehen. Dennoch wurde Christine von Panik erfasst, als sie sich das Leben mit einem Baby ausmalte – vielleicht mit einem Baby in dieser Wohnung. Wo sollte Isobel sonst wohnen, falls Blaise nicht für sie sorgte? Dann bliebe keine Zeit mehr für die Kunst, dachte sie fatalistisch. Doch sie beruhigte sich, sagte sich, sie sollte aus Erfahrung wissen, dass das kein Grund zur Panik war. Es blieb immer Zeit für die Kunst, irgendwie konnte man immer Zeit dafür finden. Oder Geld auftreiben, um sich Zeit zu kaufen, wenn nötig eine Betreuung für das Kind zu kaufen – Geld von Lydia, vielleicht. Lydia war ihr etwas schuldig. Und nun war ihre Tochter schwanger, und hinter dem Dachfenster ging der schöne Nachmittag in einen dunklen Abend über.

»Ich weiß, ich bin die richtige Frau für Blaise«, erklärte Isobel. »Ich kann ihn vor sich selbst retten, er braucht mich. Wir ergänzen einander perfekt. Ohne mich läuft er Gefahr, ziemlich spießig zu werden. So ein komischer alter Kauz. Mit seinen Uhren und Erstausgaben.«

»Ach, meinst du?«, antwortete Christine vorsichtig.

»Ich werde ihm guttun.«

Nach Oxford war Alex im herrlichen Herbstwetter nach Westen und Süden gefahren, hatte Antiquariate besucht und vier Kathedralen, zwei Klosterruinen und ein Schloss besichtigt. Er, der sich nie von der Arbeit freinahm, machte einfach blau und war sich – ohne schlechtes Gewissen – bewusst, dass irgendwo hinter der vagabundierenden Formlosigkeit seiner Tage der feste Rhythmus der schulischen Zeit wie das Ticken einer Uhr weiterging. Was er abends tat, war noch ungewöhnlicher für ihn: Er saß mit einem Drink in der Lounge eines langweiligen alten malerischen Hotels herum, gab mit seiner Kreditkarte Geld aus, bestellte einsame Mahlzeiten, blätterte in den eben gekauften Büchern. Sein totes Handy hüllte ihn in Schweigen, ebenso wie die dicken schallschluckenden Teppiche, die überhitzte Zentralheizung, die Lampen mit ihren Seidenschirmen, die steif gepolsterten Möbel. Er belauschte die lebhaften, engagierten Interaktionen und Techtelmechtel des Hotelpersonals – nur die Gäste waren an solchen Orten diskret, die Angestellten nicht –, aber er plauderte nicht mit ihnen, als wäre er in einem fremden Land und beherrschte ihre Sprache nicht. Die Angestellten kamen zumeist aus Mittel- und Osteuropa, sprachen aber alle gut Englisch.

Als Alex in London wegfuhr, war er einem rebellischen Impuls gefolgt – er hatte gedacht, nun könne alles

Mögliche passieren, er könne alles Mögliche tun. Und er wusste auch, wie komisch es war, dass seine Rebellion sich in etwas völlig Harmloses verkehrt hatte, eine Urlaubsreise zu den Schönheiten Englands, die einem ehrbaren Schulmeister im Ruhestand angemessen wäre. Im Übrigen hatte sich auch keine Gelegenheit für irgendwas ergeben, was nicht ehrbar gewesen wäre. Doch wie sich herausstellte, konnte auch Harmloses in Verzückung versetzen: So erglühte etwa eines frühen Abends die Fassade einer großen Kathedrale in gespenstischem Orange, und er hatte das gesamte grasbewachsene Gelände für sich allein. Tauben, die im Schwarm vor der Fassade mit den aufgereihten Heiligen kreisten, zeigten unisono erst ihre dunklen Rücken und dann ihre bleichen Bäuche vor, als triebe ein Geist sein flackerndes Spiel um das unbewegliche Monument der Kirche.

Er hätte jederzeit mit Lydia – oder auch Christine – vom Telefon in seinem Hotelzimmer aus sprechen können: Er zog das in Erwägung. Doch am Ende tat er es nie, und eines Nachmittags war ihm dann seine Freiheit plötzlich langweilig geworden; die Temperaturen waren gefallen, und das Licht wechselte innerhalb einer Stunde von blitzblank zu finster verhangen. Donner grollte am Ende der hübschen alten Pflasterstraßen einer Provinzstadt, deren Geschichte ihm erschöpft schien, erstickt unter so viel farbloser Kultivierung. Er bezahlte seine Hotelrechnung und fuhr heimwärts, kam in der Garret's Lane an, ohne sich bei Lydia anzukündigen, schloss mit seinem Schlüssel die Tür auf und lief eilig, erwartungsvoll durch die dämmrigen Räume. Sie saß im Zwischengeschoss und fuhr von ihrem Buch hoch; obwohl es früher Abend war, war sie im Morgenrock und hatte eine Lesebrille aufgesetzt, die sie abnahm, sobald sie ihn sah. Sie hatte kein Licht gemacht bis auf die Lampe, unter der sie gelesen hatte. »Alex, ich bin so froh, dich zu sehen.«

»Bist du krank? Warum sitzt du hier im Dunkeln?«

Er rannte die letzten Stufen hoch und nahm Lydia in die Arme, legte seine Lippen auf ihre Stirn, strich ihr besorgt die Haare zurück. Sie hob die Hände und umfasste seinen Kopf, zögerte die Küsse hinaus, betrachtete ihn eingehend. Er konnte sich nicht erklären, warum er so lange fortgeblieben war. Sie versicherte ihm, es gehe ihr prächtig. »Mir ist der Tag davongelaufen. Ich war unter der Dusche, ich *wollte* mich auch anziehen.«

Sie sieht älter aus, dachte er. Das Fleisch um Mund und Kinn hatte eine neue Schlaffheit – aber vielleicht hatte er das nur vergessen, während er fort war, hatte sein Bild von einer jüngeren, perfekteren Lydia zum Kult erhoben. Ihre Schlaffheit beunruhigte ihn, tat aber seiner Zuneigung keinen Abbruch; im Gegenteil, sie machte ihn sanfter, rücksichtsvoller. Schließlich wurde er selbst auch älter. Er berührte die Flecken auf ihrer weichen Haut, und sie bot sich ihm unbefangen dar, ohne zurückzuzucken: Er sah, dass sie wusste, was er sah. »Isst du auch genug, Lyddie? Du bist zu dünn.«

»Du hättest mir sagen sollen, dass du kommst. Ich habe nichts zum Abendessen im Haus. Hast du großen Hunger?«

»Ich habe großen Hunger. Wir gehen essen, aber nicht gleich. Eins nach dem anderen. Komm mit nach oben.«

Vielleicht weil seine Sensibilität noch unter dem Eindruck der erhabenen alten Architektur von Klöstern und

Kathedralen stand, wirkte das Liebesspiel diesmal feierlich und ergreifend auf Alex, eher wie ein Abschied als wie eine Heimkehr. Die bodenlangen Musselingardinen an den Fenstern bewegten sich im Wind, die Lichtreflexe vorbeifahrender Wagen wanderten in langsamen Bögen über die Zimmerdecke. Hinterher versuchte Lydia, in der einbrechenden Dunkelheit vor ihm verborgen, über die Bücher zu sprechen, die sie gelesen hatte. »Ich hatte so viele Ideen! Ich wollte über so vieles mit dir diskutieren, über Religion, Geschichte und Kunst. Jetzt sind sie mir alle entfallen.«

Alex versicherte ihr, dass die Ideen zurückkommen würden. Das sei beim Lesen immer so, sagte er. Es sei schwer, die Dichte einer schriftlich dargelegten Argumentation in mündliche Rede zu übersetzen. »Es war ein schönes Gefühl«, sagte Lydia, »dass das Nachdenken über diese großen Themen mich vor mir selbst gerettet hat. Du weißt schon, da ist dieses hartnäckige Ich, immer so lastend und gequält.«

Er hörte aufmerksam zu und pflichtete ihr bei, er finde dieses Gefühl auch schön.

Lydia wollte sich gar nicht aus ihrer perfekten Verbindung unter der Bettdecke lösen. »Wir müssen wohl raus?«

Aber Alex hatte Hunger. Darum zog sie, während er sich ein Bad einlaufen ließ, das zinnoberrote Kleid an, das sie bei der Totenwache für Zachary getragen hatte, setzte sich dann an ihren Frisiertisch und legte ein gewagtes Make-up mit glänzendem Lippenstift auf. Im Restaurant erzählte sie Alex über den Tisch hinweg, sie habe eine neue Idee. Sie meinte, sie sollten aus der

Garret's Lane ausziehen und sich etwas Eigenes suchen. Verkaufen konnten sie nicht, weil der gesamte Komplex in den Trust eingebunden war, aber Zachary hatte schon vor Jahren auf Lydias Namen ein anderes Grundstück in Mile End erworben für den Fall, dass das Projekt der Galerie einmal scheitern sollte. Das könnten sie verkaufen und irgendwo etwas anderes kaufen – das groß genug für sie beide und Grace war, damit sie sich zu dritt nicht zu sehr auf der Pelle hockten. Vielleicht würden Hannah und Jenny über der Galerie einziehen wollen; Mieteinnahmen aus der Garret's Lane würden auf jeden Fall Lydia zufallen. Sie sah zu, wie Alex seinen Fisch nachdenklich mit der Gabel auf dem Teller herumschob. Natürlich spürte er, dass er dann im Netz eines neuen Besitzes gefangen wäre. Und er fragte sich, ob es wirklich funktionieren würde, wenn Grace zu ihnen zöge. Lydia war ganz begeistert von der Vorstellung einer neuen Beziehung zu ihrer Tochter, aber die Realität des Alltags würde sich sicher als komplizierter erweisen.

»Ich weiß, dass ich ein schwaches Bild abgegeben habe«, beruhigte sie ihn, »aber jetzt geht es mir besser. Ich werde viel mehr machen können, ich werde nicht mehr so hilflos sein. Ich könnte mich mehr für den Trust und für die Galerie engagieren. Ich habe Freunde, die sicher eine Verwendung für mich finden würden, zum Beispiel bei einer Kunstzeitschrift.«

Alex schaute ihr ins Gesicht, sah, was hinter ihren Worten lag. Als er Lydia bei der Ankunft im Restaurant durch den Raum gefolgt war, sie auf ihren hohen Absätzen dahinschreiten sah, selbstbewusst und beschwingt, sodass sie die Blicke der anderen Gäste auf sich zog und der rote Stoff ihres Kleids sich um die attraktiven Kurven ihres Hinterteils spannte, hatte er eine Ahnung bekommen, welche Mühe sie so ein Auftritt inzwischen kostete. Dieses gleichsam angestrengte innere Heldentum hatte ihm imponiert, es war, als würde eine gealterte Schauspielerin ihr Kostüm anlegen und sich für die Vorstellung wappnen. »Nein, du hast natürlich recht«, sagte er. »Es ist ein guter Plan. Genau das sollten wir tun.«

Lydia, es überrascht Dich sicher, dass Du diese Mail von mir bekommst. Vor dem Fenster ist eben die Dämmerung angebrochen. Ich wache sonst nie so früh auf – ich schlafe gut, seit ich allein schlafe. Das Licht hier im Arbeitszimmer – das ich in Gedanken immer noch Alex' Studierzimmer nenne, ich selbst betreibe ja schon lange keine Studien mehr – ist spärlich, sodass ich mir noch vorkomme wie im Traum. Ich bin gerade mit einem so wunderbaren Gefühl aufgewacht, ich dachte, ich sei irgendwo am Meer. Nicht wie in einer Erinnerung, sondern alles ganz echt und real um mich herum: Salzige Luft, Wellen schlagen an einen Strand, Möwen kreisen und kreischen, Felstümpel, Plastikeimer mit Meerwasser, der von der Flut angespülte feuchte Seetang, weiße Tintenfischknochen. Schon während ich diese Einzelheiten aufschreibe, verflüchtigt sich das Gefühl, es war nur ein zarter Hauch – und doch überwältigend. Ich fühlte mich sehr frei und unbelastet, wie ein Kind in den Ferien. Der lange Tag, der sich vor mir auftut, sorglos und weit, voller Möglichkeiten zur Freude.

Ein Vorteil des Alleinlebens – das natürlich auch

seine Schattenseiten hat – besteht darin, dass man seinen Eingebungen folgen kann, ohne dass sich jemand daran stört. Also bin ich aufgestanden und hierher gegangen. Ich habe an Dich gedacht. Ich wollte Dir etwas sagen, aber ich weiß nicht was. Vielleicht ist es so wie in meinem Traum – feuchter Seetang, Tintenfischknochen. Ich hatte ein so leuchtend klares Bild von Dir, inmitten der Empfindungen von meiner Meereslandschaft – Dein hintergründiger Humor, Deine Desillusioniertheit. Und ausgerechnet in Deiner Schuluniform – die Du immer mit perfekter Eleganz und Humor getragen hast. Dieser grauenvolle grüne Filzhut, auf Deinen Kopf gestülpt wie der vergebliche Versuch dieser Leute, Dich auszulöschen. Antworte nicht auf diese Mail, Lydia. Ich will mich nicht »wieder vertragen« und »gut Freund sein«, wie die Erwachsenen sagen, wenn Kinder sich streiten. Kinder wissen ohnehin, dass man Freundschaft nicht erzwingen kann; Freunde kann man nur finden – oder wieder verlieren. Aber Du musst nicht traurig sein. Es ist, wie es ist. Deine C. x

Das Letzte, was Zachary vor seinem Tod in der Galerie organisiert hatte, war eine Ausstellung mit späten Gemälden einer amerikanischen Künstlerin, die in den fünfziger Jahren am Coenties Slip in Manhattan an der Seite von Barnett Newman, Robert Indiana und Lenore Tawney gearbeitet hatte. Damit hatte er so etwas wie einen Coup gelandet, denn kurz zuvor hatte es im MOMA eine große Retrospektive ihrer Arbeiten gegeben. »Du wirst begeistert sein«, hatte Zachary Christine gegenüber geschwärmt, als er die Bestätigung hatte, dass die Ausstellung zustande kam. »Ich glaube, die Bilder werden dich ansprechen. Wie schön, dass sich alle wieder für Malerei begeistern können. Und obwohl die Bilder abstrakt sind, und groß dazu, sehe ich da etwas von deiner kühlen Sensibilität und deinem feinen Gespür fürs Detail. Sogar eine ähnliche Farbgebung.«

Jetzt hatte Hannah die Ausstellung endlich eröffnet. Christine wusste nicht, was sie erwarten sollte, sie hatte keine Reproduktionen gesehen und lehnte es ab, sich die Werke von wem auch immer im Internet anzusehen, wo selbst numinose Meisterwerke zu austauschbaren Klebezetteln wurden. Als sie sich für ihren Besuch in der Garret's Lane fertig machte, hatte sie das Gefühl, als bräche sie zu einer Pilgerfahrt auf, bedeutungsschwer und beinahe Furcht einflößend – und das nicht nur, weil sie nicht mehr dort gewesen war, seit Alex fort war. Diese Bilder würden ihr sicher etwas mitteilen, wie eine Nachricht von Zachary. Sie vergewisserte sich, dass sie Papiertaschentücher eingesteckt hatte, weil sie fürchtete, sie würde weinen, wenn die Gemälde sie zu sehr bewegten, und sich damit lächerlich machen. Natürlich hatte sie im Vorfeld über Isobel in Erfahrung gebracht, dass Alex und Lydia nicht da waren – wie es sich traf, waren sie in Glasgow und halfen beim Transport von Grace' Sachen zurück nach London; Grace kam wieder nach Hause. Aus der Wohnung in der Garret's Lane waren sie noch nicht ausgezogen, obwohl sie, Isobel zufolge, etwas gefunden hatten, das sie kaufen wollten. Als Christine in die Galerie kam, hatte dort ein neuer Mitarbeiter Dienst, darum blieb sie unerkannt, es gab keine Verlegenheit wegen ihrer Verbundenheit mit dem Haus. Beim Eintritt in den luftigen, ruhigen Ausstellungsraum mit seinen hoch aufragenden Rippen von hellem Backstein auf weißen Wänden hatte sie das Gefühl, als wäre hier ihre gesamte Vergangenheit und Zukunft versammelt und wartete darauf, dass sie endlich einen klaren Blick dafür bekäme. Außer ihr waren nur zwei, drei andere Besucher da und schauten sich um.

Und dann, nach der langen gespannten Erwartung, gefielen ihr die Bilder gar nicht besonders. Sie langweilten sie. Diese Möglichkeit war ihr nicht in den Sinn gekommen, es war eine echte Überraschung. Sie war nicht in Gefahr, in Tränen auszubrechen. Es war nicht so, dass sie die Bilder direkt verlogen oder prätentiös gefunden hätte: Sie konnte sich vorstellen, dass die Künstlerin eine durchaus glaubhafte Reise unternommen hatte, um bei diesen großen hellen Leinwänden anzukommen, bei diesen silbernen, grauen und weizengelben Farbtönen, den gewissenhaften exakten Rastern und Geometrien, fein wie eine Quiltarbeit. Auf der Suche nach einer geistigen Wahrheit hatte die Künstlerin alles so weit verfeinert, dass jedes Eindringen des hässlichen Lebens ausgeschlossen war: alle Schmutzflecken, die das Leben hinterließ, all seine Aggression und seine banal wörtlichen Sprachen. Es gab ein paar schöne malerische Effekte: Besonders gefiel Christine ein Werk, bei dem die Acrylfarbe zwischen grauen Streifen hindurch in dichtere, Regenwolken gleichende Formen gelaufen war. Aber das Ergebnis erschien ihr dennoch puritanisch und allzu bieder und hausbacken: geradezu sentimental, weil vom Glauben an die Möglichkeit der Reinheit durchdrungen, eine Art sentimentaler Mystizismus. Wer im Vorfeld alle erkennbaren Bedeutungen aus seiner Kunst vertrieb, musste scharf aufpassen, dass sie nicht unbemerkt wieder zur Hintertür hereinkamen.

Als sie nach oben gegangen war und mit einem raschen Blick feststellte, dass sie hier nichts weiter zu erwarten hatte, merkte sie, dass ihre eigene Stimmung hoch gespannter Erwartung selbst zu etwas Künstlichem wurde, weil es an den Wänden nichts gab, worauf sie sich richten konnte. Sie war enttäuscht – und zudem empört, dass Zachary hatte glauben können, diese Werke, oder diese Farben, hätten irgendetwas mit ihren gemein. Die gedämpften Pastelltöne erinnerten sie an Edinburgh Rock: kreidige rosa und gelbe Zuckerstangen in einer Dose, mit Puderzucker bestäubt, die entfernte Verwandte zu Weihnachten schickten. Schon früher hatte sie, wie ihr jetzt einfiel, Zacharys Begeisterung häufig nicht teilen können. Er war allzu hoffnungsvoll, ließ sich zu leicht überreden, durch clevere Effekte ablenken – und das musste er natürlich auch, wenn die Wände in seiner Galerie nicht leer bleiben sollten. Sein Blick war nicht grausam genug. Christine spürte, wie sich etwas Glühendes in ihrer imaginären Verbindung mit ihrem toten Freund abkühlte. In ihre Erinnerungen an ihn kehrte ein neuer Realismus ein – und damit blieb sie an einem trockenen, verdorrten Ort zurück, allein.

Sie holte sich einen schwarzen Kaffee und setzte sich ins Café, wo sie eine Werbebroschüre für die Kunstveranstaltungen am Ort las, überrascht, wie viel hier immer los war, und irgendwie überhaupt nicht daran interessiert. Dann kam Hannah, die sie seit Monaten, vielleicht seit der Beerdigung nicht mehr gesehen hatte, durch eine Tür herein, die zu den Privaträumen hinter der Galerie führte und gewöhnlich abgeschlossen war. Als Christine an ihr vorbei in das Zimmer dahinter schaute – bevor Hannah sie erblickte und rasch die Tür schloss, wie um ein Geheimnis wegzusperren –, erhaschte sie einen Blick auf nackte, von ihren Bildern entblößte Wände, den Boden ohne die Teppiche, bücherlose Regale, in aufgestapelte Kisten verpackte Sachen. Hannah und Jenny wollten hier einziehen, so fügte sich alles zusammen. Hannah setzte sich zu Christine an den Tisch, aber ein Gespräch kam nur mühsam in Gang, dabei gab es eigentlich keinen Grund dafür; Hannah war schließlich nicht verantwortlich für das, was Alex und Lydia getan hatten, und sie hatte nie Partei ergriffen. Christine sagte, ihr habe die Ausstellung sehr gut gefallen, machte alle gebotenen Bemerkungen über deren Reinheit und Schlichtheit. Das war keine bloße Höflichkeit. Sie war überzeugt, wenn sie sich abfällig über die Gemälde geäußert hätte, würde Hannah ihr gekränkte Eitelkeit unterstellen, würde denken, dass da eine ewig zweitrangige Künstlerin den Besseren ihren Erfolg missgönnte. Christine wusste nicht recht, warum sie so ängstlich darauf bedacht war, Hannah keinen Einblick in ihr Innenleben zu gewähren, und diese Schau von Charme und Begeisterung abzog.

Es konnte nicht ausbleiben, dass Hannah zum Abschied noch sagte, sie wüsste zu gern, woran Christine gerade arbeite, wann immer sie so weit sei. Und Christine setzte ein strahlendes Lächeln auf, ganz so, als hätte sie tatsächlich etwas Gutes zu verbergen. Sie log, sie würde Hannah liebend gern einen Blick darauf werfen lassen, ihre Meinung dazu hören, sehr bald schon. Aber jetzt noch nicht. Sie sei noch nicht ganz so weit.

Christine stieg aus dem Taxi, bezahlte eilig den Fahrer und gab ein unnötig hohes Trinkgeld. Eigentlich konnte sie sich kein Taxi für die lange Fahrt von der Farringdon Road leisten, aber die Begegnung mit Hannah und ihre ganze ambivalente Haltung zu der Ausstellung hatten sie aufgewühlt. Es war gut, wieder zu Hause zu sein. Sie gehörte nicht in diese öffentliche Kunstszene, dachte sie, und vielleicht würde sie ihr für immer verschlossen bleiben. Vielleicht waren ihre Werke mit ihrer Lebensnähe, ihrer Gegenständlichkeit und ihren Geschichten banal gegenüber silbernen Rastern und Streifen. Alex hatte einmal gesagt, sie solle ihre Hoffnung auf Ganzheitlichkeit, auf einen Gesamtsinn aufgeben, denn diese Hoffnung sei naiv.

Als sie die Wohnungstür aufschloss, war sie froh, allein zu sein. Einsamkeit und Stille waren allmählich sinnliche Freuden für sie geworden. Es wäre furchtbar gewesen, in diesem Moment irgendwem gegenüber falsche Erklärungen abgeben zu müssen, eine Freude an der Geselligkeit vorzuspielen, die sie nicht empfand. Stattdessen streifte sie die Schuhe ab, bevor sie in den Zimmern herumging, als wollte sie auch ihre eigene Anwesenheit hier nicht lautstark eindringen lassen. Sie machte sich einen Gin Tonic und streckte sich auf dem Sofa aus, hörte sich Musik an, während es dunkel wurde. Nach einer Weile ließ ihre Konzentration nach, und ihre Gedanken schweiften ab, doch die Musik blieb der Kern dieses Grundgefühls von Offenheit und Weite, das sie ergriffen hatte. In den letzten Wochen hatte sie mit einer Idee zu einer Serie kleiner Skizzen gespielt, die mit dem Bild einer Frau auf einem Bett neben einem offenen Fenster begann. Auf ihrem Handy hatte sie Fotos der schlafenden, schwangeren Isobel, die könnte sie als Vorlage benutzen. Als sie in die Küche ging, um sich etwas zum Abendessen zu machen, holte sie erst die blaue Kaffeekanne vom Regal und nahm den Schlüssel zu ihrem Atelier heraus. Natürlich war es zu dunkel, um dort jetzt irgendetwas zu tun. Also war es ganz ungefährlich.

Sie öffnete die Tür zum Atelier und verharrte zögernd auf der Schwelle: Sie konnte Regen im feuchten Herbstgarten riechen, vermischt mit dem ganz eigenen Geruch des Ateliers von Terpentin, Leinöl und muffigen Farblappen, und als ihre Augen sich an das Dämmerlicht gewöhnt hatten, sah sie, dass ein Schiebefenster all die Monate ein paar Zentimeter offen geblieben war. Sie suchte nach dem Lichtschalter an der Tür, doch als sie darauf drückte, stellte sie fest, dass die Glühbirne durchgebrannt war. Daher trat sie im unzulänglichen Licht aus dem Flur hinter ihr ins Zimmer, tastete sich vorsichtig zwischen dem hohen Schrank mit der kaputten Tür, in dem sie ihre Utensilien aufbewahrte, dem von vertrockneter Farbe verkrusteten und verdreckten Waschbecken, den Töpfen mit Stiften und Töpfen mit Pinseln, ihren Kunstbänden, ihren Tüten mit Stofffetzen und Plastikschnipseln voran. Die Wände waren mit im Dunkel verborgenen Bildern bedeckt – eigenen Werken und einem Durcheinander von anderen künstlerischen Darstellungen, dazu Zeitungsausrisse und auf der Straße aufgelesene Fundstücke. Hier zwischen all diesen handfesten Beweisen ihres Arbeitslebens fühlte sie eine solche Verheißung von Befreiung und Glück, dass es ihr Angst machte. Auf ihren Fingerspitzen lag feiner Staub, und als sie die Finger im Dunkeln an den groben Fasern des dicken Papiers auf ihrem Schreibtisch abwischte, dachte sie, nun habe sie wenigstens eine erste Spur hinterlassen, sie habe etwas begonnen.

Mit herzlichem Dank an meine lieben Freunde Dan Franklin und Jennifer Barth, Caroline Dawnay und Joy Harris. Und Dank an die Kollegen und Freunde an der Bath Spa University, die ihre Schriftstellerinnen und Schriftsteller so großzügig unterstützt.

Wenn Ihnen dieses KAMPA POCKET gefallen hat, gefällt Ihnen vielleicht auch der Lesetipp auf der gegenüberliegenden Seite.